日本の古典をよむ 20

おくのほそ道
芭蕉・蕪村・一茶名句集

井本農一・久富哲雄・堀信夫・山下一海・丸山一彦［校訂・訳］

小学館

短冊をよむ

ふる池や　芭蕉自筆短冊

貞享《じょうきょう》三年（一六八六）、四十三歳の芭蕉《ばしょう》は、蛙《かえる》の句ばかりを集めた蕉《しょう》門《もん》二十番句合『蛙合《かわずあわせ》』を刊行する。この「ふる池や蛙飛込《かはづとびこむ》水のおと」もその中の一句。あまりに有名な句だけに真蹟《しんせき》・模写それぞれに多いが、この短冊《たんざく》は貞享後期の芭蕉の書癖を備えた逸品。柿衞文庫蔵

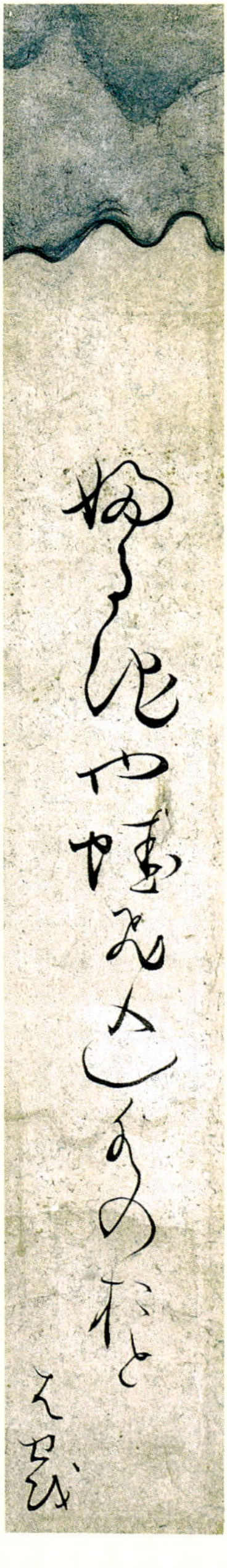

ふる池や蛙飛込水のおと
ばせを

書をよむ

発句と俳諧

石川《いしかわ》九楊《きゅうよう》

旅に病《やん》で夢は枯野《かれの》をかけ廻《めぐ》る
しら梅に明《あく》る夜ばかりとなりにけり

芭蕉《ばしょう》と蕪村《ぶそん》の辞世《じせい》の句である。戦後間もなく、フランス文学の桑原武夫は俳句第二芸術論の中で、いくつかの俳句を列記して、さて、作者を特定できるかと問うた。つまりできはしまいと断じたのである。はたしてそうか。

俳句にうとい私には、前者は自らの生へのなんとも思いきりの悪い句に思え、後者はその達観に共感を覚えるくらいのことだが、俳句を多少かじった人なら、万一この有名句が初見であったとしても、前者は芭蕉、後者は蕪村と即座に言い当てるにちがいない。なぜならその句には、作者ならではの主題のとりあげ方と用語法、すなわち句体とでも称すべき文体《スタイル》が定着されているにちがいないからだ。とはいえ、言葉のスタイルを読み解くことは容易ではない。

その点、書は、書き進む筆尖《ひっせん》と紙との力のやりとりの深度、速度、角度と距離の劇を通して、そのスタイルを一目瞭然に読みとることはそれほど難しくはない。たとえば、芭蕉が『おくのほそ道』の旅の途中に書き残した「出羽《でわ》三山《さんざん》発句《ほっく》短冊《たんざく》」は、筆尖を効かせ、紙にすっと切れ込み、離れ、肥瘦《ひそう》を交えた書きぶりで書かれている。「川」字から生れた平仮名「つ」の字の書きぶりは、江戸期の公用かつ通行体たる御家流《おいえりゅう》で、「ほ(本)」は書き急いだ俗体だが、「山」字には平安時代の三蹟《さんせき》の藤原行成の書を思わせるところがある。また「ゆとの」と「ぬらす」には、二字にまたがる筆画の融合である掛筆《かけひつ》が見られ、総じて、平安中期の書きぶり

芭蕉筆「出羽三山発句短冊」

山形美術館蔵（長谷川コレクション）

元禄二年（一六八九）六月、出羽三山に登った芭蕉が書き残した短冊。

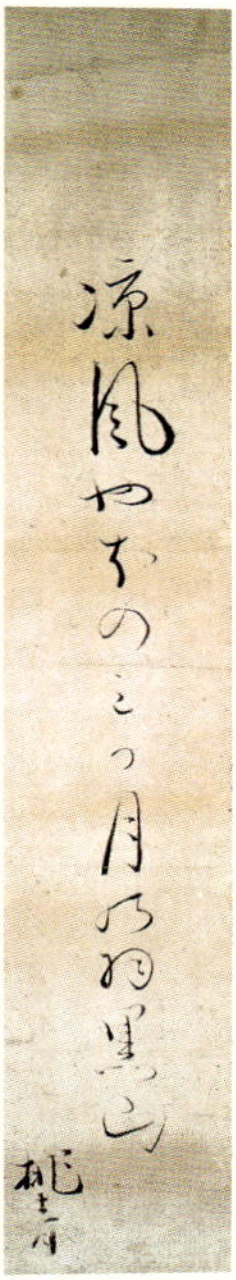

涼風やほの三日月の羽黒山　桃青

雲の峯いくつ崩れて月の山　桃青

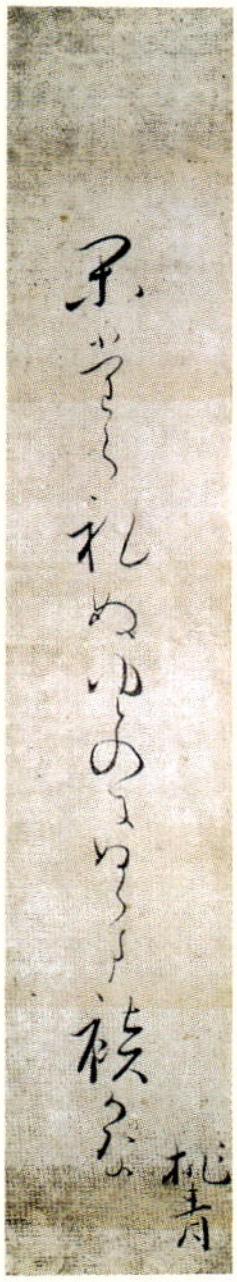

かたられぬゆどのにぬらす袂かな　桃青

(上代様《じょうだいよう》)への思慕が認められる。

芭蕉は『笈《おい》の小文《こぶみ》』で「西行の和歌における(中略)其《その》貫道する物は一なり」と書いたが、西行がそうであったように、芭蕉もまた、上代様——文学で言えば『古今和歌集』——を思慕したという意味で、芭蕉を「江戸期の西行」と言ってみたい気がする。

蕪村が『おくのほそ道』を書いた「奥の細道図屏風《びょうぶ》」(次頁)のスタイルは、これとは大きく隔たっている。「トン」と起筆して「スー」と引く二折《にせつ》法を基盤とした散文的な筆蝕《ひっしょく》は、起筆や終筆やはねをどう書くかという書法のふまえ方を超越し、文や句をずらずらと書きつけ、走り書くだけで、平易そのものである。冒頭の「月日ハ百代の」の文字から、大きな間《ま》を包みこむように展開する筆蝕から生れる字形の歪《ゆが》みは、ユーモラスな姿態さえ見せている。これに加えて、一つの行はまっすぐに時間的に書かれているにもかかわらず、行間を詰《つ》めて、一塊《ひとかたまり》の文字の集合図のように空間的に仕立てられたその集蛆《しゅうそ》のごとき姿は、

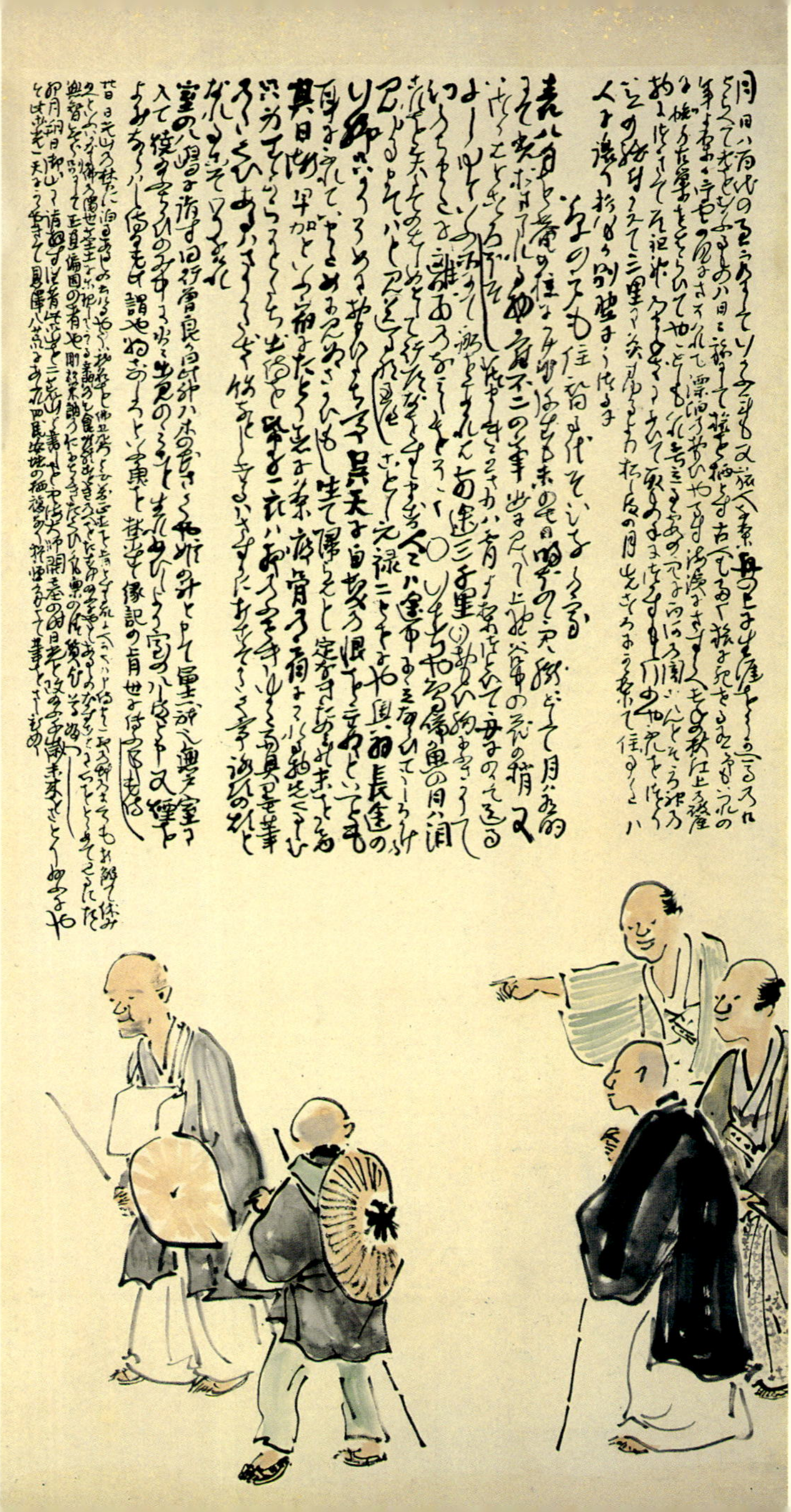

蕪村画「奥の細道図屏風」
部分・山形美術館蔵（長谷川コレクション）

『おくのほそ道』曾良本・素龍本・中尾本冒頭

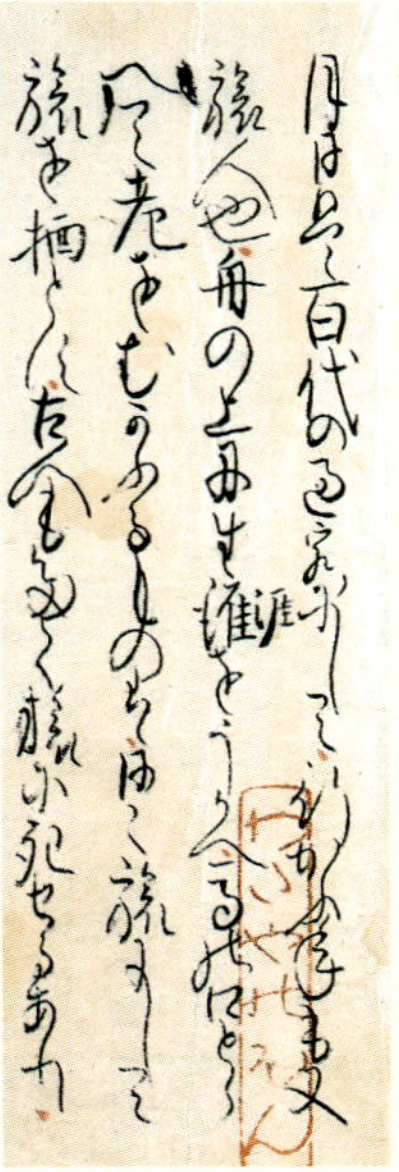
曾良本
天理大学附属天理図書館蔵

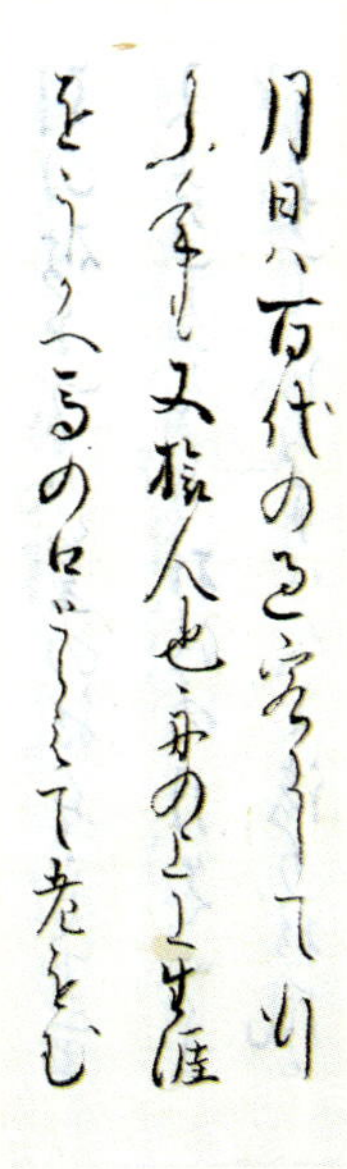
素龍本（能書家素龍による清書本）
西村家蔵

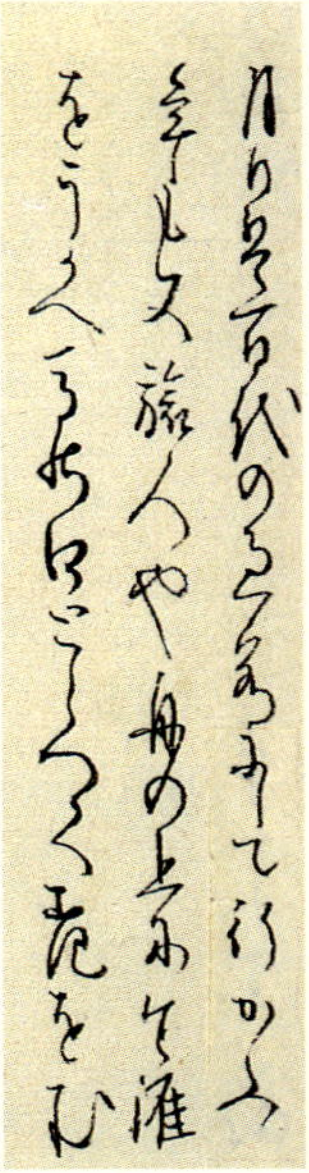
中尾本（芭蕉「自筆」本）
中尾松泉堂書店蔵

近世の都市の町人社会の活況を思わせる。芭蕉の句は古代を思慕した発句の表現、蕪村は俳味たっぷりの俳諧《はいかい》の表現と言えば、両者の書きぶり《スタイル》の違いを言い当てたということになるだろうか。

　最後に、現在に伝わる『おくのほそ道』の諸本の書きぶりの違いを手短かに記しておく。

　曾良《そら》本は、全体に筆画が痩《や》せているものの、「古人」のぐにゃりと曲がった「人」の字に明らかなごとく、その骨格は、御家流に貫かれている。素龍《そりゅう》本は、書き進む筆画の振幅と動勢が小さく意匠的な光《こう》悦《えつ》流の書きぶりと併《あわ》せて御家流風も見せている。そして、二十世紀の末に出現し、真贋《しんがん》論争の結着のなきままに、自筆本として通行しはじめた感のある中《なか》尾《お》本。論争に加わる気はないが、第三行の「老」字は、どんなに書き急いだにせよ、第四画の左はらいを書こうとした気配がみじんもないこと、したがって「老」とは判読できない不可思議な謎《なぞ》について一言指摘しておく。

（書家）

美をよむ

蕪村の「和」と「漢」

島尾《しまお》 新《あらた》

明治維新より前、東アジアにおける圧倒的な先進国だった中国の文化が、日本の人々の憧れの的だったことはいうまでもない。鎖国によって情報のルートが細っていた蕪村の時代にも、それが変わることはなかった。絵の世界で求められたのは文人画、彼の地の知識人たちの絵画である。良質な作品が来るわけもなく、版本に写されたものなどを使っての苦肉の道だったが、画家たちの創造力はその悪条件を超えてふくらんでいった。

この屛風《びょうぶ》(1・2)は蕪村が数えで六十七歳の時、死の前年に描いたものである。銀箔《ぎんぱく》が貼られて静かな光を放つ画面に描き込まれた山々や木々、そして村……。筆致はふだんの蕪村の柔らかさと優しさから見れば、重く時にとげとげしくさえ見える。右上に写された詩は、中国・元代に編まれた名詩のアンソロジー『聯珠詩格《れんじゅしかく》』から取られたもの。晩年の蕪村は俳画の軽みの一方で、このようなかっちりとした中国風も追い求めていた。

彼の自在さを感じるのは、このような「漢」を規範とした文人画が、和歌から派生した俳諧《はいかい》という「和」の文学と矛盾することなく、一人の人間のなかに滑らかな連続を見せていることだ。三十歳の時、下総《しもうさ》の結城《ゆうき》で世話になった早見《はやみ》晋我《しんが》の死に寄せた「詩」の冒頭は「君あしたに去《さり》ぬゆふべのこゝろ千々《ちぢ》に何ぞはるかなる……」(「北寿老仙《ほくじゅろうせん》をいたむ」)というもの。いわば漢文訓読調の散文詩である。このような詩体はすでにあったが、蕪村はそれをより自

1

2

1・2—— 蕪村画「山水図屛風」

六曲一双屛風。1は右隻、2は左隻。MIHO MUSEUM 蔵
最近になって知られるようになった屛風。中国風とはいっても、そっくりな中国画があるわけではない。あくまでも想像の中の中国である。

由な表現へと変えた。四十代に描いた陶淵明《とうえんめい》の絵（3）では、脱俗の中国の詩人を、後の俳画へとつながる軽みのなかに描き出している。六十二歳の時に刊行された『夜半楽《やはんらく》』に収められる「澱河歌《でんがか》」には、平仄《ひょうそく》を無視した絶句《ぜつく》もどきに加えて、「君は水上の梅のごとし花《はな》水に浮《うかび》て去《さる》こと急《すみや》か也《なり》……」と詠《よ》む「詩」がある。これらを「漢詩くずれ」「文人画くずれ」というのは当たらないだろう。「和」「漢」の枠組みは無徴化されつつあった、というか、自由に往来できる、アーティストにとっての表現の幅とでもいうべきものになっていた。先の屏風もよく見れば、家には蕪村に独特のほのぼのとした俳画風の人が居《い》る。

もちろん蕪村に限らない。絵の世界でいえば、若《じゃく》冲《ちゅう》が、応挙《おうきょ》が、そんな枠組みを軽々と乗り越えていった。「和漢のさかひをまぎらかす」と言ったのは茶の湯の祖珠光《しゅこう》だが、それから二百年ほど後の十八世紀の後半は、「漢詩」でも「和歌」でもなく、「漢画」でも「大和絵《やまとえ》」でもないものが多彩に表現された豊《ほう》饒《じょう》の時代だった。そのもとには、東アジアの辺境の文化と社会が辿《たど》り着いた、独特の「自由さ」があった。しかしそれは幕末から維新への激動によって、短い命を閉じることになる。

（美術史家）

3

3―― 蕪村画「陶淵明図」
京都国立博物館蔵
陶淵明の顔や衣を描く線に強さはないが、それがいかにも俳諧師の絵という雰囲気を漂わせている。

おくのほそ道
芭蕉・蕪村・一茶名句集

装丁　川上成夫
装画　松尾たいこ
本文デザイン　川上成夫・千葉いずみ
解説執筆・協力　鈴木健一（学習院大学）
コラム執筆　佐々木和歌子
編集　土肥元子・師岡昭廣
編集協力　松本堯・兼古和昌・原八千代・原千代
校正　中島万紀・小学館クォリティーセンター
写真提供　久富哲雄・片山虎之助
江東区芭蕉記念館・多賀城市教育委員会
栃木市観光協会・小学館写真資料室
図版製作　蓬生雄司

はじめに——江戸俳諧の豊かさ

江戸時代が始まってから百年近くがたった元禄《げんろく》（一六八八〜一七〇四）頃《ごろ》、五代将軍綱《つな》吉《よし》の時代になると、政治も安定し、経済もめざましく発達しました。いわゆる元禄文化は、そのような社会の成長を背景として発展し、人間とは何かという問いかけが芽生えてきました。俳諧《はいかい》では、芭蕉《ばしょう》（松尾《まつお》。一六四四〜九四）が、自然と対比させながら、人間のありようを深く探究していきます。「夏艸《なつくさ》や兵《つはものども》共が夢《ゆめ》の跡《あと》」では、悠久の自然に対して人間のはかなさを際立たせることで、限られた時間を生きることの価値を見つめています。「荒海《あらうみ》や佐渡《さど》によこたふ天河《あまのがは》」では、小さな存在の人間が大きな自然に生かされてあることのあたたかみが伝わって来ます。生活と旅の厳しさを自己に課し、俳諧を芸術として高みに押し上げようと努力した芭蕉の作品には、常に人間のあり方や人生の過ごし方についての内省が認められ、それが今日まで私たちの心を打つ要因となっているのです。同時代の浮世草子《うきよぞうし》作者井原西鶴《いはらさいかく》も、性的なまた金銭的な欲望を機軸として人間の生のありさまをリアルにそして冷徹に見据えていきますし、人形浄瑠璃《じょうるり》の脚本を書いた近松門左衛《ちかまつもんざえ》門《もん》は、義理と人情の間に立たされた人間の苦悩を描くことで、人間とは何かという問いかけに答えを見出そうとします。

十八世紀に入ると、社会はいっそう成熟し、八代将軍吉宗《よしむね》による享保《きょうほう》の改革、田沼意次《たぬまおきつぐ》の経済政策、松平定信《まつだいらさだのぶ》による寛政《かんせい》の改革といった社会体制の変革の一方で、飢饉《ききん》やその結果としての一揆《いっき》・打ちこわしが頻発しました。そのようななかで、文化は知的な傾向を強め、洗練された高度な達成を示すようになります。画家としてもすぐれていた蕪村《ぶそん》（与謝《よさ》。一七一六〜八三）は、俳諧をより耽美《たんび》的・抒情《じょじょう》的なものに昇華させました。「菜の花や月は東に日は西に」では、いかにも春らしく菜の花が一面に咲く夕暮れ時の光景がロマンチックに描かれています。風景が目に浮かぶようですが、これも蕪村が画家であるため、絵画的な空間を詠じることに長《た》けていたからだと言えるかもしれません。他に、古典世界を想起させる知的な操作がはっきりと感じ取れる句も多くあります。もちろん、そこには芭蕉と同様、人間に対する探究心も発揮されているのですが、芭蕉ほどストレートなものではなく、知性や情感にくるみ込まれたものだったと言ってよいでしょう。求道者《ぐどうしゃ》としてのイメージが強くある芭蕉とは異なり、蕪村には物事にとらわれない自由なイメージもあります。ほぼ同時代の上田《うえだ》秋成《あきなり》は中国文学の影響を色濃く受けながら、『雨月《うげつ》物語』というすぐれた怪異小説を執筆し、山東京伝《さんとうきょうでん》は鋭利な批評精神に基づく洒脱《しゃだつ》な戯作《げさく》を多数、世に送り出しています。

　十九世紀に入って、経済がさらに活発化し、都市生活が発達していくと、庶民的な文化が人々の間に浸透していきます。一茶《いっさ》（小林《こばやし》。一七六三〜一八二七）は、いわゆる化政期《かせいき》（一八〇四〜三〇）を代表する作者です。芭蕉・蕪村の句に見られた芸術的な高みに比べてみると、一茶の句は大衆的な要素が強いのですが、そこでは人間の生き方をより卑俗なレベルから捉《とら》えようとする、したたかな視線が感じられます。「痩蛙《やせがへる》まけるな一茶是《これ》に有《あり》」は、やせ蛙への応援歌であると同時に、四十歳を過ぎてもなお独身者である自分についての屈折した心情がこめられた句です。芭蕉が高みを目指したのとは逆に、低い目線から一茶はしぶとく人間を見据えているのです。ほぼ同時代の滑稽本《こっけいぼん》作者として、式《しき》亭三馬《ていさんば》や十返舎一九《じっぺんしゃいっく》がおり、それぞれ『浮世風呂《うきよぶろ》』『東海道中膝栗毛《とうかいどうちゅうひざくりげ》』という代表作によって庶民の生活を生き生きと表現しています。為永春水《ためながしゅんすい》の人情本《にんじょうぼん》『春色梅児誉美《しゅんしょくうめごよみ》』、曲亭《きょくてい》馬琴《ばきん》の読本《よみほん》『南総里見八犬伝《なんそうさとみはっけんでん》』も庶民の人気を博しました。

　本書では、芭蕉の代表的な俳文『おくのほそ道』の全文と、芭蕉・蕪村・一茶それぞれの代表的な句を掲げ、わかりやすく解説してあります。どうか江戸時代の俳諧が獲得した世界の豊かさを実感していただいて、なにかの機会には口ずさめる句を一句でも多く発見していただきたいと願っています。

（鈴木健一）

目次

芭蕉・蕪村・一茶名句集

「こよひ誰」句　芭蕉坐像図

白鷗画・渓斎賛　江東区芭蕉記念館蔵
句は「こよひ誰よし野の月も十六里」

凡例

◎本書は、新編日本古典文学全集『松尾芭蕉集』①②および『近世俳句俳文集』（小学館刊）より、「おくのほそ道」全文及び、芭蕉・蕪村・一茶の発句より長年親しまれてきた発句を選び、掲載したものである。

◎「おくのほそ道」は全文の原文と現代語訳を掲載した。掲載にあたっては、現代語訳を先に、原文を後に掲出した。現代語訳でわかりにくい部分には、（　）内に注を入れて簡略に説明した。

◎「芭蕉・蕪村・一茶名句集」は、作者別に四季順に配列した（一茶の発句のみ、四季別分類のうち制作年次順に配列した）。本文は、最初に句を掲げ、その後に注解（前書、句の鑑賞、語句の注解、季語）を付した。また、句の下に、制作年次と主な出典を付した。

◎「芭蕉・蕪村・一茶名句集」の注解者は左記のとおりである。

芭蕉名句は井本農一・堀信夫、蕪村名句は山下一海、一茶名句は丸山一彦の注解による。

◎本文の用字は原則として原本どおりとしたが、一部、以下のように改めた。異体字を通行のものに、また、旧字体を新字体に改めた。踊り字「ゝ」「ゞ」「〱」はそのまま使用したが、「〻」は「々」に、「品〱」は「品々」などと改めた。宛字などは標準的な用字に変更した。片仮名は振り仮名を含めて平仮名に改めた。

◎本文中に文学紀行コラム「おくのほそ道の風景」、巻頭に「おくのほそ道地図」、巻末に初句索引を収めた。

◎巻頭の「はじめに――江戸俳諧の豊かさ」、本文中の「作者紹介」「あらすじ」、巻末の「解説」は、鈴木健一（学習院大学）の書き下ろしによる。

おくのほそ道

井本農一・久富哲雄［校訂・訳］

おくのほそ道

作者紹介・あらすじ

芭蕉は言うまでもなく日本を代表する俳人で、古典文学の作者としても屈指の存在である。生活と旅の厳しさを自己に課し、そのなかで生み出された作品の数々は、「古池や蛙飛《かはづとび》こむ水のおと」「山路《やまぢ》来て何やらゆかしすみれ草《ぐさ》」をはじめとして、今でも多くの人々によって愛されている。その生涯を概観しておこう。

寛永《かんえい》二十一年（一六四四）伊賀国《いがのくに》（三重県）上野《うえの》で生まれた芭蕉は、初め藤堂藩《とうどうはん》伊賀付の侍《さむらい》大将《だいしょう》藤堂良精《よしきよ》の息《そく》、良忠《よしただ》の近習《きんじゅう》となった。その良忠は北村季吟《きたむらきぎん》門の俳人であったため、芭蕉も俳諧《はいかい》の道に入ることになる。ところが、寛文《かんぶん》六年（一六六六）に良忠が二十五歳の若さで没したため、二十三歳だった芭蕉もまもなく藤堂家を退いた。そして、延宝《えんぽう》二年（一六七四）の冬か翌年初めには、江戸へ向かったらしい。江戸での修業の甲斐《かい》あって、延宝六年もしくは前年春には俳諧宗匠《そうしょう》になるものの、延宝八年冬、三十七歳の時に、深川に移り住む。俳諧宗匠としての安定した職業生活を捨てて、厳しい暮らしの中に身を投じ、文学性を純粋に追究しようとしたのだとされている。

このの ち、芭蕉は旅に出て活路を開こうとする。『野ざらし紀行』『鹿島詣《かしまもうで》』『笈《おい》の小文《こぶみ》』『更科《さらしな》紀行』の旅を経て、元禄《げんろく》二年（一六八九）に『おくのほそ道』への旅に赴いたのである。芭蕉が四十六歳の時のことだった。

三月末に、見送りに来てくれた人々と別れを惜しみながら、江戸を発《た》つ。もしかしたら、もう戻ってくることはできないかもしれない。そんな覚悟を心の内に秘めての旅立ちである。同行するのは門人の曾良《そら》のみの、二人旅だった。まず、北関東の各地を訪れる。日光《にっこう》では、正直一点張りの人物に出会ったり、東照宮の威光に直《じか》に触れたりし、芦野《あしの》の里では、西行《さいぎょう》ゆかりの柳《やなぎ》を前にしてしばし追憶に耽《ふけ》った。そんなことを体験しながら、奥州の地に足を踏み入れたのである。

松島《まつしま》では絶景に心を奪われ、句を詠《よ》むことができなかった（実際には詠んだが、作品内では句作をあきらめたとある）。平泉《ひらいずみ》では、奥州藤原氏《おうしゅうふじわらし》や義経《よしつね》主従らの運命に思いを馳せ、そこで詠まれた「夏艸《なつくさ》や兵《つはもの》共《ども》が夢《ゆめ》の跡《あと》」は、今でも芭蕉の代表作として人口に膾炙《かいしゃ》している。毎年変わることなく青々と生い茂る「夏艸（草）」と、限られた時間を生きるしかない「兵共」という対比を通して、不変の〈自然〉とはかない〈人間〉という二項対立の中に人生の真実を発見したとされている。

山形の立石寺《りゅうしゃくじ》では、あたりの静寂に感銘を受けて、「閑《しづか》さや岩《いは》にしみ入《いる》蟬《せみ》の声《こゑ》」という句を詠み、最上川《もがみがわ》では「さみだれをあつめて早《はや》し最上川《もがみがは》」と詠んだ。松島と並ぶ景勝地、象潟《きさかた》を訪れたのち、越後《えちご》路《じ》へと向かい、出雲崎《いずもざき》から佐渡島《さどがしま》を見やって、「荒海《あらうみ》や佐渡《さど》によこたふ天河《あまのがは》」を詠む。さらに北陸地方でも多くの人々との出会いがあり、名所・旧跡を訪れて往時を偲《しの》び、〈自然と人間〉という主題が反芻《はんすう》されていく。最終目的地の大垣《おおがき》にたどり着いた時、季節は秋も深まった八月の末になっていた。ここで出迎えの人々と喜びを分かち合ったのである。

『おくのほそ道』自体は推敲《すいこう》に推敲を重ね、旅から五年がたって完成したものの、その元禄七年に芭蕉は「旅に病《やん》で夢は枯野《かれの》をかけ廻《めぐ》る」の句を残し、五十一歳で没している。

（鈴木健一）

おくのほそ道地図
塩越
蚶満寺
象潟
吹浦
鳥海山
酒田
出
本合海
古口
清川
新庄
山刀伐峠
尿前関
堺田
中尊寺
衣川
平泉
岩ヶ崎
一ノ関
温海
鼠ヶ関
鶴岡
羽黒山
月山
湯殿山
温海山
葡萄峠
大石田
尾花沢
鳴子
岩出山
登米
古川
楯岡
羽
陸
立石寺
松島
石巻
村上
山形
塩釜
奥の細道
北上川
仙台
笠島
築地
新潟
武隈の松
岩沼
金華山
阿賀野川
信濃川
弥彦
飯坂
桑折
白石
鐙摺
米沢
福島
忍ノ里
越後
奥
長岡
磐梯山
二本松
黒塚
太
日和田
浅香山
郡山
須賀川
殺生石
那須湯本
旗宿
白河関址
平
芦野
高久
東照宮
玉生
雲巌寺
黒髪山
黒羽
矢板
日光
今市
洋
上野
下野
鹿沼
宇都宮
室の八島
小山
間々田
水戸
古河
筑波山
常陸
栗橋
武蔵
粕壁
船行
草加
江戸川
鹿島
利根川
千住
隅田川
0
100km
下総
江戸
千葉
深川
旅程は『曾良日記』等による

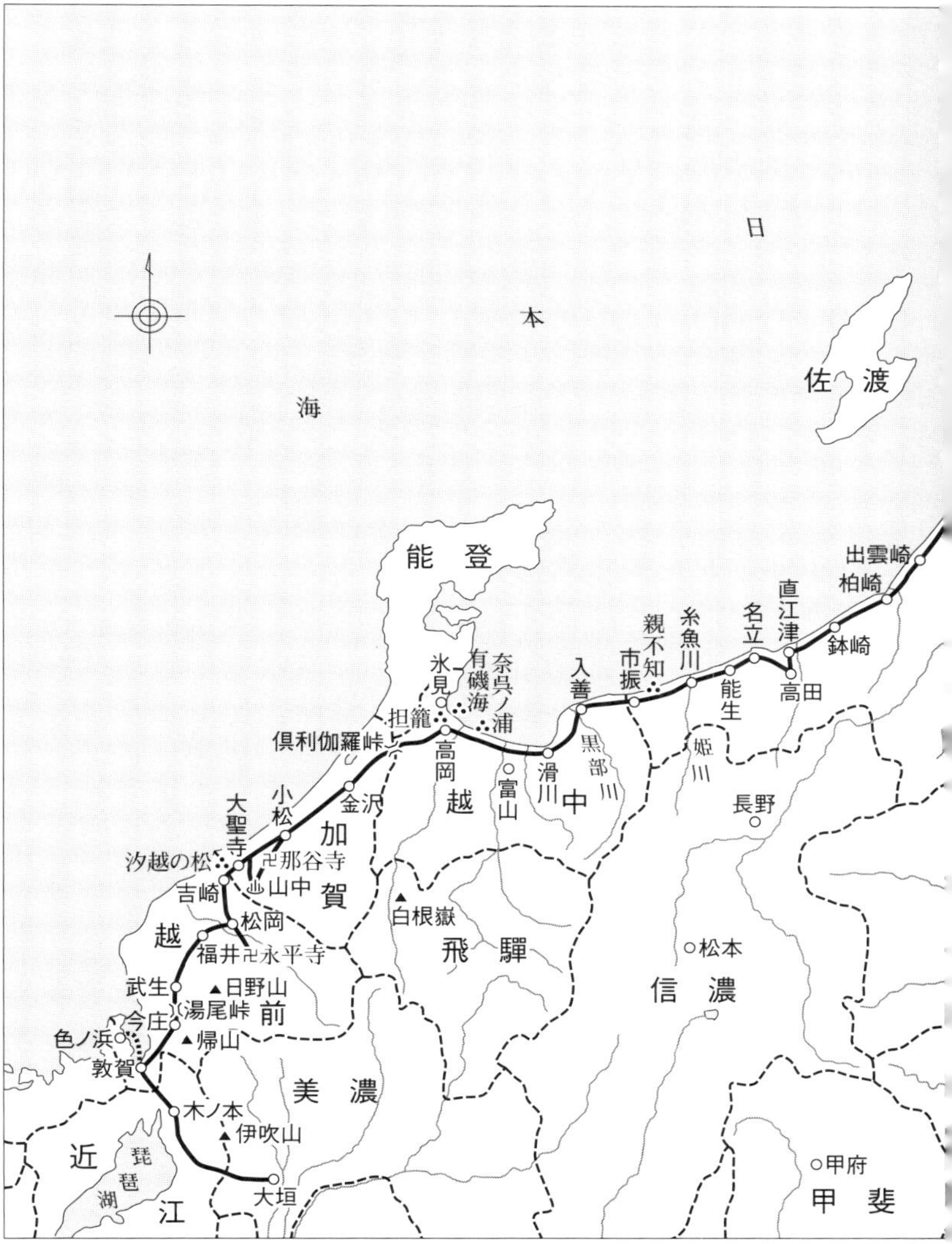
日
本
海
佐渡
能登
出雲崎
柏崎
直江津
鉢崎
名立
高田
糸魚川
能生
親不知
市振
入善
奈呉ノ浦
有磯海
氷見
担籠
倶利伽羅峠
高岡
滑川
黒部川
姫川
富山
越
中
長野
金沢
小松
大聖寺
加
賀
汐越の松
那谷寺
山中
吉崎
白根嶽
松岡
越
福井
永平寺
飛
驒
松本
武生
日野山
湯尾峠
前
信
濃
今庄
色ノ浜
帰山
敦賀
美
濃
木ノ本
伊吹山
近
琵琶湖
江
大垣
甲府
甲
斐

一　百代《はくたい》の過客《かかく》

東京都江東区深川

月日は永遠に旅を続けて行く旅人であり、来ては去り去っては来る年々も、また同じように旅人である。舟の上で働いて一生を送り、旅人や荷物を乗せる馬を引いて年をとり老年を迎える者は、毎日の生活が旅であって、旅そのものを自分のすみかとしている。風雅の道の古人たちも、数多く旅中に死んでいる。

私もいつの年からか、ちぎれ雲を吹きとばす風に旅心をそそられて漂泊の思いが止《や》まず、近年は、海辺の地方をさまよい歩き、去年の秋、隅田川のほとりの破れ家（芭蕉《ばしょう》庵《あん》）にもどり、蜘蛛《くも》の古巣を払って久しぶりの住まいで過ごすうち、やがて年も暮れたのだった。が、新しい年になると、春霞《はるがすみ》の立ちこめる空を見るにつけ、白河の関（福島県白河市）を越えたいと思い、そぞろ神が私にとりついて心を狂わせ、道祖神の旅へ出てこいという招きにあって、取るものも手につかない。股引《ももひき》の破れをつくろい、笠《かさ》の緒をつけかえて、三里（膝頭《ひざがしら》下の窪《くぼ》み。健脚になる灸点《きゆうてん》）に灸をすえると、もう心はいつか旅の上――松島（宮城県中部の景勝地で歌枕《うたまくら》）の月の美しさはと、そんなことが気になるばかりで、二度と帰れるかどうかもわからない旅であるから、いままで住んでいた芭蕉庵は人に譲り、杉風《さんぷう》（芭蕉の門人で後援者でもあった杉山元雅）の別荘（江東区深川にあった採茶庵《さいたあん》）に移ったが、

草《くさ》の戸《と》も住替《すみかは》る代《よ》ぞ雛《ひな》の家

——わびしい草庵も自分の次の住人がもう代りに住んで、時も雛祭《ひなまつり》のころ、さすがに自分のような世捨て人とは異なり、雛を飾った家になっていることよ

と詠《よ》んで、この句を発句にして、面《おもて》八句（百韻連句の一頁目の八句。これを柱に掛けるのは当時の習慣）をつらね、草庵《そうあん》の柱に掛けておいた。

月日《つきひ》は百代《はくたい》の過客《くわかく》にして、行《ゆき》かふ年も又旅人也《またたびびとなり》。舟の上に生涯《しやうがい》をうかべ、馬《むま》の口とらへて老《おい》をむかふるものは、日々《ひび》旅にして旅を栖《すみか》とす。古人《こじん》も多く旅に死せるあり。

予《よ》もいづれの年よりか、片雲《へんうん》の風《かぜ》にさそはれて、漂泊《へうはく》のおもひやまず、海浜《かいひん》にさすらへて、去年《こぞ》の秋江上《かうしやう》の破屋《はをく》に蜘《くも》の古巣《ふるす》をはらひて、やゝ年も

暮《くれ》、春立《たて》る霞《かすみ》の空に、白川《しらかは》の関《せき》こえむと、そゞろがみの物《もの》につきてこゝろをくるはせ、道祖神《だうそじん》のまねきにあひて、取《とる》もの手につかず。もゝ引《ひき》の破《やぶれ》をつゞり、笠《かさ》の緒《を》付《つけ》かへて、三里《さんり》に灸《きう》すゆるより、松嶋《まつしま》の月先《まづ》心にかゝりて、住《すめ》る方《かた》は人に譲《ゆづ》りて、杉風《さんぷう》が別墅《べつしよ》に移るに、

草《くさ》の戸《と》も住替《すみかは》る代《よ》ぞ雛《ひな》の家《いへ》

面八句《おもてはちく》を庵《あん》の柱に懸置《かけおく》。

二　旅立ち

東京都江東区・足立区

三月も下旬になっての二十七日、あけぼのの空はおぼろに霞《かす》み、月は有明月《ありあけづき》で、光は薄らいでいるものの、富士の峰がかすかに見え、あの上野《うえの》・谷中《やなか》（東京都台東区）の花の梢《こずえ》をまたいつの日に見られようかと、さすがに心細い思いがする。親しい人々はみな、前の晩から集って、今日の門出に一緒に隅田川を舟に乗って送ってくれる。千住《せんじゅ》（東京都足立区）という所で舟から上がると、いよいよ人々と別れて、三千里も

の長い旅に出るのだなあという感慨が胸にいっぱいになって、この世は夢幻《ゆめまぼろし》と観ずるもののの、しかしその幻の巷《ちまた》に立って、いまさらながら離別の涙を流すのであった。

行春《ゆくはる》や鳥《とり》啼《なき》魚《うを》の目は泪《なみだ》

——春はもう逝《ゆ》こうとしている。去り行く春の愁《うれ》いは、無心な鳥や魚まで感ずるとみえ、鳥は悲しげになき、魚の目は涙があふれているようである

これを旅の句の書き初めとして行脚《あんぎゃ》の第一歩を踏み出したのだが、まだ後ろ髪をひかれるようで歩みが進まない。人々は途中に立ち並んで我々の後ろ姿の見えるかぎりはと見送っているらしい。

弥生《やよひ》も末の七日《なぬか》、明《あけ》ぼのの、空朧々《ろうろう》として、月は有《あり》あけにてひかりをさまれるものから、冨士《ふじ》の峯幽《みねかすか》に見えて、上野《うへの》・谷中《やなか》の花の梢《こずゑ》、又《また》いつかはと心ぼそし。むつましきかぎりは宵《よひ》よりつどひて、舟《ふね》に乗りて送る。

千《せん》ぢゆと云《いふ》所にて船《ふね》をあがれば、前途《せんど》三千里のおもひ胸にふさがりて、幻《まぼろし》のちまたに離別《りべつ》の泪《なみだ》をそゝぐ。

行春《ゆくはる》や鳥啼《とりなき》魚《うを》の目《め》は泪《なみだ》

是《これ》を矢立《やたて》の初《はじめ》として、行道猶《ゆくみちなほ》すゝまず。人々《ひとびと》は途中《みちなか》に立《たち》ならびて、後《うしろ》かげの見ゆるまではと見送《みおく》るなるべし。

三 草加《そうか》

埼玉県草加市

今年といえば、たしか元禄《げんろく》二年（一六八九）のことだが、奥羽（陸奥《むつ》と出羽《でわ》。東北六県）のあたりへ長い行脚を、ふと思い立って、中国の呉国《ごこく》の空から降った雪が笠に積り、それがそのまま白髪《しらが》になってしまうような、そんな昔話そっくりの旅の嘆きを重ねるのは、わかりきったことだけれども、耳には聞いても、まだ目には見たことのない所を見て、もし生きて帰ることができたら仕合せではあるまいかと、あてにもならないことを頼みにして歩みを続け、その日はようやく草加という宿駅にたどり着いたのであった。

痩《や》せて骨ばった肩にかかる荷物の重さにまず苦しんだ。私は、ただ体一つで旅しようと出かけたのだが、紙衣《かみこ》（紙製の粗末な衣）一枚は夜の旅寝の寒さを防ぐ料として、またゆかた・雨具・墨や筆の類、あるいは断りきれない餞別《せんべつ》の品など、そうは言ってもやはり捨てるわけにもいかず、これが荷物として大きくなり、道中の苦労となったのは、なんともやむを得ないしだいである。

今年《ことし》元禄《げんろく》二《ふた》とせにや、奥羽《あうう》長途《ちやうど》の行脚《あんぎや》たゞかりそめに思ひ立《たち》て、呉天《ごてん》に白髪《はくはつ》の恨《うらみ》を重《かさ》ぬといへども、耳にふれていまだ目に見ぬ境《さかひ》、若《もし》生《いき》て帰らばと、定《さだ》めなき頼《たのみ》の末《すゑ》をかけて、其日《そのひ》漸《やうやう》早加《さうか》と云宿《いふしゅく》にたどり着《つき》にけり。

痩骨《そうこつ》の肩にかゝれる物、先《まづ》くるしむ。唯身《ただみ》すがらにと出立侍《いでたちはべ》るを、帋子《かみこ》一衣《いちえ》は夜《よる》の防ぎ、ゆかた・雨具《あまぐ》・墨《すみ》・筆のたぐひ、あるはさりがたきはなむけなどしたるは、さすがに打捨《うちすて》がたくて、路頭《ろとう》の煩《わづらひ》となれるこそわりなけれ。

四　室《むろ》の八《や》島《しま》

栃木県栃木市

室《むろ》の八島明神《やしまみょうじん》（栃木市惣社町の大神《おおみわ》神社）に参詣《さんけい》した。同行の曾良《そら》（芭蕉の門人。この旅に随行し『曾良旅日記』を記す）が言うには、「この明神に祀《まつ》ってある神は、木花《このはな》開耶《さくや》姫《びめ》（天孫降臨した瓊瓊《にに》杵尊《ぎのみこと》の后）といって、富士の浅間《せんげん》神社（静岡県富士宮市）と同じ神です。（腹の子は我が子ではないと瓊瓊杵尊に疑われ）四方を壁で塗り固めた家の中に入って火を放ち、天孫の御子でなければ焼き滅ぼせよと誓いを立てられた、その火のただ中に、彦火々出見尊《ひこほほでみのみこと》がお生れになったので、それで竈《かまど》の神の名と同じく室の八島とよんでおります。また、室の八島といえば、和歌では煙を詠《よ》むのが習わしになっていますが、それもこのいわれによるのです。またここでは、このしろという魚を焼いて食べることを禁じています（焼くと人を焼くようなにおいがするため忌まれた）。こういう八島明神の縁起の趣旨が、世間に伝わっているのもあります」と。

室《むろ》の八《や》嶋《しま》に詣《けい》す。同行曾良《どうぎやうそら》が曰《いはく》、「此《この》神は木《こ》の花《はな》さくや姫《びめ》の神と申《まうし》て、冨《ふ》士《じ》一躰也《いったいなり》。無戸《うつ》室《むろ》に入《いり》て焼《やき》たまふちかひのみ中《なか》に、火火出見《ほほでみ》のみことうまれ給《たま》ひしより、室の八嶋と申《まうす》。又《また》煙を読習《よみならは》し侍《はべ》るもこの謂也《いはれなり》。将《はた》このしろと云魚《いふうを》を禁《きん》ず。縁起《えんぎ》の旨《むね》、世に伝《つた》ふことも侍《はべり》し」。

おくのほそ道の風景 ①

室《むろ》の八《や》島《しま》

「室の八島といえば、和歌では煙を詠《よ》むのがならわしですよ」と曾良《そら》。もちろん芭蕉《ばしょう》はそのことはとっくに知っていて、感慨をもってこの地にたたずみ、「いかでかはおもひありとも知らすべき室の八嶋のけぶりならでは」（藤原実方《さねかた》『詞花《しか》集』）や「いかにせん室の八島に宿《やど》もがな恋の煙《けぶり》を空にまがへん」（藤原俊成《としなり》『千載《せんざい》集』）などの古歌を口ずさんだことだろう。『曾良旅日記』には、このとき芭蕉が詠んだ「糸遊《いとゆう》に結《むすび》つきたる煙哉《けぶりかな》」という句が載る。「糸遊」とは陽炎《かげろう》のこと。

歌枕《うたまくら》として古くから知られていた室の八島は、現在の栃木県栃木市惣社《そうじゃ》町に鎮座する大神《おおみわ》神社。下野国《しもつけのくに》の総社として栄えた栃木県最古の神社であり、境内の池からはつねに水蒸気がたちあがっていたという。そのため「思ひ（火）」から出る煙が歌に詠み込まれた。「八島」とは、もともと「かまど」を表す言葉。鎌倉期の『伊呂波《いろは》字類抄《じるいしょう》』には「竈神　ヤシマ」とあり、「室のヤシマのことこひ」といえば、大晦日《おおみそか》に竈《かまど》を清めて、その灰の状態で翌年の吉凶を占うという習俗だった。煙を立ちあげる竈の別称がいつのまにか地名と結びついて歌枕となっていったのだろうか。現在の大神神社の池には実際に八つの小さな島が浮かび、それぞれに小さな祠《ほこら》が祀《まつ》られている（写真）。しかし芭蕉が訪れたときは、すでに煙はもちろん水さえなく、煙のように立ち上がる陽炎に思いを託すよりなかった。

五 日光の仏《ほとけ》五《ご》左《ざ》衛《え》門《もん》

栃木県日光市

三月三十日、日光山（日光山東照宮）の麓《ふもと》に泊った。そこの宿の主人が「私の名前を仏《ほとけ》五《ご》左《ざ》衛《え》門《もん》と申します、万事につけて正直を第一としていますので、世間の人が私のことをそう申しているのですから、今晩一夜の旅寝も、ゆっくり安心してお休みください」と言う。どのような仏が、濁り穢《けが》れた現世に、仮の姿を現されて、こんな僧体の、物乞《ものごい》か順礼のような私をお助けくださるのかと、この主人の挙止《きょし》振舞《ふるまい》に気をつけてみると、この人はまったく小利口さや、世俗的な考えというものがなく、正直一点ばりの人である。『論語』にいう「剛毅《ごうき》木訥《ぼくとつ》で仁に近い（口べたの人は仁者に近い）」たぐいの人であり、生れつきの気立ての清らかな点は、もっとも尊ぶべきである。

卅日《みそか》、日光山《につくわうざん》の麓《ふもと》に泊《とま》る。あるじの云《いひ》けるやう、「我《わが》名を仏五左衛門《ほとけござゑもん》と云《いふ》。万正直《よろづしやうぢき》を旨《むね》とする故《ゆゑ》に、人かくは申侍《まうしはべ》るまゝ、一夜《いちや》の草の枕《まくら》も打《うち》とけて休み給《たま》へ」と云《いふ》。いかなる仏の濁世塵土《ぢよくせぢんど》に示現《じげん》して、かゝる桑門《さうもん》の乞食《こつじき》

順礼《じゅんれい》ごときの人をたすけ給《たま》ふにやと、あるじのなす事《こと》に心をとゞめてみるに、唯無智無分別《ただむちむふんべつ》にして、正直偏固《へんこ》の者也《ものなり》。剛毅木訥《がうきぼくとつ》の仁《じん》にちかきたぐひ、氣稟《きひん》の清質最尊《せいしつもつともたふと》ぶべし。

六 日光《にっこう》

栃木県日光市

四月一日、日光山の御社《みやしろ》に参詣《さんけい》した。昔は、このお山を「二荒山《にこうさん》」と書いたのだが、空海大師がここに寺を建立《こんりゅう》された時「日光」と改められたのである。大師は千年の後のことを予見して日光の字をあてられたのであろうか、いま、この日光山東照大権現《とうしょうだいごんげん》の御威光は、天下に輝き、お恵みは国の隅々まで行きわたり、すべての民は、みな安楽な生活を営み、太平に治まっている世である。なお書くべきことはあるが、このお山について、あまり筆を弄《ろう》するのは恐れ多いことであるから、このあたりで筆をとどめる。

あらたふと青葉若葉《あをばわかば》の日《ひ》の光《ひかり》

——ああ、なんと尊く感じられることよ。この青葉・若葉に降りそそぐ、燦々《さんさん》たる日の光は卯月朔日《うづきついたち》、御山《おやま》に詣拝《けいはい》す。往昔此御山《そのかみこのみやま》を「二荒山《にくわうさん》」と書《かき》しを、空海大師《くうかいだいし》開基《かいき》の時、「日光」と改給《あらためたま》ふ。千歳未来《せんざいみらい》をさとり給《たま》ふにや、今此御光一天《いまこのみひかりいってん》にかゝやきて、恩沢八荒《おんだくはつくわう》にあふれ、四民安堵《しみんあんど》の栖《すみか》、穏《おだやかなり》也。猶憚《なほはばかり》多くて、筆をさし置《お》きぬ。

あらたふと青葉若葉《あをばわかば》の日《ひ》の光《ひかり》

栃木県日光市の男体山

七 黒髪山《くろかみやま》

黒髪山（男体山《なんたいさん》）は霞《かすみ》がかかりながら、頂にはまだ雪が白く残っている。

剃《そり》捨《すて》て黒髪山に衣更《ころもがへ》　曾良《そら》

――黒髪を剃り捨て、俗衣を墨染《すみぞめ》の法衣に着かえて、今度の旅に出かけて来たのだが、この黒髪山まで来たら、ちょうど衣更の日になった。衣更の日に黒髪山に来合せてみると、自分が黒髪を剃り、俗衣を僧衣に着かえた思い出が新たになることである曾良は河合氏《かわい》であって、名は惣五郎《そうごろう》という。深川の私の草庵《そうあん》である芭蕉庵の近くに住み、私の台所仕事を助けてくれていた。今度、松島・象潟《きさかた》（六六頁・九六頁参照）を私とともに眺めることをよろこびとし、なおまた、私の旅の苦労をいたわろうと、旅をともにすることになり、旅立つ朝に髪を剃って墨染《すみぞめ》の僧衣にさまを変え、名前も俗名の惣五を、宗悟《そうご》と法名に改めた。そこで、この「剃捨て黒髪山に衣更」の句も生れたのである。「衣更」の二字は、単なる季節の「衣更」だけでなく、出家遁世《とんせい》の感慨もこもっていて、特に効果的に感じられる。

社殿のあたりから、二十町（約二・二キロ）あまり山を登って行くと滝がある。洞穴《ほらあな》のようにくぼんだ岩の頂上から、百尺（約三〇メートル）も下に一気に飛び流れ、たくさんの岩の重なり合っている、まっ青な滝壺《たきつぼ》に落ちこむ。岩屋から入り込んで滝の裏側に出て眺めるところから、この滝を「裏見の滝」と言い伝えている。

暫時《しばらく》は滝にこもるや夏《げ》の初《はじめ》

——こうして、裏見の滝の裏の岩屋の中にあって、しばらく清浄な気持で時を過すのも、仏道修行の夏籠《げごも》りの初めとしてである黒髪山《くろかみやま》は霞《かすみ》かゝりて、雪いまだ白し。

剃捨《そりすて》て黒髪山に衣更《ころもがへ》　　曾良《そら》

曾良は河合氏《かはひうぢ》にして惣五郎《そうごらう》と云《い》へり。芭蕉《ばせう》の下葉《したば》に軒《のき》をならべて、予《よ》が薪水《しんすい》の労《らう》をたすく。此《この》たび松嶋《まつしま》・象潟《きさがた》の眺共《ながめとも》にせむ事《こと》をよろこび、且《かつ》は羈《き》旅《りよ》の難《なん》をいたはらんと、旅立暁《たびだつあかつき》髪を剃《そり》て墨染《すみぞめ》にさまをかへ、惣五《そうご》を改《あらため》て宗悟《そうご》とす。仍《よつ》て黒髪山の句有《あり》。「衣更」の二字、力有《ちからあり》てきこゆ。

二十余丁《よちやう》山を登つて滝有《たきあり》。岩洞《がんとう》の頂《いただき》より飛流《ひりう》して百尺千岩《はくせきせんがん》の碧潭《へきたん》に落《おち》たり。岩窟《がんくつ》に身をひそめ入《いり》て、滝の裏よりみれば、うらみの滝と申伝《まうしつた》へ侍《はべ》る也《なり》。

暫時《しばらく》は滝《たき》にこもるや夏《げ》の初《はじめ》

八　那《な》須《す》野《の》

栃木県北部

那須の黒羽《くろばね》（栃木県大田原市黒羽）というところに知り合いがいるので、この日光から那須野越えにかかって、まっすぐに近道を行こうとした。はるか遠くに村があるのを目がけて行くうちに、雨が降り出し、日も暮れてしまった。そこで、農夫の家に一夜の宿を借りて、夜が明けると、また野原の中を歩き続ける。と、野中に、放し飼いの馬がいた。草を刈っている男に、野道の苦しさを訴えて頼みこむと、田野に働く荒くれ男でも、さすがに人情を知らないわけではなく、「どうしたらよいかなあ。わたしは、あなたがたを乗せて馬を引いて行くわけにはいかないが、この那須野は、道が東西縦横に分れ、入りくんでいて、土地に慣れない旅の人は、きっと道を間違えるでしょう。心配だから馬を貸してあげよう。この馬が動かなくなったら、追い返してください」と貸してくれた。子供がふたり、馬のあとについて走って来る。ひとりは女の子で、歩いている曾良《そら》が名前を聞くと、「かさねです」と言う。鄙《ひな》には聞き慣れない名の優雅さに、曾良が次の句を詠《よ》んだ。

かさねとは八重《やへ》撫子《なでしこ》の名《な》成《なる》べし　曾良

——この子は鄙には珍しく優雅な「かさね」という名である。子供のことをよく撫子にたとえるが、撫子とすれば「かさね」とは、花弁の重なった八重撫子の名であろう間もなく、人里に出たので、駄賃《だちん》を鞍壺《くらつぼ》に結びつけて、馬を放ち返した。

那須《なす》の黒《くろ》ばねと云《いふ》所に知人《しるひと》あれば、是《これ》より野越《のごえ》にかゝりて、直道《すぐみち》をゆかむとす。遥《はるか》に一村《いつそん》を見かけて行《ゆく》に、雨降《ふ》り、日暮《く》るゝ。農夫《のうふ》の家に一夜《いちや》をかりて、明《あく》れば又野中《またのなか》を行《ゆく》。そこに野飼《のがひ》の馬あり。草刈《くさかる》をのこになげきよれば、野夫《やふ》といへどもさすがに情《なさけ》しらぬにはあらず。「いかゞすべきや。されど共此野《もこの》は東西縦横《とうざいじゆうわう》にわかれて、うひ〳〵しき旅人の道ふみたがへむ、あやしう侍《はべ》れば、この馬のとゞまる所にて馬を返《かへ》し給《たま》へ」と、かし侍《はべり》ぬ。ちひさきものふたり、馬の跡《あと》したひてはしる。ひとりは小娘《こむすめ》にて、名を「かさね」と云《いふ》。聞《きき》なれぬ名のやさしかりければ、

かさねとは八重《やへ》撫子《なでしこ》の名成《なる》べし　曾良《そら》

頓《やが》て人里《ひとざと》に至れば、あたひを鞍《くら》つぼに結付《むすびつけ》て、馬を返しぬ。

九

黒羽《くろばね》

栃木県大田原市黒羽

黒羽（大関氏一万八千石の城下町）の館代《かんだい》、浄坊寺某《じょうぼうじなにがし》という人（城代家老浄法寺図書《じょうぼうじずしょ》高勝）のもとを訪ねた。思いがけない私たちの訪問を、主人はたいへん喜んで、昼も夜も話が尽きず、また、その弟の桃翠《とうすい》（高勝の実弟で正しくは翠桃《すいとう》）などいう人が、朝夕相手をしに訪れてくれ、桃翠は私たちを自分の家にも連れて行き、またその親戚《しんせき》の家にも招かれるという具合で日数がたつのであったが、そのうち、ある日、黒羽の郊外に遊びに出かけ、まず犬追物《いぬおうもの》（走る犬を馬上から弓矢で射る競技で鎌倉時代に流行した）の跡を一見し、那須の篠原《しのはら》（那須野の黒羽郊外の地。歌枕《うたまくら》）として知られているあたりの篠を分けて玉藻《たまも》の前《まえ》（金毛九尾の狐《きつね》が化した美女で、正体が露顕し退治され、その霊は殺生石《せっしょうせき》となった）の古い塚を尋ねた。それから八幡宮《はちまんぐう》（大田原市南金丸の那須神社）に参詣《さんけい》する。「那須の与市宗高《よいちむねたか》が、屋島の合戦で扇の的《まと》を射た時、『中でもわが郷国の氏神《うじがみ》であられる八幡様』と誓いを捧げて祈ったのは、この神社です」と聞くと、神徳のありがたさがひとしおである。日が暮れたので、桃翠の宅へもどった。

修験道《しゅげんどう》の寺である光明寺《こうみょうじ》（高勝の妹が住持に嫁いでいた）というのが近くにある。そこに招かれて、行者堂《ぎょうじゃどう》（役《えん》の行者像《ぎょうじゃ》を祀《まつ》る堂）を拝み、次の句を作った。

夏山《なつやま》に足駄《あしだ》ををがむ首途《かどで》哉《かな》

——遠く仰ぎ見られる陸奥《むつ》の夏の山々よ、その夏山への門出に、自分はいま、峰々を踏破した役の行者の健脚にあやかりたいものと、行者の高足駄を拝むことである

黒羽《くろばね》の舘代浄坊寺何《くわんだいじやうばうじなに》がしの方《かた》に音信《おとづ》る。思ひがけぬあるじのよろこび、日夜《にちや》語《かたり》つゞけて、其《その》弟桃翠《たうすゐ》など云《いふ》が朝夕勤《てうせきつとめ》とぶらひ、自《みづから》の家にも伴《ともな》ひて、親属《しんぞく》の方にもまねかれ、日をふるまゝに、一日《ひとひ》郊外《かうぐわい》に逍遥《せうえう》して犬追《いぬおふ》ものゝ跡を一見《いつけん》し、那須《なす》の篠原《しのはら》をわけて玉藻《たまも》の前《まへ》の古墳《こふん》をとふ。それより八幡宮《はちまんぐう》に詣《まうづ》。「与市宗高《よいちむねたか》扇《あふぎ》の的《まと》を射し時、別《べつ》しては我国氏神正八《わがくにのうぢがみしやうはち》まんとちかひしも、此《この》神社にて侍《はべ》る」と聞《きけ》ば、感応殊《かんおうことに》しきりに覚《おぼえ》らる。暮《くる》れば桃翠宅《たうすゐたく》に帰る。

修験光明寺《しゆげんくわうみやうじ》と云有《いふあり》。そこにまねかれて、行者堂《ぎやうじやだう》を拝《はい》す。

夏山《なつやま》に足駄《あしだ》ををがむ首途《かどで》哉《かな》

一〇 雲巌寺《うんがんじ》

栃木県大田原市雲岩寺

この下野国《しもつけのくに》の雲巌寺の奥に、私の禅の師である仏頂和尚《ぶっちょうおしょう》が、山庵《さんあん》住まいをなさった跡がある。いつだったか、話のついでに「その山住みの時、『竪横《たてよこ》の五尺にたらぬ草の庵《いほ》むすぶもくやし雨なかりせば』（いま住んでいる庵《いおり》は、五尺四方にも足りない小さな庵だが、雨が降りさえしなければ、そんな小さな庵さえ捨ててしまいたいと思うことだ）と、松の炭で近くの岩に書きつけたものです」とおっしゃったことがある。その跡を見ようと、雲巌寺に杖《つえ》をついて出かけたところ、人々も自然に誘い合って大勢になり、一行の中には若い人が多いものだから、道中も何かとにぎやかで、いつのまにか、寺のある麓《ふもと》まで来てしまった。山は奥深い様子で、谷沿いの道がはるかに続き、松や杉が小暗く茂って、苔《こけ》からは水滴がしたたり落ち、明るいはずの四月の空も、ここではいまなお寒く感じられる。雲巌寺十景を見尽したところに橋があり、その橋を渡って寺の惣門《そうもん》をくぐる。

さて、あの仏頂和尚の旧居の跡は、どのあたりかと、寺の後ろの山によじのぼると、石の上に小さい庵が、岩屋を背にして造ってある。中国の禅師で、「死関《しかん》」の扁額《へんがく》を掲げて十五年間外出しなかったという南宋の原妙禅師《げんみようぜんじ》の庵や、法雲《ほううん》法師の岩上の庵を、目《ま》のあたりに見る思いである。

木啄《きつつき》も庵《いほ》はやぶらず夏木立《なつこだち》

――仏頂和尚の旧居の跡に来てみると、あたりは夏木立に囲まれて、森閑と静まりかえっているが、その静かさの中で、きつつきの木をつつく音がしきりに聞える。だが、きつつきもさすがに、この草庵はつつき破らなかったと見えて、無事な姿を保っており、往時を偲《しの》ばせてくれる

と、その場での気持をそのままに一句に書き、庵の柱に掛けて残したのである。

当国雲岸寺《たうごくうんがんじ》のおくに仏頂和尚山居《ぶつちやうをしやうさんきよ》の跡有《あとあり》。『竪横《たてよこ》の五尺《ごしやく》にたらぬ草《くさ》の庵《いほ》むすぶもくやし雨なかりせば』と、松の炭《すみ》して岩に書付侍《かきつけはべ》り」と、いつぞやきこえ給《たま》ふ。其跡《そのあと》みむと雲岸寺に杖《つゑ》を曳《ひけ》ば、人々《ひとびと》すゝむで共《とも》にいざなひ、若き人おほく、道《みち》の程打《ほどうち》さわぎて、おぼえず彼麓《かのふもと》に至る。山はおくあるけしきにて、谷道《たにみち》はるかに松《まつ》・杉《すぎ》くろく、苔《こけ》したゞりて、卯月《うづき》の天《てん》、今猶《いまなほ》寒

し。十景《じつけい》尽《つく》る所、橋をわたつて山門《さんもん》に入《いる》。

さて、彼跡《かのあと》はいづくの程《ほど》にやと後《うしろ》の山によぢのぼれば、石上《せきしやう》の小庵《せうあん》、岩窟《がんくつ》にむすびかけたり。妙禅師《めうぜんじ》の死関《しくわん》、法雲法師《ほふうんほふし》の石室《せきしつ》を見るがごとし。

木啄《きつつき》も庵《いほ》はやぶらず夏木立《なつこだち》

と、とりあへぬ一句《いつく》柱に残侍《のこしはべり》し。

一二 殺《せつ》生《しょう》石《せき》と遊《ゆ》行柳《ぎょうやなぎ》

栃木県那須郡那須町

黒羽《くろばね》を立って、謡曲で知られる殺生石《せっしょうせき》（那須湯本の温泉神社裏手の山腹にある。三一頁参照）へ出かけた。黒羽の城代家老が、馬をつけて送ってくださる。この馬の手綱《たづな》を取って引く男が、「短冊《たんざく》を頂かせてください」と頼む。こんな馬子《まご》にしては、風流なことを望むものよと、次の句を書いて与えた。

野をよこに馬索《むまひき》むけよ郭公《ほととぎす》

——広い那須野《なすの》を馬に乗って進んでいると、道の横手にあたってほととぎすが鳴き過ぎた。馬子よ、そら、ほととぎすが鳴き過ぎた方に、馬を引き向けてくれ。しばらくは立ち止って、ほととぎすの鳴声を聞こうよ

殺生石は、温泉の湧《わ》き出る湯元からちょっと山手に入ったところにある。石の毒気がまだ失《う》せず、蜂《はち》や蝶《ちょう》のような虫の類が、いっぱい重なりあって死んでいて、地面の砂の表も見えないくらいである。

これもまた謡曲で名高い、西行が「道のべに清水《しみづ》流るる柳かげしばしとてこそ立ちどまりつれ」（新古今集）と詠《よ》んだあの柳は、芦野《あしの》の里（那須町芦野）にあって、いまも田のあぜ道に残っている。この地の領主、民部《みんぶ》某《なにがし》（芦野民部資俊）が、私に「この柳を見せたいものだ」と、折にふれて言われたのを、その時は、「どのあたりにあるのだろう、見たいものだ」と思っていたが、今日こそ目《ま》のあたりこの柳の陰に立ち寄ったことだ。

田《た》一《いち》枚《まい》植《うゑ》て立《たち》去《さ》る柳《やなぎ》かな

——これが西行の立ち寄った柳かと、感慨に耽《ふけ》っていると、目の前の田では、人々が田植

えに励み、自分がぼんやりと感慨に耽っている間に、いつの間にか一枚の田を植えて立ち去ってしまった。自分も、しばらくの物思いから覚めて現実にもどり、柳の陰を立ち去ったことである

是《これ》より殺生石《せつしやうせき》に行《ゆく》。舘代《くわんだい》より馬にて送らる。此口付《このくちづき》のをのこ、「短尺得《たんじやくえ》させよ」と乞《こふ》。「やさしき事を望侍《のぞみはべ》るものかな」と、

　野《の》をよこに馬《むま》牽《ひき》むけよ郭公《ほととぎす》

殺生石は温泉《いでゆ》の出《いづ》る山陰《やまかげ》にあり。石の毒気《どくき》いまだほろびず、蜂《はち》・蝶《てふ》のたぐひ、真砂《まさご》の色の見えぬほどかさなり死す。

又《また》、清《し》水《みづ》流《なが》る丶の柳《やなぎ》は、芦野《あしの》の里《さと》にありて、田の畔《くろ》に残る。此《この》所の郡守《ぐんしゆ》戸《こ》部某《ほうなにがし》の、「此《この》柳見せばや」など、折々《をりをり》にのたまひきこえ給《たま》ふを、「いづくのほどにや」と思ひしを、けふこの柳のかげにこそ立寄侍《たちよりはべり》つれ。

　田《た》一《いち》枚《まい》植《うゑ》て立《たち》去《さ》る柳《やなぎ》かな

おくのほそ道の風景 ②

殺《せっ》生《しょう》石《せき》

この殺生石に近づいてはならない。みな命を落とすのだ――。

謡曲「殺生石」の前段で現れた里女はそう語る。続けて言うには、むかし鳥羽院《とばいん》に玉藻《たまも》の前《まえ》という女性が仕え、寵愛《ちょうあい》を受けていた。ある晩秋、管絃《かんげん》の遊びのさなかに、急な風雨によって灯明がすべて消えてしまった。そのとき玉藻の前の体から光が放たれ、あたりは不気味に明るくなり、その夜から鳥羽院は病床につく。陰陽師《おんみょうじ》に占わせたところ、玉藻の前は国を滅ぼそうとして現れた金毛九尾《きんもうきゅうび》の狐《きつね》の化身だという。那須野《なすの》に逃れた玉藻の前は軍勢に射殺され、その怨念を石に込めた。「私が、その玉藻の前。殺生石の石魂《せきこん》なのです」

殺生石の伝承は広く語り継がれ、人々はこの石からは妖狐《ようこ》の発する毒気が吹き出していると信じ、近寄ることを固く戒められていた。現在、那須高原の温泉神社の裏の湯川河原に「殺生石」と標示される一角があり、乾いた大小の岩が転がっている。硫黄《いおう》の匂いが鼻をつく荒涼とした光景である。案内板には「風のない曇天《どんてん》の日はご注意下さい」とあるが、妖狐の毒気ではなく、このあたりに立ちこめる硫化《りゅうか》水素や亜硫酸ガス、二酸化炭素などの温泉地特有の有毒ガスへの注意喚起である。石そのものに罪はない。『曾良《そら》旅日記』によると芭蕉《ばしょう》はここで「石の香《か》や夏草赤く露あつし」と詠《よ》む。赤い草にむすぶ、どんよりとぬるい白露――。玉藻の前はのちに恨みを封じられて毒気は少なくなったとはいうが、思わず息を詰めてしまう。

三 白河《しらかわ》の関《せき》

福島県白河市

待ち遠しく心落ち着かない旅の毎日を続けているうちに、白河の関（陸奥国の関門。歌枕《うたまくら》）までやって来て、やっと旅に徹する心に落ち着いてきた。むかし、平 兼盛《たいらのかねもり》が白河の関まで来て、「なんとかつてを求めて、この関越えの感慨を都へ告げたい」と願ったのも、もっともである。数多い関の中でも、この関は奥羽三関の一つにあげられ、風雅に志す人々の関心が向けられている。能因法師の「都をば霞とともに立ちしかど秋風ぞ吹く白河の関」（後拾遺集）の歌の「秋風」の響きや、源頼政《よりまさ》の「都にはまだ青葉にて見しかども紅葉《もみじ》散りしく白河の関」（千載集）の歌の「紅葉」を思い浮べながら、いまは秋ではないから、青葉の梢《こずえ》を仰ぎ見るのだが、この青葉の梢のさまも、やはり深い趣がある。卯《う》の花《はな》の白いところに、さらに白い茨《いばら》の花が咲き添って、雪の折にでも関を越えているような気がする。むかし、竹田大夫国行という人が、この関を越える時、冠をかぶり直し、衣服を整えて通ったということなどが、藤原清輔《きよすけ》の『袋草紙《ふくろぞうし》』に、書きとめてあるとかいうことだ。

卯《う》の花《はな》をかざしに関《せき》の晴着《はれぎ》哉《かな》　曾良《そら》

――古人は冠を正し、装束を改めて、この関を越えたというが、自分には改めるべき衣服もないことだから、道のほとりに咲いている卯の花を折り取って挿頭《かざし》とし、これを晴着にして関を越すことだ

心《こころ》もとなき日数重《ひかずかさな》るまゝに、白河《しらかは》の関《せき》にかゝりて、旅心定《たびごころさだま》りぬ。「いかでみやこへ」と便《たより》もとめしも断《ことわり》なり。中《なか》にも此関《このせき》は三関《さんせき》の一《いつ》にして、風騒《ふうさう》の人、こゝろをとゞむ。秋かぜを耳に残し、もみぢを俤《おもかげ》にして、青葉《あをば》の梢《こずゑ》猶《なほ》あはれ也。卯《う》の花《はな》の白妙《しろたへ》に茨《むばら》の花の咲《さき》そひて、雪にもこゆるこゝちぞする。古人冠《こじんかんむり》をたゞし、衣装《いしやう》を改《あらため》し事など、清輔《きよすけ》の筆にもとゞめ置《おか》れしとぞ。

卯《う》の花《はな》をかざしに関《せき》の晴着《はれぎ》哉《かな》　曾良

一三　須賀川《すかがわ》

福島県須賀川市

そんな調子で関を越え、歩みを進めて行くうちに、歌枕《うたまくら》である阿武隈川《あぶくまがわ》を渡った。左の方に会津《あいづ》の磐梯山《ばんだいさん》が高くそびえ、右の方には岩城《いわき》（福島県いわき市周辺）・相馬《そうま》（相馬市周辺）・三春《みはる》（田村郡三春町周辺）の庄があり、後方には、この陸奥《みちのく》と常陸《ひたち》・下野《しもつけの》国《くに》との境をなして、山々が連なっている。影沼《かげぬま》という所を通ったが、今日は空が曇っているので、なんの物のかげもうつっていない。

奥州街道の宿駅である須賀川に、等窮《とうきゅう》（須賀川俳壇の指導者、等躬）という者を訪ね、ここに四、五日引き留められた。等窮は会うとまず「白河の関では、どんな句を作りながら、関越えをなさいましたか」と尋ねた。そこで「長い旅路の苦しさで、身体が疲れていたうえに、あたりの風景の美しさに心をとられ、また白河の関にゆかりのある古歌や故事を思う情にせまられて、思うように十分句を案ずることもしませんでしたが、

風流《ふうりゅう》の初《はじめ》やおくの田植《たうゑ》うた

——自分はようやく白河の関を越えて、陸奥《みちのく》の地に一歩を踏み入れ、これから陸奥の名所・旧跡を探ろうとするのだが、その陸奥の風流の第一歩は、鄙《ひな》びた奥州の田植え歌から始まった。いかにも奥州らしい趣である

という一句ができました。一句もなしにこの関を越えるのは、さすがに気がすまないから作っただけのことです」というと、それではこの句を発句にして連句を巻こうということになり、等窮が脇句《わきく》を詠《よ》み、曾良《そら》が第三を詠みつづけるといったふうで、滞在中ついに三巻の連句ができあがった。

この宿駅の、とある片隅に、大きな栗の木陰をたよりにして、世を避け隠遁《いんとん》している僧がいた。あの西行が「山深み岩にしたたる水とめむかつがつ落つる橡《とち》拾ふほど」（山家集）と詠んだ境地も、こんなであろうかと、閑寂のさまに思われたので、手控えの紙に次のことばと句を書きとめた。それは、

栗という字は、上・下に分けると西の木と書いて、西方にある極楽浄土に関係があるとして、行基菩薩《ぎょうきぼさつ》が一生の間、杖《つえ》にも柱にもこの木を使われたとか、ということである。

世《よ》の人《ひと》の見《み》付《つけ》ぬ花《はな》や軒《のき》の栗《くり》

——地味な目立たない栗の花は、世人の目にとまらぬ花であるが、その栗の花を愛し、軒《のき》端《ば》に咲かせているこの庵《いおり》の主人も、世を避け、世に隠れ住んで、世の人の目にとまらない人で、いかにもゆかしいことである

とかくして越行《こえゆく》まゝに、あふくま川を渡る。左《ひだ》りに会津根《あひづね》高く、右に岩《いは》城《き》・相馬《さうま》・三春《みはる》の庄《しやう》、常陸《ひたち》・下野《しもつけ》の地《ち》をさかひて山つらなる。かげ沼《ぬま》と云《いふ》所《ところ》を行《ゆく》に、けふは空曇《くも》りて物影《ものかげ》うつらず。

須《す》か川《がは》の駅《えき》に等窮《とうきゆう》といふものをたづねて、四五日《しごにち》とゞめらる。先《まづ》「白河の関いかにこえつるにや」と問《とふ》。「長途《ちやうど》のくるしみ、身心《しんじん》つかれ、且《かつ》は風《ふう》景《けい》に魂《たましひ》うばゝれ、懐旧《くわいきう》に腸《はらわた》を断《たち》て、はか〲しうおもひめぐらさず。

風流《ふうりう》の初《はじめ》やおくの田《た》植《うゑ》うた

無下《むげ》にこえむもさすがに」と語れば、脇《わき》・第三《だいさん》とつゞけて三巻《みまき》となしぬ。

この宿《しゆく》の傍《かたはら》に、大《おほ》き成栗《なるくり》の木陰《こかげ》をたのみて、世をいとふ僧有《そうあり》。橡《とち》ひろふ

太山《みやま》もかくやと、閒《しづか》に覚《おぼえ》られて、ものに書付侍《かきつけはべ》る。其詞《そのことば》、
栗といふ文字《もんじ》は西の木と書《かき》て、西方浄土《さいはうじやうど》に便《たより》ありと、行基菩薩《ぎやうぎぼさつ》の一生
杖《つゑ》にも柱にも此《この》木を用給《もちひたま》ふとかや。

世《よ》の人《ひと》の見付《みつけ》ぬ花《はな》や軒《のき》の栗《くり》

一四　浅香《あさか》の花《はな》かつみ

福島県郡山市日和田町

等窮《とうきゅう》の家を出て五里（約一九・五キロ）ばかり行った所の、檜皮《ひわだ》（郡山市日和田町）の宿場を出はずれてすぐに浅香山（今の安積山《あさかやま》公園。歌枕《うたまくら》）がある。道路のすぐ近くである。この辺には沼が多い。かつみ（当時、マコモ説とアヤメ説があった）を刈るころも、もうそう遠いことではないから、きっとこの辺で見つかるに違いないと、「どの草を花かつみというのか」と土地の人々に尋ねまわったが、一向《いっこう》に知っているものがいない。沼のほとりをさがし歩き、人に問い、「かつみ、かつみ」と尋ねまわっているうちに、日は早くも山の端《は》に傾いてしまった。しかたなく、二本松（二本松市）から道を右に折

れ、黒塚（安達ヶ《あだちが》原《はら》の鬼女伝説で名高い歌枕）の岩屋をざっと見て、福島に行き泊った。

等窮《とうきゅう》が宅《たく》を出《いで》て五《ご》里《り》計《ばかり》、檜皮《ひはだ》の宿《しゅく》を離れて、あさか山有《あり》。道よりちかし。此《この》あたり沼多し。かつみ刈比《かるころ》もや、ちかうなれば、「いづれの草を花《はな》かつみとは云《いふ》ぞ」と、人《ひと》々に尋侍《たづねはべ》れども、更知人《さらにしるひと》なし。沼を尋《たづね》、人にとひ、「かつみ〳〵」と尋《たづね》ありきて、日は山《やま》の端《は》にかゝりぬ。二本松《にほんまつ》より右にきれて、黒塚《くろづか》の岩屋《いはや》一見《いっけん》し、福嶋《ふくしま》に泊《とま》る。

一五　しのぶの里

福島県福島市

翌日は、しのぶもじ摺《ず》りの石（昔、陸奥国信夫《しのぶ》郡の特産だったもじれ模様の染布を摺り染めするのに用いた石）を尋ねて、しのぶの里（旧信夫郡、今の福島市内。歌枕）に行った。はるかな山陰の小さい村里の中に、石は半分土中に埋《うず》もれていた。村の子供が来て教えるのには「むかしは、この山の上にあったのだけれど、往来の人が、畑の麦の葉をとってこの石の上に摺ってみたりするので、村の人たちがおこって、この谷に突き落したのだよ。だから、石の表面が下になってこんなふうにころがっているのさ」と言う。そういうこともあるであろうか。

早苗《さなへ》とる手もとやむかししのぶ摺《ずり》

――早乙女《さおとめ》たちが早苗をとっているが、その手つきを見ていると、昔、このあたりでしのぶ摺りをした手つきもあんなであったろうかと、昔のことが偲《しの》ばれて、ゆかしいことだ

あくれば、しのぶもぢ摺《ずり》の石を尋《たづね》て、忍《しの》ぶの里《さと》に行《ゆく》。遥山陰《はるかやまかげ》の小里《こざと》に、石半《なかば》土に埋《うづもれ》てあり。里の童部《わらべ》の来《きた》りてをしへける。「むかしはこの山の上に侍《はべり》しを、往来《ゆきき》の人の麦艸《むぎくさ》をあらして、この石を試《こころみ》侍《はべ》るをにくみて、この谷につき落《おと》せば、石のおもて下《した》ざまにふしたり」と云《いふ》。さもあるべき事にや。

早苗《さなへ》とる手《て》もとやむかししのぶ摺《ずり》

おくのほそ道の風景 ③

もじずり石

しのぶの里、と聞いただけで、陋屋《ろうおく》で女がひとり男を待つ風景が想起される。古代の人もそうであったのか、現在の福島県福島市山口の信夫《しのぶ》の里には、一つの伝承が残る。嵯峨天皇の皇子源融《みなもとのとおる》がこの地を訪れたとき、長者の娘虎女《とらじょ》と恋に落ちた。しかし融は再会を約束して都へと帰ってゆく。虎女は「もぢずり観音」に祈るものの、都から音沙汰《おとさた》はない。思い詰めるあまり、「もぢずり石」にふと融の幻さえ見る。ようやく融から歌が届けられたとき、虎女は病床にあった。「みちのくの忍ぶもぢずり誰《たれ》ゆゑに乱れそめにし我《われ》ならなくに」——あなたのせいで、しのぶもじずり模様のように心が乱れるのですよ……。虎女はその歌を抱きしめて息をひきとった。

この融の歌は『古今集』や『伊勢物語』にも採られる著名な歌。「もぢずり」とは、葉や茎を布に擦りつけて染めるもので、定まった模様ではなく乱れ模様になるため、和歌では「乱れ」に掛けられるようになった。「しのぶ」の意ははっきりせず、産地が信夫の里であるため、または忍ぶ草を擦りつけたため、または乱れ模様が忍ぶ草に似ているため、など諸説ある。

虎女が融の幻を見たもじずり石は、布を置いてもじずりをした石として伝えられていた。芭蕉が訪ねたのちは完全に埋まってしまったが、明治に発掘され、虎女が祈願したという文知摺《もじずり》観音堂の境内に安置された。芭蕉句碑とともに歌枕《うたまくら》を偲《しの》ぶよすがとなっている。

一六 飯塚《いいづか》の佐藤庄司《さとうしょうじ》旧跡

福島県福島市飯坂町

阿武隈《あぶくま》川の月の輪の渡しを越えて、瀬《せ》の上《うえ》（福島市瀬上町）という宿場に出た。「このあたりの庄司（領主）だった佐藤元治《もとはる》（義経に従軍して死んだ継信《つぐのぶ》・忠信《ただのぶ》兄弟の父。奥州藤原氏に仕えた）の旧跡は、左手の山寄りに、一里半ばかり行ったところにある。所の名は飯塚村の鯖野《さばの》（旧字《あざ》は佐場野《さばの》。福島市飯坂町）だ」と聞いて、人に尋ねながら行くうちに、尋ねたあげく、丸山という小山に行きついた。「これが佐藤元治の館《やかた》の跡である。丸山の麓《ふもと》に大手門の跡がある」と、人が教えるままに見てまわり、懐旧の涙を流した。またそばの古寺（医王寺《いおうじ》。ただし二人の妻の墓石はない）に、佐藤一家の石碑が残っている。石碑の中でも、討死にした継信・忠信兄弟の妻女の石碑は格別哀れをそそる。女ながら健気《けなげ》な振舞《ふるまい》をした評判が、よくもまあ後世に伝わったものだと感涙にむせんだ。有名な堕涙《だるい》の石碑（晋《しん》の武将羊祜《ようこ》の没後、その徳を慕って建てられ、見る人が皆落涙した碑）も遠い中国に行く必要はなく、眼前にあるというものだ。寺に入って茶を所望すると、ここはまた、義経の太刀や弁慶の笈《おい》を所蔵して宝物としている。

笈《おひ》も太刀《たち》も五月《さつき》にかざれ帋幟《かみのぼり》

――この寺には、昔をしのぶ弁慶の笈や義経の太刀があるということだが、もう五月の節句の時期であるから、紙幟を立て、宝物の笈や太刀を飾って、端午《たんご》を祝ったらよいだろう

この日は、ちょうど五月一日のことであった。

月《つき》の輪《わ》の渡しを越《こえ》て、瀬《せ》の上《うへ》と云《いふ》宿《しゆく》に出《い》づ。「佐藤庄司《さとうしやうじ》が旧跡《きうせき》は、ひだりの山際《やまぎは》一里半計《ばかり》に有《あり》。飯塚《いひづか》の里鯖野《さとさばの》」と聞《きき》て、尋《たづね》たづね行《ゆく》に、丸山《まるやま》と云《いふ》に尋《たづね》あたる。「是《これ》、庄司が旧館也《きうくわんなり》。麓《ふもと》に大手《おほて》の跡」など、人のをしゆるにまかせて泪《なみだ》を落《おと》し、又《また》かたはらの古寺《ふるでら》に一家《いつけ》の石碑《せきひ》を残す。中《なか》にも二人《ふたり》の嫁《よめ》がしるし、先《まづ》あはれなり。をんなゝれ共《ども》かひ〴〵敷《しき》名の世に聞《きこ》えつるもの哉《かな》と、袂《たもと》をぬらしぬ。墜涙《だるゐ》の石碑《せきひ》も遠きにあらず。寺に入《いり》てちやを乞《こ》へば、爰《ここ》に義経《よしつね》の太刀《たち》・弁慶《べんけい》が笈《おひ》をとゞめて什物《じふもつ》とす。

笈《おひ》も太刀《たち》も五月《さつき》にかざれ帋幟《かみのぼり》

――五月朔日《さつきついたち》の事にや。

一七　飯塚《いいづか》の温泉《いでゆ》

福島市の飯坂温泉

その夜は、飯塚（福島市飯坂町か）に泊った。温泉《いでゆ》（飯坂温泉）があるので、入湯してから宿を求めたところ、その宿は土間《どま》に莚《むしろ》を敷いてあるだけの、貧しい家である。灯火もないので、囲炉裏《いろり》の火の明りをたよりに寝床をとって寝た。ところが、夜になってから雷が鳴り、雨がしきりに降って、寝ている上から雨漏りがし、蚤《のみ》や蚊にあちこち食われ刺されて、眠れない。そのうちに持病まで起って痛むので、気を失うばかりである。

初夏の短夜がひどく長く思われ、ようやく夜があけたので、また旅路についた。しかしまだ、昨夜の苦痛が残っていて、気分が重い。馬をやとって桑折《こおり》（伊達郡桑折町）の宿駅に出る。まだこれから、行く先遠い旅路をかかえているのに、いまからこんな病気をして不安ではあるが、今度の旅は辺鄙《へんぴ》な土地の行脚《あんぎゃ》で、現世の無常を思い、身を捨てる覚悟で出て来たのだから、たとい旅の半ばに道中に死ぬようになっても、それも天命だと、気力をすこし取り直し、だてな足取りで道を思うさまに踏んでその名も伊達《だて》の大木戸（伊達郡国見町大木戸。ここから北が伊達領）を越したのである。

其夜《そのよ》飯塚《いひづか》にとまる。温泉《いでゆ》あれば湯に入《いり》て宿《やど》をかるに、土坐《どざ》に筵《むしろ》を敷《しき》て、あやしき貧家《ひんか》也《なり》。ともし火《び》もなければ、ゐろりの火《ほ》かげに寐所《ねどころ》をまうけてふす。夜に入《いり》て雷鳴《かみなり》雨しきりに降《ふり》て、ふせる上よりもり、蚤《のみ》・蚊《か》にせゝられて眠らず。持病《ぢびやう》さへおこりて、消入計《きえいるばかり》になん。短夜《みじかよ》の空もやうく明《あく》れば、又旅立《またたびだち》ぬ。猶《なほ》よるの名残、心すゝまず。馬かりて桑折《こをり》の駅に出《いづ》る。はるかなる行末《ゆくすゑ》をかゝへて、かゝる病覚束《やまひおぼつか》なしといへど、羇旅辺土《きりよへんど》の行脚《あんぎや》、捨身無常《しやしんむじやう》の観念《くわんねん》、道路《だうろ》にしなん、是天《これてん》の命也《めいなり》と、気力聊《きりよくいささか》とり直《なほ》し、道縦横《みちじゆうわう》に踏《ふん》で伊達《だて》の大木戸《おほきど》をこす。

一八　笠島《かさしま》

宮城県名取市

鐙摺《あぶみずり》（宮城県白石市《しろいし》越河と斎河の間にあった山峡の細道）や白石（片倉氏一万六千石の城下町。白石市）の城下町を通り、笠島郡《かさしま》（名取市愛島《めでしま》）に入ったので、「中将藤原実方《さねかた》（平安時代の歌人で、行成と口論して勅勘を蒙《こうむ》り陸奥に左遷された）の墓はどの辺ですか」と人に尋ねると、「ここからはるか右手の山際に見える村里が、蓑輪《みのわ》・笠島です。そこに笠島道祖神社（社前を実方が乗馬のまま通ったので、神罰を受け落馬して死んだという）や、西行の歌『朽ちもせぬその名ばかりをとどめ置きて枯野の薄形見《すすきかたみ》にぞ見る』（新古今集）で知られた形見の薄《すすき》が、いまでも残っています」と教えてくれた。

だが、このごろの五月雨《さみだれ》のために、道がたいへん悪く、からだも疲れているので、よそ目に遠くから眺めるだけで通り過ぎたが、蓑輪・笠島という地名も、蓑・笠と雨に関係のある名で、ちょうど五月雨の季節にふさわしいと、次のような句を詠《よ》んだ。

笠嶋《かさじま》はいづこさ月《つき》のぬかり道《みち》

——旧跡のある笠島はどの辺であろうか。行ってみたいのだが、疲れたからだに、この五月雨の降り続いたぬかり道では、それもかなわない。五月雨の季節に笠島の名はふさわしいのだが、いったいどの辺かなあ、と心を残しながら、この五月の泥濘《でいねい》の道を旅を続けることだ

あぶみ摺《ずり》・白石《しろいし》の城《じやう》を過《すぎ》、笠《かさ》じまの郡《こほり》に入《い》れば、「藤中将実方《とうのちゆうじやうさねかた》の塚《つか》は——いづくの程ならん」と人にとへば、「是《これ》より遥《はるか》右に見ゆる山際《やまぎは》の里《さと》をみの

わ・笠嶋《かさじま》と云《いひ》、道祖神《だうそじん》の社《やしろ》・かたみの薄《すすき》、今にあり」と、をしゆ。
此比《このごろ》の五月雨《さみだれ》に道いとあしく、身つかれ侍《はべ》れば、よそながらながめやりて過《すぐ》るに、みのわ・笠じまも五月雨の折《をり》にふれたりと、

笠嶋《かさじま》はいづこさ月《つき》のぬかり道《みち》

一九　岩沼《いわぬま》の武隈《たけくま》の松《まつ》

宮城県岩沼市

岩沼宿《いわぬまのしゅく》。

岩沼に来て武隈《たけくま》の松（竹駒神社の西北約五〇〇メートルの所にある。歌枕《うたまくら》）を見ると、印象鮮明で、まったく目が覚めるような気がした。松は土の生え際から二本の股《また》に分れていて、昔から二木《ふたき》の松（「武隈の松は二木を都人いかがと問はばみきとこたへん」〈後拾遺集〉）として歌などに詠《よ》まれているころの姿を失わないでいることがわかる。

この松を見ていると、まず都から下って来てこの松の歌を詠んでいる能因《のういん》法師のことが思い出される。そのころ、陸奥守《むつのかみ》としてこの地へ下って来た藤原孝義《たかよし》という人が、こ

の木を伐《き》って、名取川の橋杭《はしぐい》にされたことなどがあったからか、能因法師が二度目にこの地へ来た時は、松がなかったので、「武隈の松はこの度跡もなし千歳を経てや我は来つらん」（松はこのたび来てみると跡かたもない……〈後拾遺集〉）と歌に詠んでいる。そんなわけで、この松は代々あるいは伐り、あるいは植え継いだりしたと聞いていたが、いまはまた昔と変らず千年の齢《よわい》めでたい整った姿をしていて、すばらしい様子である。

たけくまの松《まつ》みせ申《まう》せ遅桜《おそざくら》

——遅桜よ、師翁が奥州へ行かれたら、ぜひ武隈の松をお見せしなさいよ

という句を、挙白《きよはく》（草壁氏）という門人が、私の江戸出立のときに贈ってくれたので、私は次の句をここで作って挨拶《あいさつ》をした。

桜《さくら》より松《まつ》は二木《ふたき》を三月《みつき》越《ご》し

——桜よりも私を待っていてくれたのは武隈の松で、古歌に詠まれたとおりの二木の武隈の松を、いま、三月越しにようやく見ることができた

岩沼宿《いはぬまのしゆく》。

武隈《たけくま》の松《まつ》にこそ目《め》覚《さむ》る心地はすれ。根は土際《つちぎは》より二木《ふたき》にわかれて、むかしの姿《すがた》うしなはずとしらる。

先《まづ》、能因法師《のういんほふし》おもひ出《い》づ。往昔《そのかみ》むつのかみにて下《くだ》りし人、此木《このき》を伐《きり》て名《な》取川《とりがは》の橋杭《はしぐひ》にせられたる事などあればにや、「松は此《この》たび跡もなし」とはよみたり。代々《よよ》あるは伐《きり》、あるいは植継《うゑつぎ》などせしと聞《きく》に、今将千《いまはたち》歳《とせ》のかたちと、のひて、めでたき松の気《け》しきになん侍《はべり》し。

たけくまの松《まつ》みせ申《まう》せ遅桜《おそざくら》

と挙白《きよはく》と云《いふ》もの、餞別《せんべつ》したりければ、

桜《さくら》より松《まつ》は二木《ふたき》を三《み》月《つき》越《ご》し

二〇 宮城野《みやぎの》

宮城県仙台市

名取川を渡って仙台（伊達氏六十二万石の城下町）に入った。折から端午《たんご》の節句の前日、五月四日で、軒にあやめを挿《さ》す日である。宿屋を求めて四、五日逗留《とうりゅう》した。ここに画工加右衛門《かえもん》（大淀三千風《おおよどみちかぜ》の高弟）という者がいるが、なかなか風流を解する者だと聞いて、知人となった。この加右衛門が「この地の名所として古歌などに詠《よ》まれながら、実は従来はっきりしない所を、数年来調査しておきましたから、ご案内しましょう」と言って、ある日案内してくれた。

宮城野《みやぎの》（仙台市宮城野区の宮城野原。萩の名所で歌枕《うたまくら》）という古歌に出てくる名所へ行ったが、なるほど萩の盛りのころは、みごとだろうと思われた。町の東のほうの歌枕の玉田や横野を見、ついでつつじが岡（宮城野区の榴岡《つつじがおか》公園）にまわったが、ここは古歌にあるとおり、馬酔木《あせび》の花の咲くころが趣深いことと思われた。次には、日の光もさしこまない松林の中に入って、「ここを木《き》の下《した》（若林区木ノ下）と申します」と言う。昔もこんなに露が深いところだったので、「みさぶらひ御笠と申せ宮城野の木《こ》の下露は雨にまされり」（お供の方々よ、御笠を召せと言いなさいよ、この宮城野の木の下に置く露は雨よりもひどく濡《ぬ》れるのだから〈古今集〉）と古歌に詠んだのだろう。薬師堂・天満宮などに参拝して、その日は暮れた。なお、この加右衛門は、松島や塩竈《しおがま》の所々を画に描いて贈物にしてくれた。また、紺染《こんぞめ》の緒をつけた草鞋《わらじ》を二足、餞別《せんべつ》にくれた。こんな気のきいたことをするとは、風流の道のただ者ではないと知り合った時から思っていたが、まさにここでその本性を現したことであるよと、次の句を詠んだ。

あやめ草足《ぐさあし》に結《むすば》ん草鞋《わらぢ》の緒《を》

――おりから端午の節句なので、家々の軒にはあやめ草が挿してある。私は、紺の染緒の草鞋を餞別にもらったが、もとより一所不住の身で、あやめを軒に挿して邪気を払うことはできないから、せめてこの草鞋の緒を足に結んで、旅中の無事を祈るとしよう

加右衛門の描いてくれた絵図に従って歩いて行くと、奥の細道（宮城野区岩切の東光寺門前付近に、大淀三千風らが再整備した街道）と呼ばれる細い街道があり、その街道の山側に添って、古歌で有名な十符《とふ》の菅《すげ》（十筋の編み目のあるむしろの材料とする菅）が生えていた。いまでも毎年十符の菅菰《すがごも》を編んで、藩主に献上するという。

名《な》取川《とりがは》をわたつて仙台《せんだい》に入《いる》。あやめふく日也《なり》。旅宿《りよしゆく》をもとめて四五日《しごにち》逗留《とうりう》す。爰《ここ》に画工《ぐわこう》加右衛門《かゑもん》と云《いふ》ものあり、聊《いささか》心あるものと聞《きき》て知る人になる。このもの、「年比《としごろ》さだかならぬ名《な》どころを考置侍《かんがへおきはべ》れば」とて、一日《ひとひ》案《あん》内《ない》す。

宮城《みやぎ》野《の》の萩茂《はぎしげ》りあひて、秋の気《け》しきおもひやらる。玉田《たまだ》・よこ野《の》、つ、じが岡はあせび咲比也《さくころなり》。日かげももらぬ松の林に入《いり》て、「爰《ここ》を木《き》の下《した》と云《いふ》」とぞ。むかしもかく露《つゆ》ふかければこそ、「みさぶらひみかさ」とはよみたれ。薬師《やくし》堂・天神の御社《みやしろ》などをがみて、其日《そのひ》はくれぬ。猶《なほ》、松嶋《まつしま》・塩《しほ》がまの所々画《ところどころゑ》にかきて送る。且《かつ》、紺《こん》の染緒《そめを》つけたる草鞋《わらぢ》二《に》足《そく》はなむけす。さればこそ風流《ふうりう》のしれもの、爰《ここ》に至《いた》りて其実《そのじつ》をあらはす。

あやめ草《ぐさ》足《あし》に結《むすば》ん草鞋《わらぢ》の緒《を》

彼画図《かのぐわと》にまかせてたどり行《ゆけ》ば、おくの細道《ほそみち》の山際《やまぎは》に十府《とふ》の菅《すげ》有《あり》。今も年々《としどし》十府の菅菰《すがごも》を調《ととのへ》て国守《こくしゅ》に献《けん》ずと云《いへ》り。

二 壺《つぼ》の碑《いしぶみ》

宮城県多賀城市

壺《つぼ》の碑《いしぶみ》（多《た》賀城《がじょう》市市川に伝存する多賀城碑）。市川村多《た》賀城《がじょう》の跡にある。

この壺の碑は、高さが六尺（一尺は約三〇・三センチ）余り、横が三尺ばかりでもあろうか。一面苔《こけ》むした石で、苔をほじくってみたところ、文字はかすかではっきりとは読めない。ここから四方の国境までの里数が書いてある。そのあとに「この城は神亀《じんき》元年（七二四）、按察使《あぜち》鎮守府《ちんじゅふ》将軍、大野朝臣東人《おおのあそんあずまひと》（藤原宇合《うまかい》に従って蝦夷《えみし》と戦い、多賀城を築く）が作ったものである。天平宝字《てんぴょうほうじ》六年（七六二）、参議であり、かつ東海東山節度《とうかいとうせんせつど》使《し》で、兼ねて同じく将軍の恵美朝臣朝獦《えみのあそんあさかり》がさらに修理を加え、ここに碑を建てる。十二月一日」と書いてある。神亀元年、奈良時代の聖武天皇の御代《みよ》にあたる。

ところで、昔から古歌に詠《よ》まれている歌枕《うたまくら》の類《たぐい》は、今日までたくさん語り伝えられているが、それらの歌枕を現在訪ねてみると、歌枕だった山は崩れ、川は流れを変え、道は改まり、石は埋《うず》もれて土中に隠れ、木は老い朽ちて若い木に生え変っているので、時代が移り変って、昔の歌枕の跡も、確かでないものが大半なのだが、この壺の碑だけは、まちがいない千年の昔の記念であって、これを見るといま、眼前に古人の心を確かめみる思いだ。まことに行脚《あんぎや》のおかげであり、生き長らえた冥利《みようり》であると、嬉《うれ》しくてたまらず、旅の疲れを忘れて、涙もあふれ落ちそうであった。

壺碑《つぼのいしぶみ》。市川村《いちかはむら》多賀城《たがのじやう》に有《あり》。

つぼの石ぶみは、高さ六尺余《ろくしやくあまり》、横三尺計歟《さんじやくばかりか》。苔《こけ》を穿《うがち》て文字《もんじ》幽也《かすかなり》。四《し》維国界之《ゆゐこくかいの》数《す》里《り》をしるす。「此城《このじやう》、神亀《じんき》元年《ぐわんねん》、按察使《あぜち》鎮守府将軍《ちんじゆふしやうぐん》大野朝臣《おほのあそん》東《あづま》人之《ひとの》所置也《おくところなり》。天平宝字六年《てんぴやうほうじろくねん》、参議《さんぎ》東海東山節度《とうかいとうせんせつど》使《し》 同《おなじく》 将軍《しやうぐん》恵美朝臣《ゑみのあそん》朝獦《あさかり》修造《しゆざう》也、十二月一日《じふにぐわつついたち》」と有《あり》。聖武皇帝《しやうむくわうてい》の御時《おほんとき》にあたれり。

むかしよりよみ置《おけ》る哥枕《うたまくら》、多《おほ》くかたり伝《つた》ふといへども、山崩《くづれ》川流《ながれ》て、道あらたまり、石は埋《うづもれ》て土にかくれ、木は老《おい》て若木《わかき》にかはれば、時移《ときうつ》り代《よ》変《へん》じて、其《その》跡たしかならぬ事のみを、爰《ここに》至りてうたがひなき千歳《せんざい》の記念《かたみ》、今眼前《いまがんぜん》に古人《こじん》の心を閲《けみ》す。行脚《あんぎや》の一徳《いつとく》、存命《ぞんめい》の悦《よろこび》、羇旅《きりよ》の労《らう》をわすれて、泪《なみだ》も落《おつ》るばかり也《なり》。

おくのほそ道の風景 ④

壺《つぼ》の碑《いしぶみ》

多賀城南門近くの覆屋（上）に安置された多賀城碑（左）。国内各所からの距離や、多賀城の歴史などが刻まれている。

「これがあの壺の碑――」と涙を落とさんばかりの芭蕉《ばしょう》。多くの和歌に詠《よ》まれてきた「壺の碑」は、鎌倉期の歌人顕昭《けんしょう》の『袖中抄《しゅうちゅうしょう》』によると日本の東の果てにあり、坂上田村麻呂《さかのうえのたむらまろ》が征夷大将軍《せいいたいしょうぐん》として訪れたときに弓の弭《はず》で「日本の中央」と書き付けた碑であるという。西行の『山家集《さんかしゅう》』には「むつのくの奥ゆかしくぞおもほゆるつぼのいしぶみそとの浜風」とあり、青森県の陸奥《むつ》湾に面した外ヶ浜《そとがはま》、または上北《かみきた》郡七戸《しちのへ》町（旧天間林村）にあったという説もあるが、その所在は当時からはっきりせず、「文」「書く」を導くための歌ことばとして新古今歌人らに好んで詠まれた。

宮城県多賀城址を訪れた芭蕉は石碑を前にして「むかしよりよみ置《お》ける歌枕《うたまくら》」と感銘するが、実はその碑は「多賀城碑」であり、西行らが詠んだ「つぼのいしぶみ」とは異なるもの。幻の歌枕であったのに、江戸時代に多賀城址で発掘された古碑がそれと考えられるようになっていた。しかしこの碑は坂上田村麻呂より古く、神亀《じんき》元年（七二四）に大野東人《おおののあずまひと》が東国支配のための拠点として鎮守府を置く多賀城を築いたことを記したもので、いまは重要文化財に指定されている。芭蕉の涙に値する、非常に貴重な碑であった。

現在の多賀城址は発掘が進み、史跡公園となっている。芭蕉の時代は苔《こけ》むして文字も読めないほどであった古碑は覆屋《おおいや》によって守られ、公園の一角にたたずんでいる。

二二　末《すえ》の松《まつ》山《やま》

宮城県多賀城市

それから、野田の玉川（壺の碑の東方一キロの小川。歌枕《うたまくら》）や沖の石（壺の碑の南東約三キロ、多賀城市八幡にある地中の石）の名所を訪ねた。「君をおきてあだし心をわが持たば末の松山波も越えなむ」（古今集）の古歌で有名な歌枕の末の松山（沖の石の北方一〇〇メートル余の丘陵）は、いまは寺を建て、山号を末松山《まつしょうざん》という。あたりの松原は、木々の間がみな墓場で、それを見るにつけ比翼連理《ひよくれんり》（白楽天「長恨歌《ちょうごんか》」による）の仲——いつまでも変るまいとの男女の契《ちぎり》も、結局はみなこのような墓の下に帰してしまうのだと、悲しさをそそられ、やがて着いた塩竈《しおがま》の浦（宮城県塩竈市。歌枕）の夕暮れ時の鐘の声をさびしく聞いたことである。さみだれの空もすこし雲が切れ、夕月がほのかに光って、籬《まがき》が島（塩竈湾中の小島。歌枕）も近くに見渡される。小さな漁船が連れ立って漕《こ》ぎよせ、海辺で魚を分ける声を聞いていると、「世の中は常にもがもな渚こぐあまの小舟《おぶね》の綱手かなしも」（新勅撰集）と源実朝《さねとも》が詠《よ》んだ気持が共感され、いちだんと旅の哀れが身にしみる。

その夜、盲目の法師が、琵琶《びわ》をかき鳴らして奥浄瑠璃《おくじょうるり》（仙台独特の古浄瑠璃）を語るのを聞いた。平曲《へいきょく》でもなく、幸若舞《こうわかまい》ともまた違う。田舎びた調子の声をはり上げて語るので、枕元で語られては少々やかましいが、さすがに片田舎に残る古い文化を忘れず伝えているのだから、けなげなことと感じ入った。

それより野田《のだ》の玉川《たまがは》・沖《おき》の石《いし》を尋《たづ》ぬ。末《する》の松山《まつやま》は寺を造《つく》りて、末松山《まつしようざん》と云《いふ》。松のあひ〳〵皆墓原《みなはかはら》にて、はねをかはし枝をつらぬる契《ちぎ》りの末も、終《つひ》にはかくのごときと、かなしさも増《まさ》りて、塩《しほ》がまの浦《うら》に入逢《いりあひ》のかねを聞《きく》。五月雨《さみだれ》の空聊《いささか》はれて、夕月夜《ゆふづくよ》かすかに、籬《まがき》が嶋《しま》も程ちかし。あまの小舟《をぶね》こぎつれて、肴《さかな》わかつこゑ〴〵に、「綱手《つなで》かなしも」とよみけむこゝろもしられて、いとゞあはれ也《なり》。

其夜《そのよ》、目盲法師《めくらほふし》の琵琶《びは》をならして、奥浄瑠璃《おくじやうるり》と云《いふ》ものをかたる。平家《へいけ》にもあらず、舞《まひ》にもあらず、ひなびたる調子《てうし》打上《うちあげ》て、枕ちかうかしましけれど、さすがに辺国《へんごく》の遺風《ゐふう》わすれざるものから、殊勝《しゆしよう》に覚《おぼえ》らる。

二三　塩竈《しおがま》

宮城県塩竈市

朝早く塩竈《しおがま》明神（陸《む》奥国《つのくに》一宮《いちのみや》 鹽竈神社）に参詣《さんけい》した。この神社は、かつての藩主伊《だ》達《て》政宗《まさむね》が再建されたもので、宮柱は太く、色どった垂木《たるき》はきらびやかに美しく、石の階段は高く重なり、朝日が朱塗りの垣根を輝かしている。こんな遠い片田舎の地にまで、神々の霊験があらたかで、りっぱなお宮の造られているのが、わが国の風俗なのだと、大層ありがたく思った。

この神社の社殿の前に、古い宝灯がある。その鉄の扉の面に「文治三年（一一八七）、和泉三郎《いずみのさぶろう》（父藤原秀衡《ひでひら》の遺命に従い義経を護《まも》り、兄泰衡《やすひら》に滅ぼされた）がさしあげました」と彫《ほ》りこんである。五百年も前の様子が、いま目の前に浮んできて、何が特にというのではないが、珍しく思われた。和泉三郎は勇気があり、節義を重んじ、忠孝の徳のあつい武士である。そのすぐれた名をいまに至るまで慕わぬものはない。まことに「人たる者はよく道をつとめ、義を守るべきである。そうすれば、名誉もまた自然これに伴うものだ」と古人の言葉にもある。

日ざしがもう正午に近い。そこで船をやとって松島に渡った。塩竈から松島までは、海上二里余り（約七・八キロ）あるが、やがて雄島《おじま》の磯《いそ》（瑞巌寺《ずいがんじ》の南東一キロ余にあり、渡月橋で陸に続く。歌枕《うたまくら》）に着いた。

早朝《さうてう》、塩竈《しほがま》の明神《みやうじん》に詣《まう》づ。国守再興《こくしゆさいこう》せられて、宮柱《みやばしら》ふとしく、彩椽《さいてん》さらびやかに、石の階《きざはし》九仞《きうじん》に重《かさな》り、朝日《あさひ》あけの玉がきをかゝやかす。かゝる道の果《はて》、塵土《ぢんど》のさかひまで、神霊《しんれい》あらたにましますこそ、吾国《わがくに》の風俗《ふうぞく》なれと、いと貴《たふと》けれ。

神前《しんぜん》に古き宝灯有《ほうとうあり》。かねの戸びらのおもてに、「文治《ぶんぢ》三年和泉三郎《いづみのさぶらう》寄進《きしん》」と有《あり》。五百年来《ごひやくねんらい》の俤《おもかげ》、今《いま》目の前にうかびて、そゞろに珎《めづら》し。渠《かれ》は勇義《ゆうぎ》忠《ちゆう》孝《こう》の士《し》也《なり》。佳命《かめい》今に至りて、したはずと云事《いふこと》なし。誠《まことに》、「人能《よく》道を勤《つとめ》、義《ぎ》を守《まもる》べし。名も又是《またこれ》にしたがふ」と云《いへ》り。

日既《すでに》午《ご》にちかし。船《ふね》をかりて松嶋《まつしま》に渡る。其間《そのあひ》二《に》里《り》余《よ》、小《を》じまの礒《いそ》につく。

二四 松島《まつしま》

宮城県塩竈市

松島のことをいまさら述べるのは、言いふるされているようだが、さてもこの松島はわが国第一のよい風景であって、中国の洞庭湖《どうていこ》や西湖《せいこ》に比べても決して劣ることはない。東南から海が陸に入りこむように湾をつくっていて、湾の中は三里（約一一・七キロ）四方、中にはあの浙江《せっこう》の潮《うしお》（杭州湾に注ぐ大河、銭塘江《せんとうこう》）のような漫々たる潮が満ちている。無数の島々が点在していて、高くそびえている島は天を指さし、低く横たわる島は波の上に腹ばいになっているようだ。ある島は二重に、またある島は三重に重なりあっており、左の方の島は離ればなれかと思うと、右の方の島は横に続いており、小さな島を背負ったようなものや抱いたようなものもあって、それらは、子や孫が仲良くするさまにも似ている。松の緑が濃く、枝葉は潮風に吹き曲げられて、その曲った枝ぶりは自然に生じたものながら、ことさら曲げ整えたようにいい格好である。このような松島の景色は見る人をうっとりさせるような美しさで、蘇《そ》東坡《とうば》（中国・北宋の詩人・文学者）の詩にあるように、美人がその顔に化粧したような趣がある。神代の昔、大山祇《おおやまつみ》の神がつくりなしたわざなのだろうか。自然をつくり給《たま》う神のはたらきのみごとさを、人間の誰《だれ》が絵画や詩文に十分に表現できよう、とてもできるものではない。

抑事《そもそもこと》ふりにたれど、松嶋《まつしま》は扶桑第一《ふさうだいいち》の好風《かうふう》にして、およそ洞庭《とうてい》・西湖《せいこ》を恥《はぢ》ず。東南より海を入《いれ》て、江《え》の中三里《うちさんり》、浙江《せつかう》の潮《うしほ》をたゝふ。嶋々《しまじま》の数《かず》を尽《つく》して、欹《そばだつ》ものは天《てん》を指《ゆびさし》、ふすものは波に匍匐《はらばふ》。あるは二重《ふたへ》にかさなり、三重《みへ》に畳《たたみ》て、左《ひだ》りにわかれ、右につらなる。負《おへ》るあり、抱《いだけ》るあり、児孫《じそん》愛すがごとし。松のみどりこまやかに、枝葉《しえふ》汐風《しほかぜ》に吹《ふき》たわめて、屈曲《くつきよく》おのづからためたるがごとし。其気色《そのけしき》窅然《えうぜん》として、美人《びじん》の顔《かんばせ》を粧《よそほ》ふ。千早振《ちはやふる》神の昔、大山《おほやま》ずみのなせるわざにや。造化《ざうくわ》の天工《てんこう》、いづれの人か筆をふるひ、詞《ことば》を尽《つく》さむ。

二五 雄《お》島《じま》の磯《いそ》

宮城県塩竈市

雄島の磯は、陸から地続きで島となって海に突き出た島である。雲居《うんご》禅師《ぜんじ》（伊達忠宗《ただむね》に招かれて瑞巌寺《ずいがんじ》を中興した）の別室の跡や、坐禅石《ざぜんせき》などがある。また、松の木陰に出家隠遁《いんとん》している人も少しはいるらしく、落葉や松笠などを焼く煙が立ちのぼる草庵《そうあん》に、ひとり静かに住んでいる様子で、どんな人かはわからないが、なんとなく心ひかれるので、近くに立ち寄って様子をうかがっていると、折から出た月が海に映って、昼の眺めとはまた変った趣になった。海岸にもどって宿をとると、その宿屋は、窓を海上に向って開《あ》けた二階造りで、自然の風光のただ中に旅寝をするような気分になり、不思議なほどよい心持がするのであった。曾良《そら》は、

松島《まつしま》や鶴《つる》に身《み》をかれほとゝぎす　　曾良

――この松島に来てみると、いかにも壮大秀麗な風景である。古人は、千鳥が鶴の毛衣《けごろも》を借りることを歌に詠《よ》んでいるが、いまは千鳥の季節ではなく、ほととぎすの鳴く季節である。ほととぎすよ、白い鶴に身を借りて、この松島の上を鳴き渡れ

という句を作った。

私は、このすばらしい景色に向っては句を案ずるどころではなく、句作をあきらめて眠ろうとするのだが、といって眠るに眠られない。芭蕉庵を立ち出《い》でる時、素堂《そどう》（山口

素堂）が餞別《せんべつ》に松島の漢詩を作ってくれ、原安適《はらあんてき》（歌人）が松が浦島（菖蒲田浜《しょうぶたはま》から松ケ浜に至る海岸近くにある小島。歌枕《うたまくら》）の和歌を贈ってくれた。眠られぬままに、頭陀《ずだ》袋《ぶくろ》の口を解いてこれらの詩歌を取り出し、今晩のさびしさを慰める友とした。このほか、袋の中には松島を詠んだ杉風《さんぷう》や濁子《じょくし》（門弟、中川甚五兵衛）の発句も入っていた。

雄嶋《をじま》が礒《いそ》は地《ち》つゞきて、海に成出《なりいで》たる嶋也《しまなり》。雲居禅師《うんごぜんじ》の別室《べつしつ》の跡、坐禅《ざぜん》石《せき》など有《あり》。将《はた》、松の木陰《こかげ》に世をいとふ人も稀々《まれまれ》見え侍《はべ》りて、落《おち》ぼ・松笠《まつかさ》など打煙《うちけぶり》たる草の庵《いほり》閑《しづか》に住《すみ》なし、いかなる人とはしられずながら、先《まづ》なつかしく立寄《たちよる》ほどに、月《つき》海に移りて、昼のながめ又《また》あらたむ。江上《かうしやう》に帰りて宿《やど》を求《もとむ》れば、窓を開《ひらき》二階《にかい》を作《つくり》て、風雲《ふううん》の中《うち》に旅寐《たびね》するこそ、あやしきまで妙《たへ》なる心地《ここち》はせらるれ。

松島《まつしま》や鶴《つる》に身《み》をかれほとゝぎす　　曾良《そら》

予《よ》は口をとぢて、眠らむとしていねられず。旧庵《きうあん》をわかるゝ時、素堂《そだう》松嶋の詩有《あり》。原安適《はらあんてき》松がうらしまの和哥《わか》を送らる。袋《ふくろ》を解《とき》てこよひの友とす。

一且《かつ》、杉風《さんぷう》・濁子《ぢよくし》発句《ほつく》有り。

二六 瑞巌寺《ずいがんじ》

宮城県塩竈市

十一日、瑞巌寺に参拝した。この寺は、最初天台宗であったが、その三十二代めの昔に、真壁《まかべの》平四郎（鎌倉時代の僧、法身和尚）という人が出家して、唐に渡り、帰国してから、今日の瑞巌寺を開いたものである。そののちに至り、雲居禅師《うんごぜんじ》が住持となられ、徳を及ぼして、七堂の建物も改築され、金箔《きんぱく》をおいた壁、仏前のきらびやかな飾りなどが光り輝き、仏の教化の行きとどいた大伽藍《だいがらん》にとはなった。ところで、あの見仏聖《けんぶつひじり》（雄《お》島《じま》に住し苦行したという見仏上人）の跡はどこであろうかと慕われる。

十一日、瑞岩寺《ずいがんじ》に詣《まうづ》。当寺《たうじ》三十二世《さんじふにせ》の昔、真壁《まかべ》の平四郎《へいしらう》出家《しゆつけ》して入唐帰朝《につたうきてう》の後開山《のちかいさん》す。其《その》後に雲居禅師《うんごぜんじ》の徳化《とくくわ》によりて、七堂甍《しちだういらか》改《あらたま》りて、金壁《こんぺき》荘厳《しやうごん》光を輝《かかやか》し、仏土《ぶつど》成就《じやうじゆ》の大伽藍《だいがらん》とはなれりける。彼見仏聖《かのけんぶつひじり》の寺はいづくにやとしたはる。

おくのほそ道の風景 5

瑞巌寺《ずいがんじ》

天工――神のわざとはよく言ったもので、松島湾の光景は計算し尽くされた一幅の絵のようにも思われるものの、雨が通り過ぎたり、雲間から日が差したり、刻一刻と表情を変化させる島々の光景はとうてい人為の及ぶところではない。その自然の営みに満ちた海上に、するりと軒を伸ばす五大堂《ごだいどう》の甍《いらか》。瑞巌寺の伽藍《がらん》のひとつである。これは人為であるのに、天地開闢《てんちかいびゃく》からずっとこうやってここにあったような風格であるのは、積み重ねた歴史によるものであろうか。

瑞巌寺は江戸開幕にあたってこの地を領することになった伊達《だて》政《まさ》宗《むね》が開き、瑞巌円福寺と号した。芭蕉《ばしょう》が雄島《おじま》でその禅堂跡をたずねた雲居《うんご》禅師《ぜんじ》を開山とする。本瓦葺《ほんかわらぶ》きの重々しい本堂と清らかな白壁の庫裏《くり》は創建時そのままの国宝。当時から瑞巌寺の威風は鳴りひびき、完成後まもなく寺を訪れたスペインの特派大使ビスカイノは「石造建築はスペインのエスコリアル宮殿であるが、木造建築では瑞巌寺こそ世界一である」と報告している。建物は禅寺らしく質実剛健であるが、堂内は桃山美術の粋をきわめた絢爛《けんらん》の金碧障壁画《きんぺきしょうへきが》で満たされている。狩野《かのう》派や長谷川派の一級絵師によって描かれ、伊達家の威光を今に伝えている(写真。現在は復元模写を公開)。

この寺域には、かつて見仏《けんぶつ》という禅僧が松島寺を開いていた。鎌倉期の説話集『撰集抄《せんじゅうしょう》』には見仏と西行の問答が記されているため、西行を敬愛する芭蕉はつい見仏の庵《いおり》跡を探してしまうのである。

二七 石巻《いしのまき》

宮城県石巻市

十二日、平泉（岩手県西磐井郡平泉町）へ行こうとして出立し、姉歯《あねは》の松（宮城県栗原市金成姉歯《かんなりあねは》にあった松）・緒絶《おだえ》の橋（宮城県古川市）などの歌枕《うたまくら》があると伝え聞いて、人通りも稀《まれ》な、猟師《りょうし》や柴刈りなどの行き来する道を、どこがどこともわからず行くうちに、とうとう道をまちがえて、石巻《いしのまき》という港町に出た。

この地は、「天皇《すめろき》の御代栄えむと東《あづま》なる陸奥山《みちのくやま》に黄金《こがね》花咲く」（万葉集）と大伴家持《おおとものやかもち》がお祝いの歌を天皇に奉った、いわれのある金華山《きんかざん》を海上に見渡す地で、何百という回漕《かいそう》船《せん》が湾内に集り、家はすきまもなく建てこみ、炊事の煙が見渡すかぎり続いて立ちのぼっている。思いもかけずこんな所に来たものだなあと、宿をとろうとするけれど、いっこうに貸してくれる人がいない。ようやく貧しい小家に一夜をあかし、夜が明けるとまた知らない道を迷いながら歩き続ける。袖《そで》の渡り（北上川の渡し）・尾駮《おぶち》の牧《まき》（石巻東部の丘陵）・真野《まの》の萱原《かやはら》（尾駮の牧の東北）などの歌枕をかなたに見やりながら、北上川の長い堤の道を歩いた。心細い思いをそそる長沼沿いの道を通って登米《とよま》（宮城県登米《とめ》市）に一宿し、翌日平泉に着いた。その間二十何里（七八キロ余）ほどと思われる。

十二《じふに》日《にち》、平和泉《ひらいづみ》と心ざし、あねはの松・緒《を》だえの橋など聞伝《ききつた》へて、人跡《じんせき》稀《まれ》に雉兎《ちと》蒭蕘《すうぜう》の往《ゆき》かふ道、そこともわかず、終《つひ》に道ふみたがへて、石《いし》の巻《まき》といふ湊《みなと》に出《い》づ。「こがね花咲《はなさく》」とよみて奉《たてまつ》りたる金花山《きんくわさん》、海上《かいしやう》に見渡《みわた》し、数百《すはく》の廻船入江《くわいせんいりえ》につどひ、人家《じんか》地をあらそひて、竈《かまど》のけふり立《たち》つゞけたり。おもひがけずかゝる所にも来《きた》れる哉《かな》と、宿からんとすれど、更《さらに》宿かす人なし。漸《やうやう》まどしき小家《こいへ》に一夜《いちや》を明《あか》して、明《あく》れば又《また》しらぬ道まよひ行《ゆく》。袖《そで》のわたり・尾《を》ぶちの牧《まき》・まのゝかやはらなどよそめにみて、はるかなる堤《つつみ》を行《ゆく》。心ぼそき長《なが》沼《ぬま》にそうて、戸伊摩《といま》と云《いふ》所に一宿《いつしゆく》して、平泉《ひらいづみ》に至《いた》る。其間《そのあひ》二《に》十余里《じふより》程《ほど》と覚ゆ。

二八 平泉《ひらいづみ》

岩手県西磐井郡平泉町

奥州藤原氏三代の栄華も、長い歴史から見れば、邯鄲《かんたん》の一睡《いっすい》の夢（盧生《ろせい》が邯鄲で一生の夢を見たが、それは、粥《かゆ》さえ煮えない一瞬であったという「邯鄲一炊」の故事。日本では中世以後「一睡」と誤る）のようなはかないもので、平泉一円はいまは廃墟《はいきよ》と化していて、平泉館《ひらいずみのたち》の大門の跡は、一里ほど手前にある。秀衡《ひでひら》の館《やかた》の跡は田野になり、庭の築山《つきやま》にあたる金鶏山《きんけいざん》だけが昔の形を残している。

まず、義経の居館であった高館《たかだち》に登ると、北上川が眼前に流れているが、この川は南部地方（盛岡市を中心とする広い地方）から流れてくる大河である。衣川《ころもがわ》は、和泉《いずみ》が城《じよう》（忠衡《ただひら》の居城）のまわりを流れて、この高館の下で北上川に流れこんでいる。泰衡《やすひら》（秀衡の第二子）ら藤原一族の旧跡は、衣が関を間に置いた向こうにあって、南部口を押さえて蝦夷《えぞ》の侵入を防ぐためのようにみえる。

それにしても、義経をはじめとして、よりすぐった正義の士たちがこの高館にこもり、華々しく戦ったのだが、その功名も、思えばただ一時の短い間のことで、いまはその跡はただ草むらと化している。「国破れて山河あり、城春《じよう》にして草青みたり」という杜甫《とほ》の詩を思い、笠《かさ》を敷き腰をおろして、いつまでも懐旧の涙にくれていた。

夏艸《なつくさ》や兵共《つはものども》が夢《ゆめ》の跡《あと》

――いま見れば、このあたりは、ただ夏草が茫々《ぼうぼう》と生い茂っているのみだが、ここはむかし義経の一党や藤原氏の一族らが、あるいは功名を夢み、あるいは栄華の夢に耽《ふけ》った跡である。だが、そんな功名・栄華もむなしく一場の夢と化して、いまはただ夏草が無心に茂っているばかりである

卯花《うのはな》に兼房《かねふさ》みゆる白毛《しらが》かな　　曾良《そら》

――このあたりには、真っ白い卯の花が咲いているが、卯の花を見るにつけ、白髪《しらが》の兼房が義経の最期にあたり、奮戦しているさまがしのばれて、哀れを催すことだ

かねてから話に聞いただけでも驚嘆していた経堂《きょうどう》・光堂《ひかりどう》が開帳されていた。経堂には清衡《きよひら》・基衡《もとひら》・秀衡三代の将軍たちの像があり、光堂には、この三代の棺《ひつぎ》を納め、そのほかに弥陀《みだ》・観音・勢至《せいし》の三尊の像が安置してある。かつて柱や梁《はり》などにちりばめられていた七宝は散り失《う》せ、珠玉を飾った扉も長い間の風に傷み、金箔《きんぱく》をおした柱も霜や雪のために朽ちて、何もかも崩れ落ちて、むなしい草むらとなってしまうところを、四方を新しく囲い、屋根に瓦《かわら》を葺《ふ》いて鞘堂《さやどう》を造って風雨をしのぐことになり、しばらくの間は、千年の昔の記念をそのままに残すことになったのである。

五月雨《さみだれ》の降残《ふりのこ》してや光堂《ひかりだう》

――毎年の五月雨も、さすがにこの光堂にだけは降らなかったのだろうか。あたりの人工的なものは皆朽《く》ち崩れているのに、この光堂だけが華やかな昔のさまを残しているのは

三代《さんだい》の栄耀《ええう》一睡《いつすい》の中《うち》にして、大門《だいもん》の跡は一里こなたに有《あり》。秀衡《ひでひら》が跡は田野《でんや》になりて、金鶏山《きんけいざん》のみ形《かたち》を残す。先《まづ》、高館《たかだち》にのぼれば、北上川南部《きたかみがはなんぶ》より流るゝ大河《たいが》也《なり》。衣川《ころもがは》は和泉《いづみ》が城《じやう》をめぐりて、高館の下《した》にて大河に落入《おちいる》。泰衡《やすひら》等が旧跡《きうせき》は、衣《ころも》が関《せき》を隔《へだて》て南部口《なんぶぐち》をさしかため、夷《えぞ》をふせぐと見えたり。

扨《さて》も義臣《ぎしん》すぐつて此城《このじやう》に籠《こも》り、功名一時《こうめいいちじ》の草村《くさむら》となる。国《くに》破れて山河《さんが》あり、城《じやう》春にして草青《あを》みたりと、笠打敷《かさうちしき》て時のうつるまでなみだを落《おと》し侍《はべ》りぬ。

夏艸《なつくさ》や兵共《つはものども》が夢《ゆめ》の跡《あと》

卯花《うのはな》に兼房《かねふさ》みゆる白毛《しらが》かな　曾良《そら》

兼《かね》て耳驚《おどろか》したる二堂開帳《にだうかいちやう》す。経堂《きやうだう》は三将《さんしやう》の像《ざう》を残し、光堂《ひかりだう》は三代《さんだい》の棺《ひつぎ》を納《をさ》め、三尊《さんぞん》の仏を安置《あんぢ》す。七宝散《しつぽうちり》うせて玉の扉《とびら》風にやぶれ、金《こがね》の柱霜雪《さうせつ》に朽《くち》て、既頽廃空虚《すでにたいはいくうきよ》の草村となるべきを、四面新《しめんあらた》に囲《かこみ》て、甍《いらか》を覆《おほひ》て風雨《ふうう》を凌《しのぎ》、暫時千歳《しばらくせんざい》の記念《かたみ》とはなれり。

五月雨《さみだれ》の降残《ふりのこ》してや光堂《ひかりだう》

二九 尿前《しとまえ》の関《せき》

宮城県大崎市鳴子温泉

南部へ通ずる街道が北へ続いているのを、はるかに見やっただけで、反転して道を南西にとり、岩出《いわで》の里（大崎市岩出山。歌枕《うたまくら》）に泊った。そこから歌枕の小黒崎《おぐろざき》・美豆《みず》の小島を過ぎ、鳴子《なるこ》温泉から尿前《しとまえ》の関（鳴子温泉の西二キロにあった、伊達《だて》領と新庄《しんじょう》領の関所）を通り抜けて、出羽国《でわのくに》（山形県側）に山越えに入ろうとした。この道は、旅人がめったに通らない所なので、関所の番人にあやしまれて、やっとのことで関所を通してもらった。

大きな山を登って行くと、日が暮れてしまったので、国境《くにざかい》を守る人の家があったのを見かけて行き、宿泊を頼んだ。ところが風雨が激しくなって、出立ができず、この山中に、三日もとどまってしまった。

蚤虱《のみしらみ》馬《むま》の尿《ばり》する枕《まくら》もと

――一晩じゅう蚤や虱にせめられ、枕もとでは馬が小便をするような旅の宿りをすることである

宿の主人が言うには「ここから出羽国に出るには、途中大きな山があり、道もはっきりしていませんから、道案内の人を頼んで越したほうがよろしいです」とのことである。「それではよろしく頼みます」と言って、道案内人を頼んだところ、もってこいの、頼もしげな若者が、反った脇差《わきざし》を腰に差し、樫《かし》の杖《つえ》を手に持って、われわれの先に立って行く。「きっと今日は危うい目にあうに相違ない」と、びくびくしながら、若者のあとからついてゆく。宿の主人の言ったとおり、高い山にうっそうと木々が生い茂り、鳥の声一つ聞えない。木の下は小暗く枝葉が茂りあって、夜道を行くようだ。「雲端《うんたん》に土《つち》降る」（雲の端から砂混じりの風が吹きおろし濛々《もうもう》たるさま。杜甫《とほ》の詩句による）という

言葉のとおりの気持がして、小笹《こざさ》の中を踏みわけ踏みわけ進み、流れを渡り、岩につまずき、冷汗《ひやあせ》を流して、ようやく最上《もがみ》の庄《しょう》（山形県尾花沢市・北村山郡大石田町周辺）にたどり着いた。
　あの案内の男は「この道では必ず不都合なことが起るのですが、今日は無事にお送りできて、仕合せでした」と喜んで別れて行った。あとでこんな話を聞いてさえ、胸がどきどきするばかりである。

　南部道《なんぶみち》はるかにみやりて、岩手《いはで》の里《さと》に泊る。小黒崎《をぐろさき》・みづの小嶋《こじま》を過《すぎ》て、なるごの湯より尿前《しとまへ》の関《せき》にかゝりて出羽《では》の国に越《こえ》むとす。此道旅人稀《このみちたびびとまれ》なる所なれば、関守《せきもり》にあやしめられて、漸《やうやう》として関をこす。大山《たいざん》をのぼつて、日既暮《すでにくれ》ければ、封人《ほうじん》の家を見かけて舎《やど》りを求《もと》む。三《みつ》日風雨《かふうう》あれて、よしなき山中《さんちゅう》に逗留《とうりう》す。

　蚤《のみ》虱《しらみ》馬《むま》の尿《ばり》する枕《まくら》もと

あるじの云《いふ》、是《これ》より出羽の国に、大山《たいざん》を隔《へだ》て、、道さだかならざれば、道しるべの人を頼《たの》みて越《こゆ》べきよしを申《まうす》。「さらば」と云《いひ》て、人を頼侍《たのみはべ》れば、究竟《くつきやう》の若《わか》もの、反脇指《そりわきざし》をよこたへ、樫《かし》の杖《つゑ》を携《たづさへ》て、我々《われわれ》が先に立《たち》て行《ゆく》。「けふこそ必《かならず》あやふきめにもあふべき日なれ」と、辛《から》きおもひをなして、後《うしろ》について行《ゆく》。あるじの云《いふ》にたがはず、高山森々《かうざんしんしん》として一鳥声《いつてうこゑ》きかず。木《こ》の下闇《したやみ》茂りあひて、夜行《よるゆく》がごとし。雲端《うんたん》に土ふる心地《ここち》して、篠《しの》の中踏分踏《なかふみわけふみ》分《わけ》、水をわたり岩につまづいて、肌《はだへ》につめたき汗を流して、最上《もがみ》の庄《しやう》に出《い》づ。

彼案内《かのあんない》せしをのこの云《いふ》やう、「この道必《かならず》不用《ぶよう》の事有《あり》。つゝがなう送りまゐらせて、仕合《しあはせ》したり」と、よろこびてわかれぬ。跡《あと》に聞《きき》てさへ、胸とゞろくのみ也《なり》。

三〇 尾花沢《おばなざわ》

山形県尾花沢市

尾花沢で清風《せいふう》（紅花《べにばな》問屋の鈴木道祐）という者を訪ねた。この人は金持ではあるが、金持にありがちな、心の卑しさがない。また、都にも折々往来して、旅の気持も知っているので、自分たちを何日も引きとめ、長旅の労をねぎらい、いろいろともてなしてくれた。

涼《すず》しさを我宿《わがやど》にしてねまる也《なり》

——涼しさをわが宿のものとし、わが家にいるような気楽さで、くつろぎ座っていることである

這出《はひいで》よかひやが下《した》のひきの声《こゑ》

——どこかで、ひきがえるの、低い、無骨《ぶこつ》な鳴声がする。どうやら、蚕《かいこ》の飼屋《かいや》の床下にいるらしい。ひきがえるよ、そんな飼屋の床下のような、暗い、わびしいところで鳴かないで、こっちへ出て来たらどうだ

まゆはきを俤《おもかげ》にして紅粉《べに》の花《はな》

——道の途中に紅粉の花が一面に咲いている。それは色合いや、形や、名前から、女性の化粧を連想させ、なんとなしに、眉掃《まゆは》きを思い浮べさせることだ

蚕飼《こがひ》する人《ひと》は古代《こだい》のすがたかな　曾良《そら》

——蚕の世話をしている人たちの姿は、古代の習俗もこんなであったろうかと、古《いにしえ》を偲《しの》ばせることである

尾花沢《をばねざは》にて清風《せいふう》と云《いふ》ものを尋《たづ》ぬ。かれは富《とめ》るものなれども、心ざしいやしからず。都にも折々《をりをり》かよひて、さすがに旅の情《なさけ》をもしりたれば、日比《ひごろ》とゞめて、長途《ちやうど》のいたはり、さま〲にもてなし侍《はべ》る。

涼《すず》しさを我宿《わがやど》にしてねまる也《なり》

這出《はひいで》よかひやが下《した》のひきの声《こゑ》

まゆはきを俤《おもかげ》にして紅粉《べに》の花《はな》

蚕飼《こがひ》する人《ひと》は古代《こだい》のすがたかな　曾良《そら》

おくのほそ道の風景 ⑥

山《やま》寺《でら》

人に勧められるまま、尾花沢からふと立石寺《りゅうしゃくじ》に回り道した芭蕉《ばしょう》。そこで名句「閑《しづか》さや岩《いは》にしみ入蝉《いるせみ》の声《こゑ》」を生みだしたのだから、人生に回り道はやはり必要である。立石寺は貞観《じょうがん》二年（八六〇）に慈覚《じかく》大師《だいし》円仁《えんにん》を開山とし、高弟安慧《あんけい》によって創建されたと伝えられる。「山寺」というのは、堂宇《どうう》が宝珠山《ほうじゅさん》の峨々《がが》とした岩肌にしがみつくように建てられているためである。樹林からむき出しになった断崖には凝灰岩が風雨に浸食されてできた無数の穴が不気味な口を開け、山岳修行の厳しさを匂わせている。開山堂《かいさんどう》（写真右）の立つ崖下には円仁が入寂《にゅうじゃく》したという入定窟《にゅうじょうくつ》があり、昭和の調査では円仁とおぼしき頭部のみの木像と、首のない遺骸が発見されている。入滅後の円仁が比叡山《ひえいざん》から紫雲に乗って飛んできたという伝説が想起されよう。

麓《ふもと》にある根本中堂《こんぽんちゅうどう》は室町時代の再建で、色彩を廃した山寺らしい姿。ここには円仁の自作という素木《しらき》の薬師如来像（秘仏）が安置され、比叡山から分けられた「不滅の法灯」がまたたいている。山門から一〇一五段の石段を上って奥の院へ向かうと、断崖の奇岩や洞穴が眼前に迫る。この森閑とした山中で修行した僧たちの耳には、どんな音が聞えたのだろう。蝉の声すら岩に吸い取られ、自然と渾然一《こんぜんいっ》体《たい》になれたのではないだろうか。山寺の山塊《さんかい》を一望できる近在の「山寺芭蕉記念館」では、芭蕉を紹介する映像や自筆の句文懐紙などが展示され、この地に立った人間・芭蕉が迫ってくる。

三二 立石寺《りゅうしゃくじ》

山形県山形市山寺

山形領に立石寺という山寺がある。慈覚大師《じかくだいし》（平安前期の高僧）の開かれた寺で、とりわけ清らかで静かな地であるからちょっと見て行ったらと、人々が勧めるので、尾花沢《おばなざわ》から引き返して立石寺へ行ったが、その間七里（約二七キロ）ばかりである。着いた時は、日がまだ暮れていなかった。麓《ふもと》の坊に宿を借りておいて、山上の本堂に登った。岩の上にさらに岩が重なって山をなしており、生《お》い茂る松や檜《ひのき》も老木で、土や石も古びて苔《こけ》がなめらかにおおっている。岩の上に建てられた十二院は、いずれも扉を閉じていて、物音一つ聞えない。崖《がけ》のふちをめぐり、岩の上を這《は》うようにして、仏殿に参拝したが、すぐれた風景がひっそりと静まり返っていて、心も澄みわたるようである。

閑《しづか》さや 岩《いは》にしみ入《いる》 蟬《せみ》の声《こゑ》

――夕暮れの立石寺の全山は、物音一つせず静まりかえっている。そのむなしいような静寂の中で、ただ蟬の鳴声だけが、一筋、岩にしみ透るように聞える山形領《やまがたりやう》に立石寺《りふしやくじ》と云山寺有《いふやまでらあり》。慈覚大師《じかくだいし》の開基《かいき》にして、殊清閑《ことにせいかん》の地也《なり》。一《いつ》見《けん》すべきよし、人々《ひとびと》のすゝむるに仍《より》て、尾花沢《をばねざは》よりとつて返し、其間七里《そのあひしちり》計《ばかり》なり。日いまだ暮《くれ》ず。麓《ふもと》の坊《ばう》に宿かり置《おき》て、山上《さんじやう》の堂《だう》に登る。岩《いは》に巌《いはほ》を重《かさね》て山とし、松栢《しやうはく》年ふり、土石老《どせきおい》て、苔《こけ》なめらかに、岩上《がんしやう》の院々扉《ゐんゐんとびら》を閉《とぢ》て、物の音《おと》きこえず。岸をめぐり岩を這《はひ》て、仏閣《ぶつかく》を拝し、佳景寂寞《かけいじやくまく》として、こゝろすみ行《ゆく》のみ覚ゆ。

閑《しづか》さや岩《いは》にしみ入《いる》蟬《せみ》の声《こゑ》

三二　大石田《おおいしだ》

山形県北村山郡大石田町

最上川《もがみがわ》（日本三急流の一つ。歌枕《うたまくら》）を船に乗って下ろうと、大石田という所で、舟行に都合のよい日和《ひより》を待っていた。するとこの地の人々が「この土地には古く俳諧《はいかい》の種がまかれて、いまでも俳諧をやっております。その華やかに行われたころがなつかしく、かつまた、片田舎の素朴な風流とはいえ、それなりに風雅の趣を解するようになって、手さぐり足さぐりで俳諧をやっております。しかし近ごろは、新しい句風がよいのか、古い句風が正しいのか、わからずに迷っているしだいです。それも適当な指導者がいないからなのです。ついては……」と頼みこまれていたし方なく、この地の人たちと俳諧連句一巻《ひとまき》を巻いた。この俳諧修行の旅も、ここに蕉風の種をまくようなことにまで及んだのである。

もがみ川《がは》乗らんと、大石田《おほいしだ》と云《いふ》ところに日和《ひより》を待《まつ》。「爰《ここ》に古き誹諧《はいかい》のたね落《おち》こぼれて、わすれぬ花のむかしをしたひ、芦角一声《ろかくいつせい》の心をやはらげ、此道《このみち》にさぐりあしして、新古《しんこ》ふた道《みち》にふみまよふといへども、道しるべする人しなければ」と、わりなき一巻《ひとまき》を残しぬ。このたびの風流《ふうりう》、爰《ここ》にいたれり。

三三 最《も》上《がみ》川《がわ》

庄内平野を西流して日本海に注ぐ川

最上川は陸奥《みちのく》から流れ出て、上流は山形領である。中流には碁点《ごてん》・隼《はやぶさ》などという恐ろしい難所がある。板敷山（最上郡戸沢村と鶴岡市の境の山）の北を流れて、終《つい》には酒田（酒田市）の海に流入している。川の両岸は山が覆《おお》いかぶさるように迫っていて、樹木の茂みの中を船を下してゆく。これに稲を積んだのを、古歌に稲船《いなぶね》と詠《よ》んでいるらしい。白糸の滝（戸沢村）は青葉の間に流れ落ち、仙人堂（白糸の滝の上流にある外川神社）は川岸に臨んで建っている。川は水がみなぎり流れて、下す船も危険なほどである。

さみだれをあつめて早《はや》し寂上川《もがみがは》

――折からの五月雨の雨量を集めて、最上川は満々とみなぎり、奔流となって流れ下っていることよ

寂上川《もがみがは》はみちのくより出《いで》て、山形《やまがた》を水上《みなかみ》とす。ごてん・はやぶさなど云《いふ》、おそろしき難所有《なんじよあり》。板敷山《いたじきやま》の北を流《ながれ》て、果《はて》は酒田《さかた》の海に入《いる》。左右《さいう》山おほひ、茂みの中《なか》に船《ふね》を下《くだ》す。是《これ》に稲《いね》つみたるをや、いなぶねとは云《いふ》ならし。白糸《しらいと》の滝《たき》は青葉の隙《ひま》々に落《おち》て、仙人堂《せんにんだう》岸に臨《のぞみ》て立《たつ》。水みなぎつて、舟あやふし。

さみだれをあつめて早《はや》し寂上川《もがみがは》

三四 羽黒山《はぐろさん》

山形県鶴岡市

六月三日、羽黒山に登った。図司左吉《ずしさきち》（羽黒山麓《さんろく》の染物屋で、当地の宗匠格の俳人）という者を訪ねて、その紹介で別当代《べっとうだい》の会覚阿闍梨《えがくあじゃり》にお目にかかった。阿闍梨は私たちを南谷《みなみだに》（羽黒山の中腹、三の坂から入った台地）の別院に泊めて、思いやりの心をこめて手厚いもてなしをしてくださった。

翌日の四日、本坊若王寺《にゃくおうじ》で、俳諧《はいかい》の連句の会があった。その時の私の発句は、

有難《ありがた》や雪《ゆき》をかをらす南谷《みなみだに》

——この南谷のほとりにはまだ残雪が残っているのか、暑い盛りのいま時なのに、雪の上でも吹き渡ってきたかのような、さわやかな薫風《くんぷう》が吹いてきて、清浄なこの地のありがたさがひとしお身にしみて感じられることだ

五日は羽黒権現《はぐろごんげん》（羽黒山頂の出羽神社）に参詣《さんけい》する。この山の開祖である能除大師《のうじょだいし》（崇峻《すしゅん》天皇第三皇子、蜂子《はちこ》親王）はいつごろの御代《みよ》の人であるか、はっきりしない。『延《えん》

喜式《ぎしき》』に「羽州里山《うしゆうさとやま》の神社」と書いてある。これは、書き写す際に、黒と里とはまぎれやすいので、黒の字を里と誤って里山と書いたものであろうか。あるいは、また羽州黒山の「州」を中略して、羽黒山というのであろうか。この地方を出羽といったのは、鳥の羽毛をこの国から朝廷への貢物《みつぎもの》にしたからだと、『風土記《ふどき》』に書いてあるとかである。羽黒山と月山《がつさん》・湯殿山《ゆどのさん》と合せて出羽三山とする。この寺は、武蔵国《むさしのくに》江戸の東叡山《とうえいざん》寛永寺に属していて、天台宗でいう止観《しかん》が月のように明らかで、円頓融通《えんどんゆづう》（天台宗の教理の一つ）の法《のり》の光がかきたてられている。僧坊が建ち並び、修験者たちは修行に励み、この霊山霊地のありがたい効験《こうげん》を、人々は尊びあがめ、恐れ謹《つつし》んでいる。この繁栄は永久に続くようで、まことに結構なお山と言うべきである。

六月三日《ろくぐわつみつか》、羽黒山《はぐろさん》に登る。図司左吉《づしさきち》と云《いふ》ものを尋《たづね》て、別当代会覚阿闍梨《べつたうだいゑがくあじやり》に謁《えつ》す。南谷《みなみだに》の別院《べつゐん》に舎《やどり》して、憐愍《れんみん》の情《じやう》こまやかにあるじせらる。

四日《よつか》、本坊《ほんばう》において誹諧興行《はいかいこうぎやう》。

有難《ありがた》や雪《ゆき》をかをらす南谷《みなみだに》

五日《いつか》、権現《ごんげん》に詣《まうづ》。当山開闢《たうざんかいびやく》能除大師《のうぢよだいし》はいづれの代《よ》の人と云事《いふこと》をしらず。延喜式《えんぎしき》に「羽州里山《うしうさとやま》の神社《じんじや》」と有《あり》。書写《しよしや》、「黒」の字を「里山」となせるにや。「羽州黒山《くろやま》」を中略《ちゆうりやく》して「羽黒山《はぐろさん》」と云《いふ》にや。「出羽《では》」といへるは、「鳥の毛羽《まうう》を此国《このくに》の貢物《みつぎもの》に献《たてまつ》る」と風土記《ふどき》に侍《はべる》とやらん。月山《ぐわつさん》・湯殿《ゆどの》を合《あはせ》て三山《さんざん》とす。当寺《たうじ》、武江東叡《ぶかうとうえい》に属《しよく》して、天台止観《てんだいしくわん》の月明《あき》らかに、円頓融通《ゑんどんゆづう》の法《のり》の灯《ともしび》かゝげそひて、僧坊棟《そうばうむね》をならべ、修験行法《しゆげんぎやうぼふ》を励《はげま》し、霊山霊地《れいざんれいち》の験効《げんかう》、人貴《たふと》び且《かつ》恐る。繁栄《はんえい》長《とこしなへ》にして、目出度御山《めでたきおやま》と謂《いひ》つべし。

三五 月山《がつさん》・湯殿山《ゆどのさん》

山形県鶴岡市・東田川郡庄内町・西村山郡西川町

八日、月山に登る。木綿《ゆう》しめ（こよりや白布で編んでつくった注連《しめ》）をからだに掛け、白木綿を巻いた「おかんむり」（左右に角を出した山伏頭巾《ときん》の一種）で頭を包み、強力《ごうりき》というものに案内されて、雲や霧の冷え冷えとした山気の中を、万年雪を踏んで登ること八里（約三一キロ）、まさに日や月の通い路にある雲間の関所に入ったかと疑われるほどで、息も苦しく、からだは冷え切って、ようやく頂上に達したが、折から日が沈んで月が現れた。山小屋に笹《ささ》を敷き、篠竹《しのだけ》を枕《まくら》にして、横になって夜の明けるのを待つ。やがて夜も明け、朝日が出て、雲が消えると、湯殿山《ゆどのさん》（月山南西山腹。出羽三山の奥の院ともいわれ、古来口外禁止の地）に下った。

途中、谷のかたわらに、鍛冶小屋《かじごや》という小屋の跡がある。出羽国の刀鍛冶《かたなかじ》の月山が、霊水を選んでここを鍛冶の地と定め、心身を清め汚れを払って剣を打ち、ついに名刀を打ち得て、「月山」の銘を刻みこんで世にもてはやされた。この月山の話は、鍛冶によいとされた霊泉の龍泉《りようせん》の水を選んで名刀を鍛えた中国の故事にも比せられよう。また、同じく中国の名工干将《かんしよう》とその妻莫耶《ばくや》を慕うものでもあろう。一道にすぐれた者の、その道に対する執念のひととおりでないことが、よくわかる。岩に腰をおろして、しばらく休んでいるうちに、三尺ばかりの低い桜の木のつぼみが半分ほど開いているのに気づいた。こんな高山の、降り積む雪の下に埋《うず》もれていながら、しかし春を忘れずに花を咲かせる遅桜《おそざくら》の花の心は、健気《けなげ》なものである。漢詩でいう、炎天の梅花が芳香を放つ類《たぐい》である。「もろともに哀《あはれ》と思へ山桜花よりほかに知る人もなし」（金葉集）という行尊《ぎようそん》僧正の歌も思い出して、それにつけても、一層この桜が賞すべきものに思われた。大体、この山中の細かいことは、修行者のきまりとして他人に話すことを禁じている。それで、これ以上は筆を止めて記さない。

南谷《みなみだに》の坊に帰ると、会覚阿闍梨《えがくあじゃり》からの依頼があり、三山《さんざん》順礼の句を、それぞれ短冊《たんざく》に書いた。その句、

涼《すず》しさやほの三《み》か月《づき》の羽黒山《はぐろさん》

——ほのかに三日月の見える、この羽黒山にいると、いかにも涼しくよい気分であることだ

雲《くも》の峯《みね》幾《いく》つ崩《くずれ》て月《つき》の山《やま》

——昼間立っていた高い雲の峰が、いくつ崩れまた立って、この夕月の月山になったものか

語《かた》られぬ湯殿《ゆどの》にぬらす袂哉《たもとかな》

——この湯殿山権現の神秘を人に語ることは許されないのだが、それだけに一層湯殿山権現から受けた感動が内にこもり、ひそかに涙で袂《たもと》を濡《ぬ》らしたりすることである

湯殿山銭《ゆどのさんぜに》ふむ道《みち》のなみだかな　　曾良《そら》

——湯殿山権現に参詣《さんけい》すると、道には賽銭《さいせん》の銭《ぜに》がいっぱい散らばっているが、俗世間と違って、それを拾い取る人間はいない。銭の上を踏んでお宮に参拝し、これも神の御威光であると

感涙にむせんだことである

八日《やうか》、月山《ぐわつさん》に登る。木綿《ゆふ》しめ身に引《ひき》かけ、宝冠《ほうくわん》に頭《かしら》を包《つつみ》、強力《がうりき》と云《いふ》ものに道びかれて、雲霧《うんむ》山気《さんき》の中《なか》に氷雪《ひようせつ》を踏《ふん》でのぼる事《こと》八里、更《さら》に日月行道《じつげつぎやうだう》の雲関《うんくわん》に入《いる》かとあやしまれ、息《いき》絶え身こゞえて頂上《ちやうじやう》に至れば、日没《ぼつし》て月あらはる。笹《ささ》を鋪《しき》、篠《しの》を枕として、臥《ふし》て明《あく》るを待《まつ》。日出《いで》て雲消《きゆ》れば、湯殿《ゆどの》に下《くだ》る。

谷の傍《かたはら》に鍛冶《かぢ》小屋《ごや》と云有《いふあり》。此国《このくに》の鍛冶《かぢ》、霊水《れいすい》を撰《えらび》て、爰《ここ》に潔斎《けつさい》して剱《つるぎ》を打《うち》、終《つひに》「月山」と銘《めい》を切《きつ》て世に賞《しやう》せらる。彼龍泉《かのりようせん》に剱を淬《にらぐ》とかや、干将《かんしやう》・莫耶《ばくや》の昔をしたふ、道に堪能《かんのう》の執《しふ》あさからぬ事しられたり。岩に腰かけてしばしやすらふ程、三尺計《さんじやくばかり》なる桜の、つぼみ半《なかば》にひらけるあり。ふり積《つむ》雪の下《した》に埋《うづもれ》て、はるをわすれぬ遅桜《おそざくら》の、花の心わりなし。炎天《えんてん》の梅花《ばいくわ》、爰《ここ》にかをるがごとし。行尊僧正《ぎやうそんそうじやう》の哥《うた》、爰《ここ》に思出《おもひいで》て、猶哀《なほあはれ》も増《まさ》りて覚ゆ。惣而此《そうじてこの》山中《さんちゆう》の微細《みさい》、行者《ぎやうじや》の法式《ほふしき》として、他言《たごん》する事を禁《きん》ず。仍《より》て筆をとゞめてしるさず。

坊《ばう》に帰れば、阿闍梨《あじやり》の求《もとめ》に仍《より》て、三山順礼《さんざんじゆんれい》の句々《くく》、短尺《たんじやく》に書《かく》。

涼《すず》しさやほの三《み》か月《づき》の羽黒山《はぐろさん》
雲《くも》の峯《みね》幾《いく》つ崩《くづれ》て月《つき》の山《やま》
語《かた》られぬ湯殿《ゆどの》にぬらす袂哉《たもとかな》
湯殿山銭《ゆどのさんぜに》ふむ道《みち》のなみだかな

曾良《そら》

三六 鶴岡《つるおか》・酒田《さかた》

山形県鶴岡市・酒田市

羽黒山《はぐろさん》を出立し、鶴岡（庄内藩酒井氏十四万石の城下町）の城下に行き、長山重行《ながやましげゆき》という武士の家に迎えられて、俳諧《はいかい》の連句一巻を巻いた。図司左吉《ずしさきち》もここまで送ってきた。やがて、川舟に乗って鶴岡から酒田の港に下った。酒田では淵庵不玉《えんあんふぎよく》（伊藤玄順。酒田俳壇の中心的人物）という医師の家を宿とした。

あつみ山《やま》や吹浦《ふくうら》かけて夕《ゆふ》すゞみ

――最上川の河口の袖《そで》の浦に船を浮べ夕涼みをしていると、南の方には温海山《あつみやま》が仰がれ、

北の方は確か吹浦あたりだと推察される。大きな自然の景観の中で、のびのびとした気持で夕涼みをすることの快さよ

暑《あつ》き日《ひ》を海《うみ》に入《い》れたり㝡《も》上川《がみがは》

――暑い一日を最上川が海に流し入れてくれた。おかげで、夕方になって少し涼味が出てきた

羽黒《はぐろ》を立《たち》て、鶴《つる》が岡《をか》の城下《じやうか》、長山氏重行《ながやまうぢぢゆうかう》と云《いふ》ものゝふの家にむかへられて、誹諧一巻有《はいかいひとまきあり》。左吉《さきち》も共《とも》に送りぬ。川舟《かはぶね》に乗《のり》て、酒田《さかた》のみなとに下《くだ》る。淵庵不玉《えんあんふぎよく》と云医師《いふくすし》の許《もと》を宿《やど》とす。

あつみ山《やま》や吹浦《ふくうら》かけて夕《ゆふ》すゞみ

暑《あつ》き日《ひ》を海《うみ》に入《い》れたり㝡《も》上川《がみがは》

三七 象潟《きさかた》

秋田県にかほ市

江山水陸《こうざんすいりく》のすぐれた美景を数限りなく見て来て、今はまた象潟《きさかた》（酒田の東北約五〇キロ。当時は日本海に通じる潟湖《せきこ》に小島が点在し、松島と並ぶ景勝地だったが、その後の大地震で湖底が隆起して陸地となった）の美を見極めたいものと心をとぎすますのである。酒田の港から東北の方角へ、山を越え、海辺を伝い、砂を踏んで、その間十里（約三九キロ）あまり、日かげがようやく西に傾いたころ、象潟の村に着いたが、潮風が砂を巻き上げ、降りしきる雨に鳥海山《ちょうかいさん》（山形・秋田県境にある山）もぼんやりと隠れてしまった。暗がりの中で何らなすこともなく、古人の詩句にあるとおり、「雨中の風景を推測して楽しむのも、これも変ったおもしろさである」とすれば、雨の晴れた後の美しさもまた格別であろうと期待を持って、漁夫の粗末な家にからだばかりを入れて、雨の晴れるのを待った。

その翌日、空がよく晴れて、朝日が華やかにさし出るころ、象潟に舟で乗り出した。まず能因島《のういんじま》に舟をつけて、能因法師が三年間静かに住んでいたという跡を訪ね、さらにその向こう岸に上陸すると、そこには西行法師が「象潟の桜はなみに埋《うづも》れて花の上こぐ蜑《あま》のつり船」と詠《よ》んだ桜の老木があって、西行法師のかたみをいまに残している。水辺に御陵《みささぎ》があり、神功皇后《じんぐうこうごう》のお墓と伝える。寺があって、名を干満珠寺《かんまんじゅじ》（にかほ市象潟町の蚶満寺）という。神功皇后がこの地に行幸なさったということは、まだ聞いたことがない。ここにお墓があるのは、どういうわけだろうか。

この寺の座敷に座って簾《すだれ》を巻き上げると、風景が一望に見渡され、南のほうには鳥海山が高く聳《そび》えて天を支《ささ》え、その山影は象潟の入江に映っている。西のほうは、むやむやの関（「うやむやの関」とも。歌枕《うたまくら》）に通じる道が途中まで見え、東を見れば堤を築いて、秋田に通ずる道が遠く続いている。また北のほうに海を控えて波の打ち入るところが見えるが、それは汐越《しおごし》という所だ。入江の広さは縦横おのおの一里ばかりで、様子は松島に似ているようでまた違っている。たとえて言えば、松島は人が笑っている表情のような明るいところがあり、象潟は何事かを恨んでいるような曇ったところがある。土地の様子は、寂しさの上に悲しみを加えて、人の心を憂えしめるようだとも言えようか。

象潟《きさがた》や雨《あめ》に西施《せいし》がねぶの花《はな》

――この象潟に来て雨に煙る風景を眺めやると、ねむの花の雨に打たれたような、哀れなやさしさがあって、あの中国越《えつ》の美人、西施が物思わしげに目を閉じたさまとも見えることだ

汐越《しほこし》や鶴《つる》はぎぬれて海涼《うみすず》し

――汐越に降り立つ鶴の足は、浅瀬の潮に濡《ぬ》れ、あたりの海も、いかにも涼しげだ

祭礼

象潟《きさがた》や料理《れうり》何《なに》くふ神祭《かみまつり》　曾良《そら》

――この象潟へ来てみると、折から神祭りの最中である。ここは蚶貝《きさがい》の産地だが、人々はお祭りの御馳走《ごちそう》に何を食べるのだろう

蜑《あま》の家《や》や戸板《といた》を敷《し》きて夕《ゆふ》すゞみ　美濃国の商人　低耳《ていじ》

――海岸の漁夫の家々は、簡素な生活を営んでいて、夕方になると、海辺に戸板を敷いて涼《りょう》をとっている

岩上に雎鳩《みさご》の巣を見る

波《なみ》こえぬ契《ちぎり》ありてやみさごの巣《す》　曾良

――みさごが岩の上に巣を作っているが、みさごという鳥は雎雄の仲のむつまじい鳥だから、固い雎雄の約束があって、この波が越えそうもない堅固な岩の上に巣を営んでいるのだろうか

江山水陸《かうざんすいりく》の風光《ふうくわう》数《かず》を尽《つく》して、今象潟《いまきさがた》に方寸《はうすん》を責《せ》む。酒田《さかた》の湊《みなと》より東北《とうほく》の方《かた》、山を越《こえ》、礒《いそ》をつたひ、いさごを踏《ふみ》て、其際《そのさい》十里、日影《ひかげ》やゝかたぶく比《ころ》、汐風真砂《しほかぜまさご》を吹上《ふきあげ》、雨朦朧《もうろう》として、鳥海《てうかい》の山かくる。闇中《あんちゅう》に莫作《まくさ》して、雨も又奇《またき》なりとせば、雨後《うご》の晴色《せいしよく》又頼母敷《またたのもしき》と、蜑《あま》の苫屋《とまや》に膝《ひざ》をいれて、雨の晴るゝを待《まつ》。

其朝《そのあした》、天能晴《てんよくはれ》て、朝日《あさひ》花《はな》やかに指出《さしいづ》る程に、象潟に船《ふね》をうかぶ。先能因《まづのういん》嶋《じま》に舟をよせて、三年幽居《さんねんいうきよ》の跡をとぶらひ、むかふの岸に船をあがれば、「花の上こぐ」と読《よま》れし桜の老木《おいき》、西行法師《さいぎやうほふし》の記念《かたみ》をのこす。江上《かうしやう》に御陵《みささぎ》あり、神功后宮《じんぐうこうぐう》の御墓《みはか》と云《いふ》。寺を干満珠寺《かんまんじゆじ》と云《いふ》。この処《ところ》に行幸《みゆき》ありし事いまだきかず。いかなる故《ゆゑ》ある事にや。

此寺《このてら》の方丈《はうぢやう》に坐《ざ》して簾《すだれ》を捲《まけ》ば、風景一眼《ふうけいいちがん》の中《うち》に尽《つき》て、南に、鳥海《てうかい》天をさゝへ、其陰《そのかげ》うつりて江《え》に有《あり》。西は、むや〳〵の関路《せきぢ》をかぎり、東に、堤《つつみ》

を築《きづき》て、秋田《あきた》にかよふ道遥《はるか》に、海《うみ》北にかまへて、波打入《うちい》る、所を汐《しほ》こしと云《いふ》。江《え》の縦横《じゆうわう》一里ばかり、俤《おもかげ》松嶋《まつしま》にかよひて、又異《またこと》なり。松しまはわらふがごとく、象潟《きさがた》はうらむがごとし。さびしさにかなしびをくはへて、地《ち》勢《せい》魂《たましひ》をなやますに似《に》たり。

象潟《きさがた》や雨《あめ》に西施《せいし》がねぶの花《はな》

汐越《しほこし》や鶴《つる》はぎぬれて海涼《うみすず》し

祭礼《さいれい》

象潟《きさがた》や料理《れうり》何《なに》くふ神祭《かみまつり》　曾良《そら》

蜑《あま》の家《や》や戸板《といた》を敷《しき》て夕《ゆふ》すゞみ　美濃国商人《みののくにのあきんど》　低耳《ていじ》

岩上《がんしやう》に雎鳩《みさご》の巣《す》を見《み》る

波《なみ》こえぬ契《ちぎり》ありてやみさごの巣《す》　曾良

おくのほそ道の風景 ⑦

象《きさ》潟《かた》

象潟はおくのほそ道紀行の最北の地にあり、芭蕉《ばしょう》にとってどうしても行きたい場所だった。というのも、象潟は松島と並ぶ奥羽《おうう》の二大名勝の地と聞き知っていたし、歌枕《うたまくら》探訪の先達である能因《のういん》も西行もこの地を訪れ、歌を詠《よ》んでいるからである。

象潟は日本海に面した入江であり、湾内には松の木が繁《しげ》る小島が点在し、九十九《くじゅうく》島《しま》・八十八潟《かた》といわれる勝景を有していた。芭蕉は舟を漕ぎだし、能因が「よの中はかくてもへけりきさがたのあまのとまやを我宿《わがやど》にして」(後《ご》拾遺《しゅうい》集)と詠んだという能因島に寄り、岸に上がっては西行が「象潟の桜はなみに埋《うづも》れて花の上こぐ蜑《あま》のつり船」(継尾集)と詠んだという桜の老木を眺める。うらうらと静かな海辺の風景——。しかし今、私たちはそれを享受できない。芭蕉が訪れてから一一五年後の文化元年(一八〇四)の大地震によって象潟の湖底が隆起したため、水田となってしまった。それでも松の木の小島は同じ場所にあり、能因島も、植え替えられた西行桜も、芭蕉が簾を巻き上げた干満珠寺《かんまんじゅじ》(今の蚶満寺《かんまんじ》)も残る。水田に水が張られる田植えどきには、かつての風光がわずかによみがえる。

芭蕉にとって象潟は確かに美しかった。しかし松島とくらべ、「うらむがごとし」の風景だという。それは太陽の昇る太平洋に面した松島と、落日の日本海にある象潟の違いだろうか。それとも、あまりに遠い旅路となってしまった芭蕉の心象だろうか。

三八 越後路《えちごじ》

秋田・山形県から新潟県へ

酒田の人々との惜別に日を過しながら、やがて旅立って行く北陸道の空のかなたを遠く眺めやる。これから、はるばると越えて行く道中の艱難《かんなん》に、胸痛む思いで、加賀《かが》の国府金沢までは百三十里（約五〇七キロ）もあるという話を聞くのであった。出羽国《でわのくに》と越後《えちごの》国《くに》との境にある鼠《ねず》の関《せき》（山形県鶴岡市）を越えると、そこからは越後国に歩みを進めることになり、ついで越中国《えつちゆうのくに》の市振《いちぶり》の関（実際は越後国側。新潟県糸魚川市）に至った。それまでの九日の間は、暑気や雨天の辛労に心を悩まし、病気になったりしたので、それらを書くことはしなかった。

文月《ふみづき》や六日《むいか》も常《つね》の夜《よ》には似《に》ず

――もう初秋七月の季節となり、七夕《たなばた》を明夜に控えることとなった。明晩が七夕の夜だと思うと、今夜六日の夜も、ふだんの夜とは違っているような気がする

荒海《あらうみ》や佐渡《さど》によこたふ天河《あまのがは》

――目の前にひろがる日本海の暗い荒海のかなたには佐渡が島がある。その佐渡が島へかけて、澄んだ夜空をかぎって、天の川が大きく横たわっている

酒田《さかた》の余波《なごり》日を重《かさね》て、北陸道《ほくろくだう》の雲《くも》に望《のぞむ》。遥々《えうえう》のおもひ胸をいたましめて、加賀《かが》の府《ふ》まで百三十里と聞《きく》。鼠《ねず》の関《せき》をこゆれば、越後《ゑちご》の地に歩行《あゆみ》を改《あらため》て、越中《ゑつちゆう》の国一《いち》ぶりの関《せき》に至る。此間九日《このかんここのか》、暑湿《しよしつ》の労《らう》に神《しん》をなやまし、病《やまひ》おこりて事をしるさず。

文月《ふみづき》や六日《むいか》も常《つね》の夜《よ》には似《に》ず

荒海《あらうみ》や佐渡《さど》によこたふ天河《あまのがは》

三九　市振《いちぶり》

新潟県糸魚川市市振

今日は、親しらず子しらずとか、犬もどり・駒《こま》返し（断崖絶壁が日本海に迫った難所。北陸本線親不知《おやしらず》駅を挟んで西側の市振側が親不知、東側が子不知《こしらず》で、犬もどり・駒返し

はその東方の難所）などという北国一番の難所を越えて疲れていたので、枕《まくら》を引き寄せて早く寝たところが、襖《ふすま》一枚隔てた向こうの表側の部屋に、若い女の声二人ほどのが聞える。

女の声に年寄りの男の声も交じって話をしているのを聞くと、越後国の新潟という所の遊女であった。女たちが、伊勢に参宮をしようとして、この関まで男が送って来て、あすはその男を故郷新潟へ帰すについて、手紙を認《したた》め、ちょっとした言づてなどをしているところである。女たちが「私たちは、『白浪《しらなみ》のよするなぎさに世をつくすあまの子なれば宿もさだめず』（和漢朗詠集）という古歌のとおり、おちぶれて、浅ましい身の上になり、夜ごとに違う客と契りをかわすのですが、前世の所業がどんなに悪かったのでしょう」と話すのを聞きながら寝入ってしまった。

その翌朝、宿を立とうとすると、女たちはわれわれに向って、「これから伊勢までどう行ったらよいかもわからない道中の心細さが、なんとも不安で悲しゅうございますので、あなた様のお跡を見え隠れにでも、ついて参ろうと存じます。人を助ける御出家のお情けで、仏様のお恵みを私どもにも分けて、仏道にはいる縁を結ばせてくださいませ」と涙を流して頼むのであった。かわいそうなことではあったが、「われわれは所々で滞在することが多いから、とても同行はできまい。ただ同じ方向に行く人々の跡について行きなさい。きっと伊勢の大神宮がお守りくださって、無事に着けるだろう」と言うばかりで出立してしまったが、かわいそうなことをしたという気がしばらく収まらないことであった。

一家《ひとつや》に遊女《いうぢよ》も寝《ね》たり萩《はぎ》と月《つき》

――この宿に思いがけず遊女も同宿していて、偶然遊女と一つ屋根の下に泊ることになった。自分のような男と遊女との取合せは、いわば空の月と萩の花のようなもので、一見無縁に見えるが、また不思議な取合せの妙味もあることだ

曾良《そら》に語ると、曾良はこの句を書きとめた。

けふは、親《おや》しらず子《こ》しらず・犬もどり・駒返《こまがへ》しなど云北国一《いふほつこくいち》の難所《なんじよ》を越《こえ》て、つかれ侍《はべ》れば、枕引《まくらひき》よせて寝《ね》たるに、一間《ひとま》隔《へだ》て、面《おもて》の方《かた》に、若きをんなの声《こゑ》二人計《ふたりばかり》ときこゆ。年寄《としより》たるをのこの声も交《まじり》て、物語《ものがたり》するをきけば、越後《ゑちご》の国新潟《くににひがた》と云《いふ》所の

遊女《いうぢよ》なりし、伊勢《いせ》に参宮《さんぐう》するとて、此関《このせき》までをのこの送りて、あすは古里《ふるさと》にかへす文《ふみ》したゝめ、はかなき言伝《ことづて》などしやる也《なり》。「白波《しらなみ》のよする汀《なぎさ》に身《み》をはふらかし、あまのこの世をあさましう下《くだ》りて、定めなき契《ちぎり》、日々《ひび》の業因《ごふいん》、いかにつたなし」と物云《ものいふ》を聞々《きくきく》寐入《ねいり》て、あした旅だつに、我々《われわれ》にむかひて、「行衛《ゆくへ》しらぬ旅路《たびぢ》のうさ、あまり覚束《おぼつか》なう悲しく侍《はべ》れば、見えがくれにも御跡《おんあと》をしたひ侍らん。衣《ころも》の上の御情《おんなさけ》に、大慈《だいじ》のめぐみをたれて、結縁《けちえん》せさせ給《たま》へ」と、なみだを落《おと》す。不便《ふびん》の事にはおもひ侍れども、「我々《われわれ》は、所々《ところどころ》にてとゞまる方《かた》おほし。唯《ただ》人の行《ゆく》にまかせて行《ゆく》べし。神明《しんめい》の加護《かご》、必《かならず》つゝがなかるべし」と云捨《いひすて》て出《いで》つゝ、あはれさしばらくやまざりけらし。

一家《ひとつや》に遊女《いうぢよ》も寐《ね》たり萩《はぎ》と月《つき》

曾良《そら》にかたれば、書《かき》とゞめ侍《はべ》る。

おくのほそ道の風景

親不知《おやしらず》・子不知《こしらず》

◇8

日本海沿いを西へ向かう北陸道の旅は、芭蕉《ばしょう》にとっては苦難つづきであったらしい。新潟、柏崎《かしわざき》、直江津《なおえつ》と進むうちに、酷暑や風雨がその体を弱らしめる。糸魚川《いといがわ》を越えると、いよいよ北陸最大の難所という親不知・子不知が待ち構えていた。ここは飛騨《ひだ》山脈が日本海によって突然断ち切られた場所で、屏風《びょうぶ》のように断崖《だんがい》が立ち並び、その裾《すそ》を激しい波が洗う。そのため人が歩ける余地はわずか。江戸後期の案内書『二十四輩順拝図会』の説明によれば、絶壁の根元には一〇～一五メートルほどの間隔で大きな穴がいくつか開いており、往来の旅人は大波が引くのに合わせて急ぎ走ってはその穴の中に駆け込み、それを繰り返して進んでいく。ごろごろと転がる岩に足をとられて走り遅れると、波にのまれ海中の藻屑《もくず》になってしまったという。親も子供も自分のことでせいいっぱい、だから親しらず子しらず。荒天の日は山を越えて大きく遠回りしなければならなかった。今はいくつものトンネルができて往来は楽になったが、断崖の絶景を見られないのは安楽の代償《だいしょう》である。

どれほどの艱難《かんなん》があったのか、芭蕉は「北国一《ほっこくいち》の難所《なんじょ》を越《こえ》て」とあっさり記すのみ。疲れ切った芭蕉は親不知の浜からもっとも近い市振《いちぶり》の宿場に入った。やさしく迎えたであろう街道の一本松が今も宿場の入り口にたたずむ。遊女たちと知り合った芭蕉の宿は「桔梗《ききょう》屋《や》」と伝えられ、旧街道沿いにその跡地を示す碑が立つ。

四〇 加賀路《かがじ》

富山県から石川県へ

黒部川《くろべ》（富山県を北流して日本海へ注ぐ川）は四十八が瀬とかいうが、その名のとおり数もわからぬほど多くの川を渡り、歌枕《うたまくら》の那古《なご》という浦（富山県射水市新湊地区の海岸）に出た。これも古歌に名高い担籠《たご》（氷見市）の藤《ふじ》は、花の季節の春でなくても、いまの初秋の趣も一見の価値はあるはずだと、人に道を尋ねると、「担籠は、ここから五里（約二〇キロ）ばかり、海岸沿いに歩いて、それから向こうの山陰にはいったところですが、漁夫の粗末な家が少々あるだけですから、一夜の宿を貸してくれる者もありますまい」とおどかされ、担籠へ行くのはあきらめて、加賀国《かがのくに》に歩みを進めた。

わせの香《か》や分入《わけいる》右《みぎ》は有《あり》そ海《うみ》

――早稲《わせ》の香のする田中の道を踏み分けるように歩いて、ようやく越中と加賀の国境の倶利伽羅峠《くりからとうげ》（富山・石川県境にある源平合戦の古戦場）に着いた。これから加賀国に歩み入るのだが、峠の上から見ると右手に有磯海が白く望見されるくろべ四十八《しじふはち》が瀬《せ》とかや、数《かず》しらぬ川をわたりて、那古《なご》と云浦《いふうら》に出《いづ》。担《た》籠《ご》の藤波《ふぢなみ》は春ならず共《とも》、初秋《はつあき》の哀《あはれ》とふべきものをと、人に尋《たづね》れば、「是《これ》より五里礒《いそ》づたひして、むかふの山陰《やまかげ》に入《いり》、蜑《あま》の苫《とま》ぶきかすかなれば、芦《あし》の一夜《ひとよ》の宿かすものあるまじ」と、云ひおどされて、かゞの国に入《い》る。

わせの香《か》や分入《わけいる》右《みぎ》は有《あり》そ海《うみ》

四一 金沢《かなざわ》

石川県金沢市

卯《う》の花山《はなやま》（富山県小矢部市）や倶利伽羅峠《くりからとうげ》を越えて、金沢（前田氏百二万五千石の城下町）に着いたのは七月十五日のことであった。ちょうどこの地に、大坂から商用で通って来ている何処《かしょ》という俳人も居合せて、一緒の宿に泊った。

さて、この地の一笑《いっしょう》（小杉味頼。金沢片町の葉茶屋）という者は、俳諧熱心の評判がいつとはなしに広がって、世間でも名を知る人がいたが、私が今度この地に来たところ、もう去年の冬に若死にをしたということで、私が来たのを機会にその兄が追善の句会を開いたので、次の追悼《ついとう》句を詠《よ》んだ。

塚《つか》も動《うご》け我《わが》泣《なく》声《こゑ》は秋《あき》の風《かぜ》

――私の泣く声は、秋風となって塚を吹いてゆく。塚よ、この秋風にわが無限の慟哭《どうこく》がこもっているのだ。塚よ、秋風に吹かれている塚よ、わが深い哀悼の心に感じてくれよ

ある草庵《そうあん》（斎藤一泉の松玄庵）にいざなわれて

秋《あき》すゞし手《て》毎《ごと》にむけや瓜《うり》茄子《なすび》

――風趣のあるこの草庵のもてなしで、残暑も忘れ、秋の涼気を覚えることだ。さすがに風流なもてなしであるこの瓜や茄子を、みんなでめいめい皮をむいていただこうではないか

途中吟《とちゆうぎん》

あか〳〵と日《ひ》は難面《つれなく》も秋《あき》の風《かぜ》

――赤々と照りつける残暑の日はまだ暑く、どこが秋かという様子だが、さすがにもう秋だけに、風は秋らしい爽《さわ》やかさである

小松《こまつ》（石川県小松市）という所で

しをらしき名《な》や小松《こまつ》吹《ふく》萩《はぎ》すゝき

――小松とは可憐《かれん》な名である。その名のとおり可憐な小松が生えていて、その小松に吹く風が、萩や薄《すすき》をなびかせており、情趣ある秋の景色であることだ

この小松にある太田《ただ》神社（小松市上本折町の多太《ただ》神社）に参詣《さんけい》した。この神社には、斎藤別当実盛《さいとうべつとうさねもり》（源義朝《よしとも》に仕えたのち平家に従い、白髪《しらが》を染めて勇戦し、義仲《よしなか》軍に討たれる）の遺品である、兜《かぶと》や錦《にしき》の直垂《ひたたれ》の一部が所蔵されている。その昔、実盛が源氏に仕えていたころ、義朝公からくだされたものだとか。なるほど、なみの武士の持ち物ではない。目庇《まびさし》から吹返しまで（兜の前部から後部まで）菊唐草《きくからくさ》の彫刻に金をちりばめ、鉢には龍《りゅう》の飾り金具《かなぐ》をつけ、さらに鍬形《くわがた》を打ちつけてある。実盛が討死に後、木曾《きそ》義仲（幼時に実盛に密かに育てられたという）がこれを悲しみ、祈願の状文にこの二つの品物を添えて、この太田神社に奉納されたという次第や、樋口次郎《ひぐちのじろう》（実盛とは旧知の仲で、黒髪の首を実盛と見抜き、落涙した）がその使いとして来たことなどが、いま目《ま》のあたりに見るように縁起に書いてある。

むざんやな甲《かぶと》の下《した》のきり〴〵す

——この兜《かぶと》を見るにつけ昔のことがしのばれるが、実盛が白髪を染め、この兜をかぶって勇戦して討《う》たれたことは、なんと傷《いた》わしいことであろう。しかし、それも昔語りとなって、いまは兜の下であわれを誘うようにきりぎりすが鳴いていることだ

卯《う》の花山《はなやま》・くりからが谷《だに》をこえて、金沢《かなざは》は七月中《しちぐわつなか》の五日《いつか》也《なり》。爰《ここ》に大坂《おほざか》よりかよふ商人《あきんど》何処《かしよ》と云《いふ》もの有《あり》。それが旅宿《りよしゆく》をともにす。一笑《いつせう》と云《いふ》ものは、此道《このみち》にすける名の、ほの〴〵聞《きこ》えて、世に知人《しるひと》も侍《はべり》しに、去年《こぞ》の冬早世《さうせい》したりとて、其兄追善《そのあにつゐぜん》を催《もよほ》すに、

塚《つか》もうごけ我泣声《わがなくこゑ》は秋《あき》の風《かぜ》

ある草庵《さうあん》にいざなはれて

秋《あき》すゞし手毎《てごと》にむけや瓜茄子《うりなすび》

途中吟《とちゅうぎん》

あか〳〵と日《ひ》は難面《つれなく》も秋《あき》の風《かぜ》

小松《こまつ》と云所《いふところ》にて

しをらしき名《な》や小松《こまつ》吹《ふく》萩《はぎ》すゝき

此《この》所太田《ただ》の神社《じんじゃ》に詣《まうづ》。真盛《さねもり》が甲《かぶと》・錦《にしき》の切《きれ》あり。其昔《そのむかし》源氏《げんじ》に属《しょく》せし時、義朝公《よしともこう》よりたまはらせ給《たま》ふとかや。げにも平士《ひらさむらひ》のものにあらず。目庇《まびさし》より吹返《ふきがへ》しまで、菊《きく》から艸《くさ》のほりもの金《こがね》をちりばめ、龍頭《たつがしら》に鍬形《くはがた》打《うつ》たり。真盛《さねもり》討死《うちじに》の後《のち》、木曾《きそ》義仲《よしなか》願状《ぐわんじやう》にそへて、此社《このやしろ》にこめられ侍《はべ》るよし、樋口《ひぐち》の次郎《らう》が使《つかひ》せし事共《ことども》、まのあたり縁起《えんぎ》に見えたり。

むざんやな甲《かぶと》の下《した》のきり〴〵す

四二 山中《やまなか》の温泉《いでゆ》

石川県加賀市の山中温泉

山中の温泉《いでゆ》に行く間は、白根《しらね》が嶽《だけ》（石川・岐阜県境にある白山《はくさん》。歌枕《うたまくら》）を後ろのほうに見て歩いて行く。左手の山際に観音堂（那谷寺《なたでら》の大悲閣）がある。この寺は、花山《かさん》法皇が三十三か所の観音堂の順礼をすまされたのち、ここに大慈大悲の観音像を安置し、那谷寺と名付けられたということだ。那智《なち》・谷汲《たにぐみ》（西国三十三箇所の第一番札所である和歌山県の那智山青岸渡寺と、最終札所である岐阜県の谷汲山華厳寺）の頭の二字をそれぞれ取って付けられた名だという。観音堂のある岩山は、奇岩がさまざまの形で重なり、その上に古松が並んで生えており、萱葺《かやぶ》きの小さいお堂が、岩の上に懸け造りにしてあるという、いかにも尊くすばらしいところである。

石山《いしやま》の石《いし》より白《しろ》し秋《あき》の風《かぜ》

——この那谷寺の境内は、奇石の重なる石山で、白く曝《さら》されているが、ここにいま吹き過ぎる秋風は、この那谷の石山よりもっと白い感じがすることだ

温泉に入浴する。その効《きき》めは、有名な有馬《ありま》温泉（兵庫県神戸市）につぐほどだという。

そこで、

山中《やまなか》や菊《きく》はたをらぬ湯《ゆ》の匂《にほひ》

――この山中温泉に入ると命も延びたように思われ、湧《わ》き出る湯の匂いは、寿命が延びるという菊の香も及ばぬほどだ。これなら、菊を折るにも及ばないことだ

宿の主人は久米之助《くめのすけ》（泉屋甚左衛門の幼名。当時十四歳）といい、まだ少年である。この少年の父は俳諧《はいかい》を好んで、昔、京都の貞室《ていしつ》（安原氏）が、まだ未熟な若者でこの地に来たころ、俳諧のことでこの少年の父に恥を受け、それから京都に帰って発奮し、貞徳《ていとく》（松永氏）の門人となって道に励み、世に名を知られるようになった。功成り名遂《と》げた後も、貞室は、この山中《やまなか》の人々からは、俳諧の点料をとらなかったということだ。それもいまとなっては昔話になってしまった。

山中《やまなか》の温泉《いでゆ》に行《ゆく》ほど、白根《しらね》が嶽《だけ》跡に見なしてあゆむ。左りの山際《やまぎは》に観音《くわんおん》堂有《だうあり》。花山《くわさん》の法皇《ほふわう》三十三所《しよ》の順礼《じゆんれい》とげさせ給《たま》ひて後《のち》、大慈大悲《だいじだいひ》の像《ざう》を安置《あんぢ》し給《たま》ひて、那谷《なた》と名付給《なづけたま》ふと也《なり》。那智《なち》・谷組《たにぐみ》の二字をわかち侍《はべり》しとぞ。奇《き》石《せき》さまゞに、古松植《こしようううゑ》ならべて、萱《かや》ぶきの小堂《せうだう》、岩の上に造りかけて、殊《しゆ》勝《しよう》の土地《とち》也《なり》。

石山《いしやま》の石《いし》より白《しろ》し秋《あき》の風《かぜ》

温泉《いでゆ》に浴《よく》す。其効有馬《そのかうありま》に次《つぐ》と云《いふ》。

山中《やまなか》や菊《きく》はたをらぬ湯《ゆ》の匂《にほひ》

あるじとするものは、久米之助《くめのすけ》とて、いまだ小童也《せうどうなり》。かれが父誹諧《はいかい》を好《すき》て、洛《らく》の貞室若輩《ていしつじやくはい》のむかし、爰《ここ》に来《きた》りし比《ころ》、風雅《ふうが》に辱《はづかしめ》られて、洛に帰りて、貞徳《ていとく》の門人《もんじん》となつて世にしらる。功名《こうめい》の後《のち》、此一村判詞《このいつそんはんじ》の料《れう》を請《うけ》ずと云《いふ》。今更《いまさら》むかしがたりとは成《なり》ぬ。

四三 大聖寺《だいしようじ》

石川県加賀市大聖寺

曾良《そら》は腹の病気になって、伊勢国《いせのくに》長島（三重県桑名市長島）という所に縁者がいるので、そこへ一足先に行くことになり、

ゆきゆきてたふれ伏《ふす》とも萩《はぎ》の原《はら》　曾良

——これから私は師に別れて先に旅立って行くのだが、病身のことではあり、歩いた末に野たれ死にをするかもしれない。だが、そこは折から季節の萩の花の咲いている美しい野原であろうから行き倒れになっても本望というものだ

という句を私に書き残して立って行った。先に行く者の悲しみ、残された者の残念さ、何につけても行をともにしてきた二羽の鳧《けり》（千鳥の一種）が、一羽一羽に別れて雲間に迷うようである。そこで私も次の一句を詠《よ》んだ。

けふよりや書付《かきつけ》消さん笠《かさ》の露《つゆ》

——旅の門出にあたって、笠の裏に「乾坤無住《けんこんむじゅう》、同行二人《どうぎょうににん》」と書いたが、今日から一人で旅をしなければならないのだから、一人旅の笠に置く露で、その書付を消さなければなるまい

大聖寺《だいしょうじ》という城下町（前田氏七万石）のはずれにある全昌寺《ぜんしょうじ》という寺に泊る。ここはまだ加賀《かが》の地である。曾良も前夜この寺に泊ったとみえ、

終夜《よもすがら》秋《あき》風《かぜ》聞《きく》やうらの山《やま》

——翁と別れて一人となり、ひとしお旅寝はさびしいのだが、昨夜はこの寺に泊って一晩中裏山に吹く秋風を聞いていたことだ

と一句を私に書き残してある。たった一夜の隔てなのに、千里も遠く離れた気がする。おなじ秋風を私も聞きながら、修行僧の寮舎にやすんだが、夜明け方近く、読経の声が澄んで来て、しばらくすると食事の合図の鐘板が鳴り、私も僧とともに食堂《じきどう》にはいった。今日は、加賀国《かがのくに》を出て越前国《えちぜんのくに》へと、心あわただしく堂を降りるのを、若い僧たちが紙や硯《すずり》をかかえ、ぜひ一句をと階段の下まで追いかけて来た。折から庭の柳が散ったので、

庭《には》掃《はき》て出《いで》ばや寺《てら》にちる柳《やなぎ》

——寺を出立しようとすると、折から庭の柳の葉が散り落ちた。せめてこの落葉をでも掃き清めてから出かけたいものだ

と、取り急いだ即吟を、草鞋《わらじ》をはいたまま推敲《すいこう》もせず書き与えた。

——

曾良《そら》は腹を病《やみ》て、伊勢《いせ》の国長嶋《くにながしま》と云所《いふ》にゆかりあれば、先立《さきだち》て行《ゆく》に、

ゆき／＼てたふれ伏《ふす》とも萩《はぎ》の原《はら》　曾良

と書置《かきおき》たり。行《ゆく》もの丶悲しみ、残るもの丶うらみ、隻鳧《せきふ》のわかれて、雲にまよふがごとし。予《よ》も又《また》、

けふよりや書付《かきつけ》消《け》さん笠《かさ》の露《つゆ》

大聖持《だいしやうじ》の城外《じやうぐわい》全昌寺《ぜんしやうじ》と云《いふ》寺に泊《とま》る。猶《なほ》かゞの地也《なり》。曾良も前の夜此《この》寺に泊《とま》りて、

終夜《よもすがら》秋風《あきかぜ》聞《きく》やうらの山《やま》

と残す。一夜《いちや》の隔《へだて》、千里《せんり》におなじ。我《われ》も秋風《あきかぜ》を聴《きき》て衆寮《しゆれう》に臥《ふせ》ば、明《あけ》ぼのゝ空ちかう、読経声《どきやうこゑ》すむまゝに、鐘板《しようばん》鳴《なつ》て食堂《じきだう》に入《いる》。けふは越前《ゑちぜん》の国《くに》へと、心早卒《さうそつ》にして堂下《だうか》に下《くだ》るを、若き僧共《そうども》、紙《かみ》・硯《すずり》をかゝへて、階《きざはし》のもとまで追来《おひきた》る。折節《をりふし》庭中《ていちゆう》の柳《やなぎ》散れば、

庭《には》掃《はき》て出《いで》ばや寺《てら》にちる柳《やなぎ》

とりあへぬさまして、草鞋《わらぢ》ながら書捨《かきす》つ。

四四 汐《しお》越《こし》の松《まつ》

福井県あわら市

加賀国《かがのくに》と越前国《えちぜんのくに》との境にある、吉崎《よしさき》（あわら市吉崎）の入江を舟で渡り、汐越《しおこし》の松《まつ》（吉崎の対岸の浜坂岬にあった数十本の松）を尋ねた。

終夜《よもすがら》嵐《あらし》に波《なみ》をはこばせて月《つき》をたれたる汐越《しほこし》の松《まつ》　西《さい》行《ぎよう》

――一晩中、吹く嵐が波をはこんで、松に潮がかかり、濡れた松の枝に月がかかっている

（蓮如《れんによ》上人の作った歌とも伝える）

この一首で、この地のかずかずの眺めは尽きている。もし一言でもこれに付け加える者があれば、『荘子《そうじ》』にいう「無用の指」をたてるようなものである。

越前《ゑちぜん》の境、吉崎《よしさき》の入江《いりえ》を舟に棹《さをさし》て、汐越《しほこし》の松《まつ》を尋《たづ》ぬ。

終夜《よもすがら》嵐《あらし》に波《なみ》をはこばせて月《つき》をたれたる汐越《しほこし》の松《まつ》　西行

この一首《いつしゆ》にて数景尽《すけいつき》たり。若一辧《もしいちべん》を加《くは》ふるものは、無用《むよう》の指《ゆび》を立《たつ》るがごとし。

四五 天龍寺《てんりゆうじ》・永平寺《えいへいじ》

福井県吉田郡永平寺町

松岡《まつおか》（松平氏五万石の城下町。永平寺町松岡）にある天龍寺の長老（かつて江戸品川の天龍寺にいた大夢和尚）は、古いゆかりのある人なので、訪問した。また金沢の北枝《ほくし》（立花氏。芭蕉来遊時に入門し、のち加賀蕉門の中心となる）という者が、ほんのそのあたりまで送りましょうと言って、とうとうここまで私を慕ってついて来た。この北枝は、道すがらも、所々の風景を見のがさず、句を考え続けて、折々は情趣深い句を作ったのであった。いま、いよいよ別れにあたって、私も、

物《もの》書《かき》て扇《あふぎ》引《ひき》さく名残《なごり》哉《かな》

――もう秋なので、夏の間使い慣れた扇も捨てる時節になったが、あなたともいよいよ別れる時が来た。離別の形見に酬和《しゅうわ》の吟を扇に書きつけて二つに引きさき、それぞれに分ち持って、名残を惜しむことであるよ

街道からそれて五十町（約五・五キロ）ばかりの山の手にはいり、永平寺を礼拝した。永平寺は道元禅師《どうげんぜんじ》（曹洞宗の開祖）の開かれたお寺である。都近い土地を避けて、こんな山中に寺を残されたのも、仏道修行に対する、道元禅師の尊い配慮があったからだという。

丸岡天龍寺《まるをかてんりゆうじ》の長老《ちやうらう》、古き因《ちなみ》あれば、尋《たづ》ぬ。又金沢《またかなざは》の北枝《ほくし》と云《いふ》もの、かりそめに見送《みおく》りて、此処《このところ》までしたひ来《きた》る。所々《ところどころ》の風景過《ふうけいすぐ》さずおもひつゞけて、折節《をりふし》あはれなる作意《さくい》など聞《きこ》ゆ。今既別《いますでにわかれ》に臨《のぞ》みて、

物《もの》書《かき》て扇《あふぎ》引《ひき》さく名残《なごり》哉《かな》

五十丁《ごじつちやう》山に入《いり》て、永平寺《えいへいじ》を礼《らい》す。道元禅師《だうげんぜんじ》の御寺也《みてらなり》。邦畿千里《はうきせんり》を避《さけ》て、

――か丶る山陰《やまかげ》に跡を残し給《たま》ふも、貴《たふと》き故有《ゆゑあり》とかや。

四六 福井《ふくい》

福井県福井市

福井（松平氏二十五万石の城下町。福井市）は三里（約一一・七キロ）ほどの所なので、夕飯をすませてから出かけたところ、日暮れ時の道は足元《あしもと》もたしかでなく、なかなかはかどらない。

さて福井には等栽《とうさい》（福井俳壇の古老、洞哉《とうさい》のこと）という古くからの隠者がいる。いつの年だったか、江戸にやって来て、私を尋ねてくれたことがある。もうずっと前、十年余りも昔のことだ。いまはどんなに老いぼれてしまっているだろう、あるいは死んでしまっただろうかと思いながら、人に尋ねたところ、「まだ生きていて、どこそこに住んでいる」と教えてくれた。尋ねあててみると、町中から引っこんだひっそりとした所に、みすぼらしい小さな家があり、夕顔や糸瓜《へちま》が延びからまって、入口は鶏頭《けいとう》や箒草《ほうきぐさ》に隠れるばかりだ。たしかにこの家にちがいないと、門口をたたくと、わびしげな女が出て来て、「どこからおいでのお坊様でしょうか。主人はこの近くの何々という人の家に参りました。もし御用なら、そちらへお尋ねください」と言う。どうやら等栽の妻だとわかる。昔の物語には、こんな趣の一節《いっせつ》があったことだとおもしろく、やがて等栽を尋ねあて、その家に二晩泊った後、八月十五夜の名月は敦賀《つるが》の港（敦賀湾に面する北陸道第一の港町。歌枕《うたまくら》）で賞《め》でようと、福井を立った。等栽も、一緒に敦賀まで見送ろうと、着物の裾《すそ》をしゃれた格好にからげ、さあ道案内をしましょうと、浮き浮きした調子である。

福井《ふくゐ》は三里《さんり》計《ばかり》なれば、夕飯《ゆふめし》したためて出《いづ》るに、たそかれの道たど〱し。爰《ここ》に等栽《とうさい》と云《いふ》古き隠士《いんじ》有《あり》。いづれの年にや、江戸《えど》に来《きた》りて予《よ》を尋《たづぬ》。遥十《はるかと》とせ余《あま》り也《なり》。いかに老《おい》さらぼひて有《ある》にや、将死《はたしに》けるにやと、人に尋侍《たづねはべ》れば、「いまだ存命《ぞんめい》して、そこ〱」と、をしゆ。市中《しちゆう》ひそかに引入《ひきいり》て、あやしの小家《こいへ》に夕顔《ゆふがほ》・へちまのはえかゝりて、鶏頭《けいとう》・はゝき木《ぎ》に戸ぼそをかくす。「扨《さて》は此《この》うちにこそ」と門を扣《たたけ》ば、侘《わび》しげなる女《をんな》の出《いで》て、「いづくよりわたり給《たま》ふ道心《だうしん》の御坊《ごばう》にや。あるじは、このあたり何某《なにがし》と云《いふ》もの、方《かた》に行《ゆき》ぬ。

もし用あらば尋給《たづねたま》へ」と云。かれが妻《つま》なるべしとしらる。むかし物がたりにこそか丶る風情《ふぜい》は侍《はべ》れと、やがて尋《たづね》あひて、その家に二夜《ふたよ》とまりて、名《めい》月《げつ》はつるがの湊《みなと》にと旅立《たびだつ》。等栽《とうさい》も共《とも》に送らんと、裾《すそ》をかしうからげて、道《みち》の枝折《しをり》とうかれ立《たつ》。

四七 敦賀《つるが》

福井県敦賀市

歩いているうち、しだいに白根《しらね》が嶽《だけ》が隠れて見えなくなり、比那《ひな》が嶽（福井県越前市東南の日野山）が見えてきた。浅水の橋（福井市浅水《あそうず》町の麻生津《あそうづ》川の橋。歌枕《うたまくら》）を渡り、歌枕の玉江《たまえ》（福井市花堂町を流れる川。歌枕。正しい道順は、玉江↓浅水の橋）に来ると古歌に知られた芦《あし》は穂が出ている。鶯《うぐいす》の関（福井県南条郡南越前町）を通り、湯尾峠《ゆのおとうげ》（南越前町の湯尾と今庄との間の峠）を越えると燧《ひうち》が城《じょう》（南越前町今庄にある木《き》曾《そ》義仲《よしなか》の城跡）があり、山つづきの帰山《かえるやま》（雁《かり》をよく詠む山。歌枕）に初雁《はつかり》の声を聞き、十四日の夕暮れ、敦賀の港に着いて宿をとった。

その夜は、月がとりわけ晴れて美しかった。「あしたの十五夜もこんなでしょうか」

と言うと、「変りやすいのがこの北陸路の常ですから、あしたの十五夜の天気はわかりません」と宿の主人は言って、酒を勧める。そして気比《けい》明神（敦賀市曙町の気比神宮）に夜参りをした。この神社は仲哀《ちゆうあい》天皇の御廟《ごびよう》である。社頭は神々しく《こうごう》、松の木の間を漏れてさす月の光で、神前の白砂は一面霜を置いたようだ。「昔、遊行《ゆぎよう》二世の上人（時宗の開祖一遍《いつぺん》上人の後を受けた他阿《たあ》上人）が大願を思い立たれ、みずから葦《あし》を刈り、土や石を荷《にな》い運んで、水たまりを乾かされたのです。それ以来この明神に参詣《さんけい》する行き来の心配がなくなりました。その昔の例が、いまでも残っていて、代々の遊行上人が、神前に砂をかついでおいでになります。この行事を『遊行の砂持《すなもち》』と申しております」と宿の主人が語った。

月《つき》清《きよ》し遊《ゆ》行《ぎやう》のもてる砂《すな》の上《うへ》

——折から十四日の澄んだ月が、むかし遊行二世上人を始めとして、代々の遊行上人が運ばれた神前の白砂の上を照らして神々しい様子である

十五日、宿の主人の言葉のとおり、雨が降った。

名月《めいげつ》や北国《ほつこく》日和《びより》定《さだめ》なき

――今晩こそ中秋の名月であると楽しみにしていたのに、昨夜とうって変って雨降りである。なるほど北国の天気というものは、変りやすいものだなあ

漸《やうやう》白根《しらね》が嶽《だけ》かくれて、比那《ひな》が嵩《だけ》あらはる。あさむづの橋《はし》を渡りて、玉江《たまえ》の芦《あし》は穂《ほ》に出《いで》にけり。鶯《うぐひす》の関《せき》を過《すぎ》て、湯尾峠《ゆのをたうげ》を越《こゆ》れば燧《ひうち》が城《じやう》、かへる山に初雁《はつかり》を聞《きき》て、十四日《じふよつか》の夕暮《ゆふぐれ》、つるがの津《つ》に宿をもとむ。

其夜《そのよ》、月殊晴《ことにはれ》たり。「あすの夜《よ》もかくあるべきにや」といへば、「越路《こしぢ》のならひ、猶明夜《なほめいや》の陰晴《いんせい》はかり難《がた》し」と、あるじに酒す〻められて、けひの明神《みやうじん》に夜参《やさん》す。仲哀天皇《ちゆうあいてんわう》の御廟也《ごべうなり》。社頭《しやとう》神《かみ》さびて、松《まつ》の木間《このま》に月のもり入《いり》たる、おまへの白砂《はくさ》霜《しも》を敷《しけ》るがごとし。「往昔《そのかみ》、遊行《ゆぎやう》二世《にせ》の上人《しやうにん》、大願《たいぐわん》発起《ほつき》の事ありて、みづから葦《あし》を刈《かり》、土石《どせき》を荷《にな》ひ、泥渟《でいてい》をかわかせて、参詣《さんけい》往来《わうらい》の煩《わづらひ》なし。古例《これい》今にたえず、神前《しんぜん》に真砂《まさご》を荷ひ給《たま》ふ。これを遊行《ゆぎやう》の砂持《すなもち》と申侍《まうしはべ》る」と、亭主《ていしゆ》のかたりける。

月《つき》清《きよ》し遊《ゆ》行《ぎやう》のもてる砂《すな》の上《うへ》
十五日《じふごにち》、亭主《ていしゅ》の詞《ことば》にたがはず、雨降《ふる》。
名月《めいげつ》や北国《ほっこく》日和《びより》定《さだめ》なき

四八 種《いろ》の浜《はま》

福井県敦賀市色浜

十六日、空が晴れたので、西行が「汐染《しほそ》むるますほの小貝拾ふとて色の浜とはいふにやあるらむ」（山家集）と詠《よ》んだますおの小貝（淡い黄褐色の小貝）を拾おうと、種《いろ》の浜（色浜《いろがはま》）に舟を走らせた。敦賀《つるが》から種の浜までは海上七里（約二七キロ）ほどある。天《てん》屋《や》某《なにがし》（廻船問屋の天屋五郎右衛門）が、破籠《わりご》・小竹筒《ささえ》（弁当箱と酒入れ）など、心をこめて用意させ、舟乗りの男たちをたくさん舟に乗せて、追風を受けてわずかの時間で種の浜へ吹き着いた。

種の浜はみすぼらしい漁夫の小家があるだけのところで、小さなわびしい法華宗の寺がある。その寺で休息し、茶を飲んだり、酒を温めたりして過したが、折からの夕暮れ方の寂しさは、感に堪えるものがあった。

さびしさやすまにかちたる浜《はま》の秋《あき》

――須磨の秋は寂しいものとして『源氏物語』以来よく言われているが、この種の浜の秋の寂しい情趣は、須磨《すま》以上である

波《なみ》の間《ま》や小貝《こがひ》にまじる萩《はぎ》の塵《ちり》

――穏やかな種の浜のなぎさに打ち寄せる波の間に、西行ゆかりのますおの小貝があるが、その小貝にまじって海辺の萩の花屑《はなくず》が打ち寄せられていることよ

その日の行楽のあらましを、等栽《とうさい》（洞哉《とうさい》）に書かせ、記念として寺に残した。

十六日《じふろくにち》、空晴《はれ》たれば、ますほの小貝《こがひ》ひろはんと、種《いろ》の浜《はま》に舟を走《は》す。海《かい》上七里《しやうしちり》あり。天屋何某《てんやなにがし》と云《いふ》もの、破籠《わりご》・小竹筒《ささえ》などこまやかにしたゝめさせ、僕《しもべ》あまた舟にとりのせて、追風時《おひかぜとき》の間《ま》に吹着《ふきつき》ぬ。浜《はま》はわづかなる蜑《あま》の小家《こいへ》にて、侘《わび》しき法華寺《ほつけでら》有。爰《ここ》にちやをのみ、酒を

あた丶めて、夕暮《ゆふぐれ》のさびしさ感《かん》に堪《たへ》たり。

さびしさやすまにかちたる浜《はま》の秋《あき》

波《なみ》の間《ま》や小《こ》貝《がひ》にまじる萩《はぎ》の塵《ちり》

其日《そのひ》のあらまし、等栽《とうさい》に筆をとらせて寺に残す。

四九 大《おお》垣《がき》──旅の終わり

岐阜県大垣市

露《ろ》通《つう》（路《ろ》通《つう》。斎部氏）も敦賀《つるが》の港まで出迎えに来てくれ、一緒に美濃国《みののくに》へ赴いた。馬に乗せてもらって、大垣《おおがき》の町に入ると、曾良《そら》も伊勢《いせ》からやって来るし、越人《えつじん》（越智氏。名古屋の蕉門で、更科紀行の旅に同行）も名古屋から馬を急がせて来て、みんなで如行《じょこう》（近藤氏）の家に集った。前川子《ぜんせんし》（津田氏。子は敬称）・荆口《けい》父子（宮崎太左衛門。三人の子息ともども蕉門）、そのほか親しい人々が、夜も昼も訪ねて来て、よみがえった死人に会うように、私の無事をよろこび、いたわってくれる。だが、長旅の疲れもまだ抜け切っていない重い気分ながら、九月六日になったので、十日の伊勢の遷宮式《せんぐうしき》（二十一年に一度の遷宮が元禄二年〈一六八九〉九月十・十一日に行われた）を拝もうと、また舟に乗って新しい旅へ出るのであった。

蛤《はまぐり》のふたみに別行《わかれゆく》秋《あき》ぞ

——離れがたい蛤の蓋《ふた》と身とが別れるように、見送ってくれる人々と別れがたい名残惜しさを感じながら、しかし、ここで人々と別れて、私は伊勢の二見が浦を見に行くのである。折から季節は秋も終ろうとしている晩秋で、別れの寂しさが、一層身にしみて感じられることだ

露通《ろつう》もこのみなと迄出《までいで》むかひて、みの、国《くに》へと伴《ともな》ふ。駒《こま》にたすけられて大垣《おほがき》の庄《しやう》に入《いれ》ば、曾良も伊勢《いせ》より来《きた》り合《あひ》、越人《ゑつじん》も馬をとばせて、如行《じよかう》が家に入集《いりあつま》る。前川子《ぜんせんし》・荊口《けいこう》父子、其外《そのほか》したしき人々日夜《ひとびとにちや》とぶらひて、蘇生《そせい》のものにあふがごとく、且《かつ》よろこび、且《かつ》いたはる。旅のものうさも、いまだやまざるに、長月六日《ながつきむいか》になれば、伊勢の迁宮《せんぐう》をがまんと、又《また》ふねに乗《のり》て、

蛤《はまぐり》のふたみに別《わかれ》行《ゆく》秋《あき》ぞ

おくのほそ道の風景 ⑨

大垣《おおがき》

おくのほそ道の旅は、門弟たちの出迎えといたわりによって温かく結ばれた。江戸深川を出発して約六か月を経た八月下旬のこと、岐阜県の大垣が最後の地であった。芭蕉《ばしょう》は生涯で大垣を四度も訪れているが、それは俳友である廻船問屋《かいせんどんや》谷木因《たにぼくいん》が住んでいたためである。芭蕉を迎えてくれた如行《じょこう》ら大垣藩士の多くは、この木因のはたらきによって蕉門《しょうもん》に導かれた。この旅でも木因の隠居を訪ねた芭蕉は「隠家《かくれが》や菊と月とに田三反《たさんたん》」という句を詠《よ》んでいる。

大垣でしばし旅の疲れをいやした芭蕉だが、門弟たちのまなざしに触れ、大垣から見渡される自然に触れ、句作の止むことはなかった。なかでも芭蕉は伊吹山《いぶきやま》の雄姿を好んだらしく、高岡斜嶺《たかおかしゃれい》亭に泊まった際は「戸を開けばにしに山有《あり》、いぶきといふ。花にもよらず、雪にもよらず、只《ただ》これ孤山《こざん》の徳あり。其《その》まゝよ月も頼らず伊吹山」(真蹟懐紙《しんせきかいし》)と詠んでいる。

大垣に二週間あまり滞在した芭蕉は、この年に式年遷宮《しきねんせんぐう》を迎える伊勢神宮を参拝するために、ふたたび草鞋《わらじ》の紐《ひも》を結ぶ。木因、如行らに見送られ、木因宅の前を流れる水門川《すいもんがわ》に浮かべた舟に乗り、揖《い》斐川《びがわ》を下っていった。この木因宅跡には奥の細道むすびの地の標柱が建ち(写真左)、川に沿って北へ進むと、「奥の細道むすびの地記念館」がある。芭蕉や木因の紹介、そして大垣に花開いた蕉風俳諧《はいかい》の発展などの資料を公開し、当時の地方俳諧の活気を伝えている。

芭蕉・蕪村・一茶名句集

井本農一・堀信夫・
山下一海・丸山一彦［注解］

芭蕉・蕪村・一茶名句集

❖作者紹介

芭蕉《ばしょう》（松尾《まつお》。一六四四～九四）　芭蕉《ばしょう》の生涯については一二頁で概観したので、そちらを参照されたい。

蕪村《ぶそん》（与謝《よさ》。一七一六～八三）

　芭蕉五十回忌を契機として、芭蕉を慕い蕉風俳諧《しょうふうはいかい》を復興しようという動きが起こってくるが、蕪村はその中心に位置した人物である。俳諧一筋に精進した厳しい求道者《ぐどうしゃ》としてのイメージがある芭蕉とは異なり、蕪村には、もっと自由でのびのびしたイメージがある。

　蕪村は、享保《きょうほう》元年（一七一六）に摂津国《せっつのくに》（大阪府）東成郡毛馬村で生まれた。江戸において巴人《はじん》に入門して俳諧を学んだが、巴人没後の約十年間、北関東を放浪する生活を続けた。宝暦《ほうれき》元年（一七五一）京都に戻り、同四年丹後《たんご》地方へ赴き、画業に励んだ。その絵は、中国の文人画である南宗画《なんしゅうが》という画風の影響を強く受けている。俳諧と絵画という二つの世界を有していたことは、蕪村という俳人を知る上できわめて重要な点である。その句の中にも、映像がくっきり思い浮かべられるものが見られる。また、旅での練磨を目指した芭蕉に対して、晩年の蕪村はほとんど京都から動かずに過ごした。自らの思念と向き合い、想像の世界に遊んだのである。明和《めいわ》七年（一七七〇）には、師巴人の号である夜半亭《やはんてい》を継承した。天明《てんめい》三年（一七八三）に六十八歳で没している。

　その発句には、「菜の花や月は東に日は西に」「春の海終日《ひねもす》のたり〳〵哉《かな》」「枕《まくら》する春の流れやみだれ髪」というように抒情的な雰囲気を感じられる作品が多く、また古典を踏まえた知的な世界が背後に横たわっているものも多い。句以外では、俳文『新花摘《しんはなつみ》』や俳詩「春風馬堤曲《しゅんぷうばていきょく》」の評価も高い。
なお、明和八年に池大雅《いけのたいが》と合作した「十便十宜図《じゅうべんじゅうぎず》」は日本文人画の代表的作品とされる。

一茶《いっさ》（小林《こばやし》。一七六三～一八二七）

一茶は、蕪村よりさらに後の時代の俳人で、いわゆる化政《かせい》期（一八〇四～三〇）を代表する作者である。芭蕉・蕪村の句に見られた芸術的な高みに比べてみると、一茶の句は日常性・口語性が強まり、大衆的な要素が強いとされる。

一茶は、宝暦十三年に信濃国《しなののくに》（長野県）水内郡柏原村に農家の長男として生まれた。三歳の時に生母に死別し、八歳の時に継母《ままはは》が来る。そののち江戸へ出、さらに各地を行脚《あんぎゃ》したりしている。享和《きょうわ》元年（一八〇一）に父を看取った体験を描いた『父の終焉日記《しゅうえんにっき》』では、一茶と、継母・異母弟との生々しい葛藤が描かれている。一般に一茶というと、穏やかで庶民的とされることも多かろうが、激しい人生の側面も一方に見据えて、両面から捉《とら》える必要がある。相続問題でも抗争が続き、文化《ぶんか》十年（一八一三）にようやく和解が成立して、郷里に戻ることになった。同十一年、五十二歳にして初婚。しかし、生まれた子が次々と死に、妻にも先立たれた。『おらが春』は二歳で没した長女さとを主題にしており、一茶の代表的な作品である。文政《ぶんせい》十年（一八二七）、六十五歳で没している。

その発句《ほっく》には、「瘦《やせ》蛙《がへる》まけるな一茶是《これ》に有《あり》」「やれ打つな蠅《はへ》が手を摺《す》り足をする」「是《これ》がまあつひの栖《すみか》か雪五尺」というように、自分の人生について率直な感慨を述べたり、それを小動物に託したりしながら詠じた句が多くあり、今でも多数の愛好者を獲得している。

芭蕉名句集

春の部

薦《こも》を着て誰《たれ》人《びと》ゐます花のはる

元禄三年（一六九〇）〔其俤《そのふくろ》〕

前書《まえがき》「都ちかき所（滋賀県大津市膳所《ぜぜ》）にとしをとりて」。世間は華やかな正月で、都に近いこととて春着を着飾った人々が出歩いているが、その中で菰《こも》をかぶって「花の春」にそむいている「乞食《こつじき》」がいる。しかし、西行法師が『撰集抄《せんじゆうしよう》』で記しているように、「乞食」の中に立派な世捨人のいることもある。そこに菰をかぶっている人よ、もしやあなたは徳の高い隠士のどなたかではないでしょうか。『撰集抄』は江戸時代、西行撰と信じられていた書。芭蕉は三十代に自分を「乞食の翁」と名のっているように、俗世からはみ出て乞食に落ちぶれている人の中に賢人がいると信じていた。季語は「花のはる」（新年）。

やまざとはまんざい遅し梅花《うめのはな》

元禄四年（一六九一）〔真蹟懐紙《しんせきかいし》〕

前書「伊陽山中初春」。伊賀国上野（三重県伊賀市）の山中の初春を詠《よ》んだ句。この辺りは山里なので、都会と違って万歳《まんざい》（年初に、家々を回って賀詞を述べて舞をまい、米銭を乞《こ》う者）の来るのも遅く、正月からだいぶたったいま時分、梅の花の咲いている家々を回り歩いていることだ。ここはそんな、穏やかな山里の初春なのだ。古くから、梅の花の盛りも過ぎようとしているのに、山里の方には万歳もまだ来ないととる説があるが、山里ではあちらの庭にもこちらの門口にも梅が咲き、都会地を回り歩いた万歳が山里のほうへやってきて一軒一軒めぐり歩いている、というように解したい。季語は「梅花」。

梅《うめ》若《わか》菜《な》まりこの宿《しゅく》のとろゝ汁

元禄四年（一六九一）〔猿蓑《さるみの》〕

前書「餞乙州東武行《おとくにがとうぶのかうにはなむけす》」。大津滞在中、江戸へ出立する乙州《おとくに》（芭蕉門弟）へ餞別《せんべつ》として詠《よ》んだ句。これからあなたは東海道を旅して江戸へ出かけるが、春のこととて道中所々に梅が美しく咲き、また畑には若菜の新鮮な緑が目にはいることであろう。そのうえ鞠子《まりこ》の宿駅（静岡市駿河区）では名物のとろろ汁もある。楽しい旅をしてこられよ。和歌・連歌の伝統的素材である梅・若菜に対し、庶民的・生活的素材である「とろゝ汁」を配合したところが俳諧《はいかい》的。異質のものを取り合せる一種の衝撃的方法。季語は「梅」「若菜」。

むめが、にのつと日の出る山路かな

元禄七年（一六九四）〔炭俵《すみだわら》〕

まだ夜の明けぬうちに、山路にかかって歩いていると、どこからか梅の香が漂ってきた。早春のことであり、ことに夜明け時のことだから、余寒《よかん》が頬《ほお》に冷たく、辺りは清冷な気に満ちている。折しも彼方《かなた》に朝日が雲をわけて、のっとさし出た。「のつと」には口語的表現に伴う多少の卑俗感があるが、清冷な季節感と、花を出さず香りだけにとどめたことによって句柄を引き上げている。この句の俳諧性と新しさが「のつと」にあることは明らかで、芭蕉はこれにより、この頃《ころ》の持論である軽みを実践した。季語は「梅」。

春たちてまだ九日《ここのか》の野山かな

貞享五年（一六八八）〔初蟬《はつせみ》〕

前書「風麦亭《ふうばくてい》にて」。春の声を聞いてまだ九日にしかならないが、それでも故郷の野山には、その九日なりの春の気配がある。これがいわゆる早春の景趣というものであろう。和歌・連歌の伝統的素材である、春まだ浅い頃《ころ》のかすかな春色を、故郷の野山の中に探った折の作品。寒・暖あるいは雪・霞《かすみ》などの文字も借りず、それを「九日」の一語で言い尽したところが俳諧の新しみである。「風麦」は伊賀藤堂藩士小川政任。季語は「春たつ」。

はだかにはまだ衣更着《きさらぎ》のあらし哉《かな》

貞享五年（一六八八）〔其俤《そのふくろ》〕

よくみれば薺《なづな》花さく垣《かき》ねかな

貞享三年（一六八六）〔続虚栗《ぞくみなしぐり》〕

前書「二月十七日神路山《かみぢやま》（伊勢神宮内宮をめぐる丘地）を出《いづ》るとて」。聞けば、増賀聖《ぞうがひじり》は「名利《みやうり》を捨てよ」という伊勢大神宮の示現《じげん》を得て、赤裸で下向したということだが、いまは文字どおり着物を重ね着するような衣更着（二月）のこと、増賀聖の故事にあやかろうにも、はげしい寒風が吹きすさんでいて、信薄き私どもにはなかなか裸になれそうもないことだよ。『撰集抄《せんじゆうしよう》』（当時、西行の撰になると言い伝えられていた）に、「むかし、増賀上人といふ人いまそかりける。（中略）あるとき、只《ただ》一人伊勢大神宮に詣《まう》でて祈請し給ひけるに、夢に見給ふやう、道心おこさむとおもはば、此身を身とな思ひそと、示現を蒙《かうむ》り給ひける。打《うち》驚きておぼすやう、名利をすてよとこそ侍るなれ。さらばすてよとて着給ひける小袖衣《こそでごろも》、みな乞食《こつじき》どもにぬぎくれて、ひとへなる物をだにも身にかけたまはず、あかはだかにて下向し給ひける」とある。増賀と同じく身を捨てた世外の芭蕉には、その徹底した放下行《ほうげぎよう》が、余寒の厳しい折から一層潔く感じられたというのである。季語は「衣更着」。

ふと心をとめて見ると、垣根のほとりに、薺《なずな》が白く小さな花をつけているのであった。一見したところ眼前嘱目《しょくもく》の即興吟のようにみえるが、かならずしもそうとは言いきれない。むしろわざわざ、ふだんは気にもとめない路傍《ろぼう》の雑草をとりあげ、それに見どころもない花を取り合わせたところなど、万物みなそのところを得て自得していることを言おうとする計算から出ていると見られる。季語は「薺の花」。

鶯《うぐひす》や餅《もち》に糞《ふん》する縁《えん》のさき

元禄五年（一六九二）〔葛《くず》の松原〕

ようやく暖かくなった春のある日、日のさす縁の先に、かき餅がひろげて干してある。暖かくなってきたので餅もかびが生える頃《ころ》だからである。と見ると、庭にいた鶯《うぐいす》が縁先にまで飛んできて、餅の間をごそごそしていたかと思うと、思いがけなくも、糞をして飛び去っていった。鳴く鶯は古来詩歌に頻出するが、鳴声の美しい鶯に糞をさせたところが俳諧《はいかい》である。季語は「鶯」。

八九《はつく》間《けん》空《そら》で雨ふる柳哉《かな》

元禄七年（一六九四）〔こがらし〕

大きく枝葉をひろげている柳の木がある。折から降りみ降らずみの空模様であるが、ちょうどこの大きな柳の木の上辺り、地上から八、九間（約一四・五〜一六メートル）の所で春雨《はるさめ》が降っているような感じだ。八、九間というのはやや誇張に過ぎるが、大きな柳の木を見上げると、その上のほうにだけ春雨が降っているように見えるというので、地上のほかの所には、細い春の雨が降っているとも見えないさまであろう。季語は「柳」。

衰《おとろひ》や歯に喰《くひ》あてし海苔《のり》の砂

元禄四年（一六九一）〔をのが光《ひ》〕

海苔に混入した砂を歯に噛《か》みあてた時、そのジャリッとした感じが、ひどく神経にこたえた。若い頃《ころ》なら、こんなことはなんでもなかったのにと、いまさらわが身の衰老が顧みられることだ。この時芭蕉は四十八歳。当時としては衰老を感ずる年齢であった。季語は「海苔」。

丈六《ぢやうろく》にかげろふ高し石の上

貞享五年（一六八八）〔笈《おい》の小文《こぶみ》〕

春愁さえもよおす晩春の一日、新大仏寺（三重県伊賀市。当時は山崩れのため埋没）の跡を訪ねてみた。ものみな昔に変わる廃墟の中、わずかに残る石台の上に、いたずらに高く陽炎《かげろう》が燃え立っている。思えばこのまぼろしに似た陽炎のみが、在りし日の丈六の尊像の俤《おもかげ》をしのぶよすがなのである。晩春の余情ある「かげろふ高し」は、四時《しいじ》の移り変りと人の世の栄枯盛衰とを象徴しており、それにより一句の詩情は、造化《ぞうか》の運行の中における人間の運命に対する詠嘆にまで高められているとみられる。季語は「かげろふ」。

古池や蛙《かはづ》飛《とび》こむ水のおと

貞享三年（一六八六）〔蛙合《かわずあわせ》〕

幾時代かの夢の跡をとどめ、古池が森閑《しんかん》と静まりかえっている。蛙鳴《あめい》も聞えそうな晩春の一日、その蛙鳴はなくて、ただ一匹、蛙《かえる》がぴょんと飛びこむ水音だけが聞えてきた。「古」には人間の栄枯盛衰の諸相が暗示されており、「池」には天然の湖沼・川沢とは違った人工的造営物特有の文化の匂《にお》いが纏綿《てんめん》している。そんな「古池」の濃《こま》やかな詩情を「や」という切字《きれじ》はゆったりと受け止めている。そこへ突如「蛙が飛ぶ」というユーモラスなイメージと、長閑《のどか》な「水の音」を提示して、読者を名状しがたい一種の苦笑いの世界へ誘うというのが、一句の仕掛けである。しかし、その微苦笑もやがて冠「古池や」の閑情に吸収されていき、苦笑いが消えかかる、まさにその一瞬にこの句の本然の姿がきらりと光って見えるといえるかもしれない。季語は「蛙」。

春《はる》雨《さめ》や蜂《はち》の巣つたふ屋《や》ねの漏《もり》

元禄七年（一六九四）〔炭俵《すみだわら》〕

しとしとと煙るように春雨が降っている。一日雨に降りこめられ、ぼんやり外を見るともなく眺めていると、藁屋根《わらやね》のはしにぶらさがった去年の蜂の巣を伝わって、屋根からしみて漏れて出た雨雫《あましずく》がぽとりぽとりと滴《したた》り落ちている。一日中誰《だれ》も尋ねて来ない雨の日、深川の草庵《そうあん》にあって、しめやかに降る春雨を、見るともなく見ている芭蕉のさびしい心持が、さながら読者の心に響いてくる。俳諧《はいかい》としての新しさは、漏れた雨水が蜂の巣を伝うのを見つけたところにあろうが、春雨の本意を的確につかんで、平淡の中に言外の余情を含んでいる。これも晩年の軽みの作風にはいる句である。季語は「春雨」。

春なれや名もなき山の薄霞《うすがすみ》

貞享二年（一六八五）〔野ざらし紀行〕

前書「奈良《なら》に出《いづ》る道のほど」。ああ、いよいよ春がきたのだなあ、春の大和路《やまとじ》を心に描きながらたどる山路の、四方の名も知らぬ山々に一刷毛《ひとはけ》霞がたなびいて見える。香具山《かぐやま》（奈良県橿原市の天香山《あまのかぐやま》）・佐保山《さほやま》（奈良市北部の丘陵）の霞に春を知るのはすでに和歌や謡曲で言いふるされたこと、それを「名もなき山」に打ち返したところが俳諧《はいかい》なのである。「春なれや」は謡曲の声調にならったものであり、「や」は疑問ではなく、軽い詠嘆。季語は「霞」。

雲雀《ひばり》より空《そら》にやすらふ峠《たうげ》哉《かな》

貞享五年（一六八八）〔笈《おい》の小文《こぶみ》〕

山路《やまぢ》来て何やらゆかしすみれ草《ぐさ》

貞享二年（一六八五）〈野ざらし紀行〉

前書「臍峠《ほそたうげ》」。峠《とうげ》の風に吹かれながらひと休みしていると、はるかに下のほうから雲雀の囀る声が聞えてくる。麓《ふもと》の村里にあれば、上空の雲間に聞く雲雀の声を、いまは眼下に聞くことだと作意して、峠路から見る雄大な景観をほのめかした句作。前書の「臍峠」は奈良県の多武峰《とうのみね》より竜門岳《りゅうもんだけ》の麓に至る、険阻《けんそ》で知られる細峠。「やすらふ」という語に、険路を征服した軽い満足感と快い疲労感が過不足なく言いこめられている。季語は「雲雀」。

前書「大津に至る道、山路をこえて」。大津への山路をたどるうち、ふと路傍《ろぼう》に可憐《かれん》な菫《すみれ》の花を見つけた。そのほのかな紫色の花を見ていると、わけもなく私の心はひきつけられていくのであった。初案「何とはなしになにやら床《ゆか》し菫草」の作句場所は、じつは「大津（滋賀県大津市）に至る道」ではなく、熱田の名所二十九所の一つ、白鳥山法持寺（名古屋市熱田区）であったらしい。のち、『野ざらし紀行』の形に改められた。なお、菫に旅を連想するのは、この時代の常識であった。季語は「すみれ」。

ほろほろと山吹《やまぶき》ちるか滝《たき》の音

貞享五年（一六八八）〔笈《おい》の小文《こぶみ》〕

前書「西河《にじかう》」。漲《みなぎ》る吉野《よしの》川の大水が、岩に激して鳴りわたる大滝の辺り、盛りすぎたのか、岸の山吹が風もたのまず、ほろほろとこぼれ散っていることだ。「西河」は奈良県吉野郡川上村にある吉野川の激湍《げきたん》。山紫水明の吉野一帯でもひときわ幽邃《ゆうすい》の趣深い川上村、その辺り一面、滝も巌《いわお》も隠るるばかり山吹の花の咲き乱れている様子が髣髴《ほうふつ》とする。季語は「山吹」。

山吹《やまぶき》や宇《う》治《ぢ》の焙炉《ほいろ》の匂《にほ》ふ時

元禄四年（一六九一）〔猿蓑《さるみの》〕

前書「画賛」。焙炉（製茶用の乾燥炉）から流れてくる香りの中で、うっとりと山吹を見ている。宇治川の岸辺に咲く山吹は、古来、和歌にも詠《よ》まれて著名。その咲き乱れる時期は、この辺りが茶の産地だけに、製茶の香りがあちらにもこちらにも漂っている。句は山吹の句だが、製茶の香りを配したことにより具象的・感覚的になって、生動感がある。宇治という古典的地名の働きも無視できない。また「焙炉の匂ふ時」という「時」をとらえたところに、この句の妙味がある。季語は「山吹」。

さま〴〵の事おもひ出す桜かな

貞享五年（一六八八）〔真蹟懐紙《しんせきかいし》〕

前書「探丸子《たんぐわんし》のきみ（芭蕉の旧主、藤堂良忠《とうどうよしただ》の遺子良長《よしなが》）別墅《べつしょ》の花みもよほさせ玉《たま》ひけるに、むかしのあともさながらにて」。旧主の別邸（三重県伊賀市上野玄蕃町にあった下屋敷。芭蕉生家から一〇〇《メートル》余の近さ）に招かれて、庭前に咲きほこる桜の花を見るにつけ、在りし日のさまざまのことが思い出されて、感慨無量である。二十余年という長い年月の流れに洗われた思い出には、純度の高い幻想のみが持つ透きとおるような美しさがある。いまを盛りの花桜を眼前にして、芭蕉が見ているものは、たぐればかれこれの境もなく、またあとさきの序《ついで》もなく、浮かび出るこれらの思い出のみである。季語は「桜」。

木《こ》のもとに汁も鱠《なます》も桜かな

元禄三年（一六九〇）〔ひさご〕

前書「花見」。木の下に酒肴《しゅこう》を並べ花見をしていると、汁にも膾《なます》にも、桜の花びらが、はらはら、はらはらと絶えず散りかかってくる。桜の花びらに埋まってしまうようだ。三月二日、伊賀上野の風麦亭で行われた八吟四十句の発句として作られたもの。「汁も鱠も」と日常卑近な食べ物を詠《よ》みこんで、情景を具象化したところが軽みの俳諧《はいかい》である。連句の発句であるから主人に対する挨拶《あいさつ》の心持がこめられていると同時に、その場での即興的な句でもある。季語は「桜」。

何の木の花とはしらず匂《にほひ》哉《かな》

貞享五年（一六八八）〔笈《おい》の小文《こぶみ》〕

前書「伊勢山田《いせ》」。はるか彼方《かなた》の神殿に向かってぬかずいていると、何の木の花かわからないが、妙《たえ》なる匂《にお》いがほのかに漂ってきて、身も心も清められる思いがする。二月四日伊勢外宮《げくう》に参詣《さんけい》した折の吟。西行の作と伝える「何事のおはしますをば知らねどもかたじけなさの涙こぼるる」（西行法師家集）を踏まえ、同じく本殿を遥拝《ようはい》しながら、目に見えぬ神域の神々《こうごう》しさをしのんで涙した西行の昔を慕い、折から辺りに漂う、あるかなきかの妙なる花の匂いを、かたじけない神徳の象徴として詠《よ》んだもの。季語は「花」。

日は花に暮《くれ》てさびしやあすならふ

貞享五年（一六八八）〔笈《おい》の小文《こぶみ》〕

花見の興趣も尽きて、全山が蒼茫《そうぼう》と暮れていく中に、花の梢《こずえ》のみほのかに暮れ残って見えるのはまことに淋《さび》しい。しかしそれにもまして、花のそばにゆうゆうと立ちつくす翌檜《あすなろう》の姿こそ、あすは檜《ひのき》の名さえあって、いいようもなく淋しい。「日」「暮る」「あす」は言葉の縁。それらによって花を訪ねて山中に旅寝する芭蕉の旅情がほどよく一句の表ににじむ。「明日は檜になろう」の意の「あすなろう」という名辞が、「あすはあすは」と言い暮す人の世のあわれをもしのばせ、旅中吟以上のものに高めている。初案は「さびしさや華《はな》のあたりのあすならふ」という句形であるが、「花のあたりの深山木《みやまぎ》」という成語を、「華のあたりのあすならふ」に改めたところに作意があるのだが、「あすならふ」の名があまりに強く働いて、観相の気味が濃くなりすぎるきらいがある。季語は「花」。

猶《なほ》見《み》たし花に明《あけ》行《ゆく》神の顔

貞享五年（一六八八）〔泊船《はくせん》集〕

前書「やまとの国を行脚《あんぎや》して葛城山《かづらきやま》のふもとを過《すぐ》るに、よもの花はさかりにて、峰々《みねみね》はかすみわたりたる明《あけ》ぼののけしきいとゞ艶《えん》なるに、彼《か》の神のみかたちあしゝと、人の口さがなく世にいひつたへ侍《はべ》れば」。東の山際より春の曙光がさし始め、霞《かす》む山々、絢爛《けんらん》と咲き誇る花々がしだいに姿を現し始めた。そういえば葛城山（大阪府と奈良県境にある山）の一言主神《ひとことぬしのかみ》は自分の醜貌《しゅうぼう》を憚《はばか》り、夜のみ立ち働き、昼間は戸隠れていたと伝えられているが、この景色の中では何とも信じがたい話である。心ない仕打ちかもしれないが、隠れる前に是非とも一目、神の顔を拝したいものだ。真蹟自画賛では、花の下に居眠る山伏《やまぶし》の姿をユーモラスに描き、「これは葛城の山伏の寝言を伝へたるなるべし」と付記する。行き暮れて花の下を宿とした山伏の、その夢の醒《さ》めぎわにおける妄語《もうご》という形を借り、曙の花の美しさと消えゆく神のイメージを縹渺《ひょうびょう》と調和させた手腕はみごとというほかない。季語は「花」。

花の雲鐘は上野《うへの》か浅草歟《か》

貞享四年（一六八七）〔続虚栗《ぞくみなしぐり》〕

前書「草庵《さうあん》」。のどかな春日和《はるびより》に誘われ、草庵（深川芭蕉庵）の縁側から対岸の上野・浅草辺りを眺めわたしてみると、一帯は花が雲と見まがうほど咲き誇っている。そのせいか、響いてくる鐘の音まで、上野（寛永寺）の鐘とも浅草（浅草寺）の鐘とも聞き分けがつかない有様だ。花もおぼろ、鐘もおぼろの大江戸の春景色である。季語は「花の雲」。

辛《から》崎《さき》の松は花より朧《おぼろ》にて

貞享二年（一六八五）〔野ざらし紀行〕

前書「湖水の眺望《てうばう》」。近江路《おうみじ》の春はいま闌《たけなわ》、湖水も花も朦朧《もうろう》として、事につけ折にふれて昔をしのぶよすがとなるが、湖上はるか彼方《かなた》、老松が夢幻のもののような姿で浮かぶ唐崎《からさき》（大津市。「唐崎の一つ松」は近江八景の一つ）の辺りは、茫々乎《ぼうぼうこ》として煙霞《えんか》はいよいよ濃い。「にて止り」は、普通連句の第三の格。これを発句に用いたのは珍しい。季語は「朧」。

四方《しはう》より花吹入《ふきいれ》てにほの波

元禄三年（一六九〇）〔白馬《はくば》〕

「洒落堂記《しやらくどうのき》」（大津市膳所《ぜぜ》の芭蕉門弟洒堂《しやどう》の家に招かれ、そこから眺める琵琶湖《びわこ》の大景を叙した俳文）の結びの句。洒落堂から琵琶湖を大観すると、湖を囲む四方はみな桜が満開で、その散る花びらが吹雪のように琵琶湖の上に吹き入っている。やや誇張した表現ではあるが、琵琶湖に花の吹き入るさまを、大きく、ざくっとつかんでいて、鷹揚《おうよう》な趣と古典的なよさがある。写実的というより、どこか幻想的な美である。季語は「花」。

草臥《くたびれ》て宿《やど》かる比《ころ》や藤《ふぢ》の花

貞享五年（一六八八）〔猿蓑《さるみの》〕

前書「大和行脚《やまとあんぎや》のとき」。晩春の大和路を一日歩きくたびれ、一夜の宿を求める日暮れ時となった。その暮色の中で、淡紫の藤の花が咲きこぼれているのを見かけ、しばらくこの花に旅愁と春愁とをつないだことである。素性《そせい》法師の歌「いそのかみふるき都の時鳥声《ほととぎす》ばかりこそ昔なりけれ」を思い出し、初案の「ほとゝぎす宿かる比の藤の花」という句を詠《よ》んだ。そして後年、この句を推敲《すいこう》して、「草臥て宿かる比や藤の花」という成案に達したものらしい。「草臥」は、遠い歴史の世界に分け入り、人の世の栄枯盛衰をも見尽してきた心の旅路から、ふと我に返った時のくたびれである。だから、一句の中で懐旧の情と旅愁と春愁が、ほどよく融合しているのである。季語は「藤の花」。

行《ゆく》春《はる》を近江《あふみ》の人とをしみける

元禄三年（一六九〇）〔猿蓑《さるみの》〕

前書「望湖水惜春《こすいをのぞみてはるをおしむ》」。久しぶりに伊賀《いが》（三重県西部）から近江《おうみ》（滋賀県）へ出てみると、さすがに琵琶湖《びわこ》の風光は美しく、あの山この野も昔から詩歌に詠《よ》まれた所で、感慨深いものがあるが、今年の春ももう行こうとしている。去年は「おくのほそ道」の旅に出て間もなく春を送ったが、今年は琵琶湖に舟を浮かべ、親しい近江の風雅の人々と、今年の春もこれで終ることだと過ぎゆく春を惜しみ合ったのである。なお、この句は多くの真蹟《しんせき》や写しが現存していて、評判が高く、芭蕉も気に入った作品であったようだ。季語は「行春」。

夏の部

鎌《かま》倉《くら》を生《いき》て出《いで》けむ初《はつ》鰹《がつを》

元禄五年（一六九二）〔葛《くず》の松原〕

江戸の町に今年の初鰹《はつがつお》が鎌倉（神奈川県鎌倉市、鰹の名産地）から送られてきた。昔から鎌倉幕府につかまり処刑された人は多い。この初鰹は鎌倉でとらえられたのに、処刑されず生きて鎌倉を出て江戸へ送られてきたのであろう。まだ新鮮で生き生きとしていることだ。季語は「初鰹」。

ほと、ぎす大《おほ》竹《たけ》藪《やぶ》をもる月《つき》夜《よ》

元禄四年（一六九一）〔嵯《さ》峨《が》日記〕

太い、高い竹が鬱蒼《うつそう》と茂っている、広い竹林である。竹の葉をもれて月の光がさし、光はわずかな風にも、ちらちらと揺れる。折しも藪の上を、ほととぎすが鳴きながら飛び去った。ある初夏の静かで美しい夜の情感。季語は「ほとゝぎす」。

若葉《わかば》して御《おん》めの雫《しづく》ぬぐはばや

貞享五年（一六八八）〔笈《おい》の小文《こぶみ》〕

前書「招提寺《せうだいじ》（奈良市の唐招提寺《とうしようだいじ》）鑑真和尚《がんじんくわしやう》来朝の時、船中七十余度の難をしのぎたまひ、御目《おんめ》のうち塩風吹入《ふきいり》て、終《つひ》に御目盲《めしひ》させ給《たま》ふ尊像を拝して」。折からあふれる初夏の陽光に、開山堂（盲目の鑑真像を安置する堂）の辺りは、まばゆいばかり若葉が照り映えている。そうだ、この滴るような緑の若葉で、御目もとの雫《しずく》をぬぐってさしあげよう。一句の字眼は、なんといっても「御めの雫」である。それは潮風目にしむ船中七十余度の艱《かん》難《なん》を、己《おの》が身にひきくらべて追体験し、潮風の痛さにわが目をしばたたいてみた詩人の、その心眼がこぼした、清く尊い幻想の涙とみるべきであろう。季語は「若葉」。

先《ま》づたのむ椎《しひ》の木《き》も有《あり》夏木立《なつこだち》

元禄三年（一六九〇）〔猿蓑《さるみの》〕

「幻住庵記《げんじゆうあんのき》」（元禄三年四月から七月まで住んだ大津の幻住庵での感懐を記した俳文）の結びの句。生涯漂泊のわが身ではあるが、人間であれば雨露をしのぐ頼りはほしい。いつまでいられるかわからないことだが、ここにはがっしりとした椎《しい》の木があって、夏の木陰を作っており、しばらくは頼りにできそうである。季語は「夏木立」。

蛸《たこ》壺《つぼ》やはかなき夢を夏の月

貞享五年（一六八八）〔猿蓑《さるみの》〕

前書「明石夜泊《あかしやはく》」。ここ明石の浦（兵庫県明石市）に船繫《ふながか》りして、旅寝の楫枕《かじまくら》に通う客愁と懐旧の情を侘《わ》びていると、明けやすい夏の月はもう中空にあって、この世のものならぬ蒼白《あおじろ》い光を投げかけ、海原《うなばら》一面に夢幻の趣を添えている。聞けばこの静かな海の底で、蛸は明日の生命も知らず、人の沈めた蛸壺の中に、はかない夢を結んでいるという。季語は「夏の月」。

五月雨《さみだれ》に鳰《にほ》の浮巣《うきす》を見に行《ゆか》む

貞享四年（一六八七）〔笈日記《おいにっき》〕

前書「露沾公《ろせんこう》（磐城平藩主内藤義泰の子義英）に申侍《まうしはべ》る」。降り続くこの五月雨で琵琶湖《びわこ》の水かさも増したことであろうから、ひとつ湖上に漂う鳰《にお》の浮巣でも見に出かけることにしましょう。鳰の浮巣は定めないあわれなものとして和歌・連歌に詠《よ》まれることが多く、とくに琵琶湖の鳰は有名であった。『三冊子《さんぞうし》』によれば、一句は詞・素材の上で俳諧性《はいかいせい》はまったくなく、五月雨の中をわざわざ琵琶湖まで鳰の浮巣を見に行こうと、興にまかせて言いだした作意の風狂性に俳諧があるということである。五月雨に降りこめられた草庵《そうあん》独居の折の心の俳諧が一句の眼目であるから、「鳰の浮巣」より「五月雨」のほうを季語とみるべきであろう。

おもしろうてやがて悲しき鵜舟《うぶね》哉《かな》

貞享五年（一六八八）〔真蹟懐紙《しんせきかいし》〕

一前書「ぎふ（岐阜）の庄ながら（長良）川のうがひとて、よにことぐ〵しう云《いひ》のゝしる。

まことや其《その》興の人のかたり伝ふるにたがはず、浅智《せんち》短才《たんさい》の筆にもことばにも尽《つくす》べきにあらず。心しれらん人に見せばやなど云《いひ》て、やみぢ（闇路）にかへる、此身《このみ》の名ごりをしさをいかにせむ」。華やかに篝火《かがりび》を燃え立たせ、ほうほうと呼ぶ鵜匠《うしょう》の声もにぎやかに、川面はしばし鵜飼の興に浮かれ立ったが、やがて夜も更け、篝火も衰えて、鵜舟が遠く流れ去る頃《ころ》ともなると、よしなきことに興じた後の哀れさ・はかなさが、切なく身を責めることだ。前書は謡曲「鵜飼」を踏まえる。「おもしろうてやがて悲しき」というすぐれて俳諧《はいかい》的な措辞に、鵜飼見物の興を尽した後の自分の哀感と、謡曲の主題そのものの深い哀愁とを同時に封じこめた手腕は、余人の遠く及ぶところではない。季語は「鵜舟」。

頓《やが》て死ぬけしきは見えず蟬《せみ》の声

元禄三年（一六九〇）〔猿蓑《さるみの》〕

『卯辰《うたつ》集』には「無常迅速」と前書。「幻住庵記《げんじゅうあんのき》」（元禄三年四月から七月まで住んだ大津の幻住庵での感懐を記した俳文）に、一五七頁の「先《まづ》たのむ」の句に並記して掲げる。蟬はもうすぐ秋になればはかなく死んでしまうに決っているのに、いまは少しもその様子がなく、やかましいばかりに鳴き立てていることだ。無常迅速（人の世の移り変わりがきわめて早いこと）の観相の句で、やかましいほど激しく鳴く蟬の声に、こんなに勢い盛んな蟬も、一時のことですぐ死ぬのだ、人間もまた同じということであろう。季語は「蟬」。

命《いのち》なりわづかの笠《かさ》の下《した》涼み

延宝四年（一六七六）〔江戸《えど》広小路《ひろこうじ》〕

前書「佐夜中山《さよのなかやま》（静岡県掛川市と島田市の境にある峠《とうげ》）にて」。西行はここで「年たけてまた越ゆべしと思ひきや命なりけりさやの中山」（新古今集）と詠《よ》んだが、「命なり」といえば、炎暑に苦しむ旅中の私には、わずかに一蓋《いっかい》の笠の下陰の涼のみが唯一の頼みである。歌における身命の意の「命」を俗に解して「唯一のよりどころ」の意にとりなし、さらに木陰の下涼みならぬ「笠の下涼み」と趣向したところが俳諧《はいかい》なのであろう。上五で切ったことにより、句柄が大ぶりになった。季語は「涼み」。

秋ちかき心の寄《よる》や四畳半

元禄七年（一六九四）〔鳥の道〕

前書「元禄七年六月廿一日、大津（滋賀県大津市）木節庵《ぼくせつあん》にて」。暑い夏もようやく去ろうとして、どこやら秋の気配が感ぜられる。そんな気配に誘われたように、この狭い四畳半の一室に集まった人々の心は、さらに深く寄り合うことである。庵主《あんしゅ》木節に対する挨拶《あいさつ》の心持がある。芭蕉門弟木節は篤実《とくじつ》な人柄で知られ、医師でもあった。季語は「秋ちかき」。

秋の部

猿《さる》を聞《きく》人《ひと》捨《すて》子《ご》に秋の風いかに

貞享元年（一六八四）〔野ざらし紀行〕

前書「富士《ふじ》（富士川）のほとりを行《ゆく》に、三つ計《ばかり》なる捨子の哀《あはれ》げに泣有《なくあり》。この川の早瀬にかけて、うき世の波をしのぐにたえず、露計《つゆばかり》の命を待《まつ》まと捨置《すておき》けむ。小萩《こはぎ》がもとの秋の風、こよひやちるらん、あすやしほれんと、袂《たもと》より喰物《くひもの》なげてとほるに」。猿の鳴声を聞いて、あの巴峡《はきょう》における母猿の断腸の故事（中国随一の急流巴峡で、子猿を人に捕えられた母猿が、悲しんで岸を追うこと百余里、ついに船に飛び移ったが息絶え、その腹をさくと腸はずたずたにちぎれていたという『世説新語』の故事）を想起し、また故郷に待つ父母の恩愛をしのんで、旅衣を潤すと歌った先人たちよ、私の旅はなんと、捨子の泣声に腸《はらわた》をしぼる道中と相なった。古人よ、この捨子に吹く秋風をどう受けとめたらいいのだろう。『荘子』の言い方にならえば、川畔の捨子の泣声は、いわば捨子という洞《ほら》が発する地籟《ちらい》（地のささやき声）である。秋風の中で発する捨子の泣声は、一方では憐憫《れんびん》の涙をさそい、一方ではこれを天籟《てんらい》（天のささやき声）として受けとめよと芭蕉に迫る、あやにくな存在である。そこで芭蕉は先輩の漢詩人たちに借問する形で、われとわが身に、秋風は捨子に何を働きかけ、その泣声は自分にそれをどう受けとめるよう訴えているかを問いただしていると解釈することもできよう。季語は「秋の風」。

秋《あき》風《かぜ》や藪《やぶ》も畠《はたけ》も不《ふ》破《は》の関

貞享元年（一六八四）〔野ざらし紀行〕

一前書「不破」。来てみれば、不破《ふわ》の里（岐阜県不破郡関ケ原町）には颯々《さつさつ》と秋風が吹きわたっている。往時をしのんでここ関跡（上代三関の一つ、不破の関）に立てば、眼前の藪や畑にただその秋風が吹き騒ぐばかり、伝え聞く不破の関屋は風の中に幻を残すのみであった。藤原良経《よしつね》の名歌「人住まぬ不破の関屋の板庇《いたびさし》荒れにしのちはただ秋の風」（新古今集）を踏まえた作品であるが、歌中の「関屋の板庇」を、いかにも俳諧《はいかい》らしい「藪も畠も」に具象化、荒廃の言葉もイメージもいっさい用いず、関屋を秋風の中の幻にまで純化したところに、この句のすばらしさがある。季語は「秋風」。

物いへば唇《くちびる》寒し穐《あき》の風

年次未詳〔小文庫〕

前書「座《ざ》右之《いうの》銘《めい》　人の短《たん》をいふ事なかれ　己《おのれ》が長《ちやう》をとく事なかれ」。よけいなことをしゃべっていると、秋の風が吹いて、唇が寒々と感じられることだ。文学として純粋なものではないが、一方どこかに芭蕉らしいところがあることも否定できない。芭蕉は人に教訓のつもりでこの句を作ったのではあるまい。おそらく、苦い反省の中で、自分へのつぶやきとして詠《よ》んだものであろう。季語は「穐の風」。

蕣《あさがほ》や昼は錠《ぢやう》おろす門《もん》の垣《かき》

元禄六年（一六九三）〔藤の実〕

前書「閉関之比《へいくわんのころ》」。朝顔の咲いている間だけは門を開くが、昼間は門に錠をおろして訪問の客を謝絶し、引きこもって過しているこの頃《ごろ》である。そんな主人の家であるのを知っているのか、門の垣根には、朝顔が朝の間だけ花を咲かせることだ。芭蕉は元禄六年七月中旬の盆過ぎから約ひと月、深川芭蕉庵の門を閉じて交わりを絶った。その折の心境句。季語は「蕣」。

道のべの木槿《むくげ》は馬にくはれけり

貞享元年（一六八四）〔野ざらし紀行〕

前書「馬上吟《ばじやうぎん》」。馬にまかせて道中をたどるうち、ふと目にとまった木槿の花一枝、と見るより早く、それは、ぱくりと馬に食われたのであった。古来さまざまな評解が試みられ、まとめると、以下の三説となる。①白居易《はくきよい》の「槿花《きんくわ》の一日《いちじつ》も自《おのづか》ら栄を為《な》す」を踏まえ、槿花の栄のはかなさを寓《ぐう》するという説。②「出る杭《くい》は打たれる」式の諷戒《ふうかい》の意を寓するという説。③前二者の寓意説を採らない立場。現在では寓意説を採らず、眼前嘱目《しょくもく》の写生句というのが定説となった観がある。しかし、寓意説にも根拠がまったくないわけではない。すでに子規が「故《ことさ》らに〈木槿は〉といひ、〈喰はれ〉と受動詞を用ゐたる処は、重きを木槿に置きて多少の理窟を示したる者と見るべし」（芭蕉雑談）と指摘しているとおり、そのテニヲハの用法がそれである。季語は「木槿」。

芭蕉野《の》分《わき》して盥《たらひ》に雨を聞《きく》夜《よ》哉《かな》

天和元年（一六八一）〔武蔵曲《むさしぶり》〕

前書「茅舎《ばうしや》の感」。吹き荒《すさ》ぶ野分の中の草庵《そうあん》、その草庵の小さな闇《やみ》の中に独居して、愛する芭蕉の激しく吹き破られる葉音にじっと耐えていると、盥《たらい》にひびく雨漏りの音がひとしお身にしみることである。前書の「茅舎」はかやぶきの家の意で、深川芭蕉庵をさす。季語は「野分」。

しら露もこぼさぬ萩《はぎ》のうねり哉《かな》

元禄六年（一六九三）〔真蹟自画賛〕

美しい花をつけた萩は清らかな露をあびている。細い枝は秋風にゆらめいているが、それは萩に置く露もこぼさぬ、程よいうねりぐあいである。萩のしないうねる様子を軽妙にとらえ、言外にさほど強くない秋風のさやぐ情景も感じられる。季語は「しら露」「萩」。

病《やむ》鴈《かり》の夜さむに落《おち》て旅ね哉《かな》

元禄三年（一六九〇）〔猿蓑《さるみの》〕

前書「堅田《かただ》にて」。秋も深まって夜の寒さがしみじみと身にせまる今晩である。と、病気らしい弱った雁《かり》の鳴声が聞え、どこか近くに降りたらしい。そんなあわれなさまを感じながら、雁と同じように孤独で病身の自分も、秋の夜をわびしく旅寝するのである。季節といい、情景といい、またわが身の境涯といい、ひとしお旅愁の心に沁《し》みることだ。前書の「堅田」は近江八景の一つ「堅田落雁《かただのらくがん》」で知られる琵琶《びわ》湖《こ》西岸の地。「夜寒」は秋が深まってきて、夜になると寒さの身に感じられること。季語は「夜さむ」「鴈」。

海士《あま》の屋《や》は小海老《こえび》にまじるいとゞ哉《かな》

元禄三年（一六九〇）〔猿蓑〕

前掲の「病鴈《やむかり》の」に続き『猿蓑』に載る。前書も「堅田《かただ》にて」を受ける。漁夫の家の土間には、小海老が平《ひら》ざるに入れて置いてあり、いとど（海老に似たキリギリス科の昆虫）が、その小海老の間にとまって鳴いている。従来の和歌・連歌的世界ではもちろん、俳諧《はいかい》でもなかなかつかみ得なかった、新しい情景が把握されている。琵琶湖《びわこ》の岸の、とある漁家のさまが、読者の眼前にさながら浮かんでくる。季語は「いとゞ」。

蓑虫《みのむし》の音《ね》を聞《きき》に来《こ》よ艸《くさ》の庵《いほ》

貞享四年（一六八七）〔続虚栗《ぞくみなしぐり》〕

前書「聴閑」。草庵《そうあん》独居の徒然《つれづれ》を侘《わ》びながら、秋風の立つ庭前に、蓑虫のおぼつかない鳴声（実際には鳴かないが、『枕草子』に「ちちよ、ちちよ、とはかなげに鳴く」と書かれて以来、鳴くと言い伝えられていた）でも聞こうと、じっと耳を澄ましています。同じく清閑の気味を愛する貴殿のこと、是非とも蓑虫の音を聴きにご来庵あれ。蓑虫の無能無才ぶりに、荘子《そうじ》のいう自得自足の境位を見、その自得の心の味を、蓑虫のかすかな鳴声の中に聞き出そうと、心友に言い送った句である。前書は「閑を聴く」の意。無音の虫に聴閑の二字をあしらったあたり、まことに鮮やかな手際といえよう。季語は「蓑虫」。

名月や池をめぐりて夜《よ》もすがら

貞享三年（一六八六）〔孤松《ひとつまつ》〕

今夜は中秋《ちゆうしゆう》の名月、その清光の池水に映える辺りをひとり徘徊《はいかい》し、夜もすがら佳興に酔うたことである。「夜もすがら」は、良夜の清影を愛する心の深さをいおうとして工夫された、俳諧《はいかい》の曲節である。中七の「池をめぐりて」に、古今の詩歌を嘯《うそぶ》く余情がある。季語は「名月」。

名月や門《かど》に指《さし》くる潮《しほ》頭《がしら》

元禄五年（一六九二）〔三日月日記《みかづきにつき》〕

八月十五夜の名月が皎々《こうこう》と照り輝き、隅田川《すみだがわ》の川べりにあるわが草庵《そうあん》の門口《かどぐち》の辺りには、折からの満ち潮がひたひたと寄せてきて、その波頭が月光に光っていることだ。元禄五年秋、芭蕉は、「おくのほそ道」の旅以来三年ぶりに江戸に戻り、深川の旧庵の近くに庵を結んだ。その新芭蕉庵の名月の様子を詠《よ》んだ句である。八月十五夜の一、二日後が、潮の一番高くなる時。天には皎々たる名月の光、地には満々とふくれ上がってくる隅田川の潮のさま、自然の息吹《いぶき》がそのまま伝わってくるようである。季語は「名月」。

馬に寐《ね》て残夢《ざんむ》月遠し茶のけぶり

貞享元年（一六八四）〔野ざらし紀行〕

前書「二十日余《はつかあまり》の月かすかに見えて、山の根際《ねぎは》いとくらきに、馬上に鞭《むち》をたれて、数里いまだ鶏鳴《けいめい》ならず。杜牧《とぼく》が早行《さうかう》の残夢《ざんむ》、小夜《さよ》の中山《なかやま》（静岡県掛川市と島田市との境の峠）に至りて忽《たちまち》驚く」。夜深に宿を立って、しばらく馬上にまだ醒《さ》めやらぬ夢の名残《なごり》を追っているうち、何のはずみにか、はっと我にかえった。一瞬辺りをたしかめるように見ると、遠い山際《やまぎわ》には有明《ありあけ》の月がかすかに残り、その麓《ふもと》の里の辺りには、朝茶を煮る炊煙が幾条か墨絵ぼかしに立ちのぼっているのであった。杜牧の「早行」（鞭《むち》を垂れて馬に信《まかせ》て行く、数里未《いま》だ鶏鳴ならず。林下残夢を帯び、葉飛んで時に忽《たちま》ち驚く。霜凝《こご》つて孤《こ》鶴迥《かくはるか》に、月暁にして遠山横《えんざんよこた》はる。僮僕《どうぼく》険を辞するを休《や》めよ、何《いづれ》の時か世路《せいろ》平《たひらか》ならん）の詩境を二重三重にも潜《くぐ》りぬけながら、払暁の旅路における「名残の味」を言いとろうとした句作。季語は「月」。

月はやしこずゑはあめを持《もち》ながら

貞享四年（一六八七）〔かしま紀行・真蹟《しんせき》〕

明け方の空をふり仰いでみると、むら雲の間を月が走るように早く渡っている。しかし木々の梢《こずえ》の辺りには、まだ雨意の名残《なごり》があって、はらはらと雫《しずく》がこぼれてくることだ。秋の暁天に見る雨後の月の情景を、清新爽涼《そうりょう》の気味深く詠《よ》み取った作。「月はやし」に野分《のわき》じみた雨の余情が感じられる。季語は「月」。

俤《おもかげ》や姨《をば》ひとりなく月の友

元禄元年（一六八八）〔更科《さらしな》紀行〕

前書「姨捨山《をばすてやま》」。念願叶《かな》って、中秋《ちゅうしゅう》の名月の夜、更科《さらしな》の里（長野県千曲《ちくま》市）にはいることができたが、月下の姨捨山《おばすてやま》の姿はまことにあわれ深く、伝説の里らしい夢幻の趣がある。遠い昔この山中に捨てられて泣いたという老女の俤《おもかげ》をしのびつつ、私もこうしてただひとり、深夜の山中に立ちつくしたことである。姨捨山は、長野市篠《しの》ノ井《い》塩崎にある小長谷山《おはつせやま》が訛《なま》ったという説が有力。しかし、のちに千曲市八幡の南方にある冠着山《かむりきやま》を「姨捨山」と呼ぶようになり、芭蕉の頃《ころ》もそう信じられていた。この麓《ふもと》には「田毎《たごと》の月」の名所もあり、古くから観光の名所として訪れる人が多かった。宵の間は名所の月見に浮かれた観光客でひとしきりにぎわった姨捨山も、月天心《てんしん》に至る深夜には一人として残る者もなく、芭蕉ひとりが、山中に捨てられたという姨の俤をしのびながら、そこに立ち尽していたというのである。たしかに、芭蕉のいうとおり、姨捨山の本意は、深夜の月の光をただひとりで詠《よ》めるところにある。季語は「月」。

月さびよ明智《あけち》が妻の咄《はな》しせん

元禄二年（一六八九）〔勧進牒《かんじんちょう》〕

前書「伊勢《いせ》の国又玄《いうげん》（芭蕉門弟御師《おし》島崎味右衛門）が宅へとゞめられ侍《はべ》る比《ころ》、その妻、男の心にひとしく、もの毎《ごと》にまめやかに見えければ、旅の心をやすくし侍りぬ。彼《かの》、日向守《ひうがのかみ》（明智光秀《みつひで》）の妻、髪を切《きり》て席《むしろ》をまうけられし心ばせ、今更申出《まうしいで》て」。夫が困窮していた時、自分の髪を切って売り、夫を助けた、あの健気《けなげ》な明智光秀の妻の話を今夜はしましょう。だがそれにはあまり明るい月光の下ではふさわしくない。月よ、少し寂《さ》びて照ってくれぬか。又玄は十九歳、妻はもっと若かったに相違ない。その若妻が、貧しい中で精一杯のもてなしをしてくれたことに感動したのであろう。皎々《こうこう》たる月下でなく、寂しげな月下でしみじみと話したいというのがこの句の句眼であろう。季語は「月」。

鎖《じやう》あけて月さし入《いれ》よ浮《うき》み堂《だう》

元禄四年（一六九一）〔笈《おい》日記〕

前書「その夜浮御堂に吟行して」。鎖《じょう》を開けてこの明るい月の光を中までさしこませよ、この浮御堂《うきみどう》（滋賀県大津市本堅田にある、琵琶湖《びわこ》に突き出た寺）よ。そして阿弥陀《あみだ》千体仏を清浄な月光で輝かしてくれよ。芭蕉は、この年の秋、待宵《まつよい》（十四夜）、十五夜、十六夜の「秋月の本末《もとすえ》」を近江《おうみ》で堪能《たんのう》した。季語は「月」。

おくられつおくりつはては木曾《きそ》の秋

元禄元年（一六八八）〔曠野《あらの》〕

もうこの旅寝もだいぶ日数を重ねたが、その間、ここで人を送り、かしこで人びとに送られ、というふうに離合送迎を繰り返し、いよいよ木曾路の山中に行き暮れることになった。ことに時は万物凋落《ちょうらく》の秋であり、思えば惜別の情ひとしお切なるものがある。「はて（果）は」の一語に長い時間の推移を望見する余意があり、単なる旅懐の句に終らず、境涯そのものを詠《よ》んだ句となっている。季語は「秋」。

此《この》秋《あき》は何《なん》で年よる雲に鳥

元禄七年（一六九四）〔笈日記《おいにっき》〕

前書「旅懐《りょくわい》」。今年の秋は、どうしてこんなに身の衰えを感ずるのだろう。なんだか急に年を取ったかのような気がする。秋の空をさびしく眺めやると、遠く雲に飛ぶ鳥の姿が目にはいるが、その頼りなげなさまは、あたかも旅に病む私の心のようで、旅の愁いをひときわ深く感ずることである。季語は「秋」。

びいと啼《なく》尻《しり》声《ごゑ》悲し夜《よ》るの鹿《しか》

元禄七年（一六九四）〔九月十日付杉風《さんぷう》宛書簡〕

（奈良に泊まった夜は、八日の月が明らかだったので、夜更けて猿沢《さるさわ》の池のほとりを、そぞろ歩いていると）折から秋のことで、鹿の声が聞えてきた。「びい」と後を引くように鳴く声の、なんとも哀切なことよ。鹿の鳴声は和歌・連歌でさんざん詠《よ》みふるされてきた。そのマンネリズムから抜け出すために、芭蕉は「びいと啼尻声」（尻声は長く引く声）を工夫した。この「びい」によって読者の耳に声を聞かせ、読者も、闇《やみ》に消える哀切な鳴声を黙って聞いている芭蕉のさびしい心に触れることができるであろう。季語は「鹿の声」。

痩《やせ》ながらわりなき菊《きく》のつぼみ哉《かな》

貞享四年（一六八七）〔続虚栗《ぞくみなしぐり》〕

痩《や》せ細ってはいても、やはり菊は菊、時が至れば造化《ぞうか》の催しに従い、是非もなく小さなつぼみをもったことだ。植え捨てのひょろひょろとしたやせ菊にまで、相違なく造化の運行は行きわたり、いま眼前に脈々と息づいているのだということを発見した折の感動の吟詠。

花とせず「つぼみ」と置いたところが絶妙。つぼみの字に底知れぬ力が感じられる。季語は「菊」。

菊の香《か》やならには古き仏達《ほとけたち》

元禄七年（一六九四）〔九月十日付杉風宛書簡〕

昨日から古都奈良に来て、古い仏像を拝んで回った。折しも今日は重陽《ちょうよう》（九月九日）で、菊の節句の日である。家々には菊が飾られ、町は菊の香りに満ちている。ゆかしい古都奈良よ。慕わしい古いみ仏たちよ。写生句ではない。菊の香と奈良の古仏との感合が基底であることは確かだが、同時に重陽の吟であることを見失うべきではない。また、この句の声調のよさも、古雅な奈良の都の感じにふさわしいものがある。季語は「菊の香」。

しら菊の目に立て丶見る塵《ちり》もなし

元禄七年（一六九四）〔追善之日記〕

前書「(九月)廿七日、園女《そのめ》(大坂の芭蕉門弟斯波《しば》一有妻)が方《かた》にひさしくまねきおもふよし聞えければ、此日《このひ》と丶のへて其家に会《くわい》す」。ここに咲く白菊は清潔そのもののような感じで、目にとまるような塵一つさえない清らかさである。それにつけてもこの家の主人の人柄のしのばれることだ。園女亭に招かれた連句の発句であるから主人園女に対する挨《あい》拶《さつ》の意があることは言うまでもない。季語は「菊」。

夜《よ》る竊《ひそか》に虫は月下の栗《くり》を穿《うが》つ

延宝八年(一六八〇)〔東日記《あずまのにき》〕

十三夜の月の冴《さ》えかえる静寂の底で、虫が余念なく栗に穴をあけている。「夜の雨は偸《ひそか》に石上の苔《こけ》を穿つ」(和漢朗詠集)の「石上」を「月下」に、「苔」を「栗」に換え、しかも原詩の風韻をひそかに奪ったところが作者の自慢。栗・虫の小をもって月下の静寂を表現したところは、単なる古典のもじり以上というべく、すでに換骨奪胎の域に達しているといえよう。「栗」は「後《のち》の月」の縁で、季語は「後の月」。

秋深き隣は何をする人ぞ

元禄七年（一六九四）〔笈《おい》日記〕

前書「明日（九月二十九日）の夜は、芝柏《しはく》（芭蕉門弟）が方《かた》にまねきおもふよしにて、ほつ句つかはし申されし」。秋が一層深まってきた今日この頃《ごろ》、旅する身の病身をいたわって静かに引きこもっていると、秋の静かさの中で、隣家もまた、もの音一つせず、ひっそりと暮しているらしい様子である。顔も見たことがない、名も知らない人同士が、こうして隣り合って生きているわけだが、隣はどんなご仁で、どんな生活を営んでいるのだろう。寂しい晩秋だ。旅に病んで、日中もひっそりと体を横たえて過していた間の、芭蕉の体験から生まれた句であろう。「隣は何をする人ぞ」という身辺卑近な人間への興味を、芭蕉は蕭条《しょうじょう》と暮れゆく晩秋の自然の哀感の中にとらえた。衰えゆく自然の哀愁を実感としてつかむのは「高く心を悟る」こと。そのまま日常卑近の世界へ降りてきて「俗に帰る」ところに、俳諧《はいかい》としてのこの句の成立がある。「秋深き」「隣は何をする人ぞ」は内面的に深く渾融《こんゆう》し、互いに映発し合って、読者に人生の深遠をのぞかせる。季語は「秋深き」。

栈《かけはし》やいのちをからむつたかづら

元禄元年（一六八八）〔更科《さらしな》紀行〕

なるほど、これが音に聞えた天下の難所、木曾《きそ》の桟なのか。蜀《しよく》の桟道《さんどう》さながら足もすくむ千仞《せんじん》の断崖に桟道がかかっている。見ればその桟に、燃えるように美しい蔦紅葉《つたもみじ》が、命限りとからみついていることだ。当時、桟道はりっぱな石垣道に築きかえられていて、桟は昔の俤《おもかげ》をしのぶばかりであったらしい。難所として名高い木曾の桟を俤に、深山幽谷らしい蔦かずらをあしらい、「いのちをからむ」という言葉を導きだしたところに作者の手柄がある。桟道にすがって命を保つ蔦かずらに、そこを渡る人間の気持を託し、「人界なおしかり」と観相の意味を含ませていると思われる。季語は「つたかづら」。

野ざらしを心に風のしむ身《み》哉《かな》

貞享元年（一六八四）〔野ざらし紀行〕

前書「千里に旅立《たびだち》て、路粮《みちかて》をつゝまず、三更《さんかう》（深夜零時前後の二時間）月下無何《げつかむか》に入《いる》と云《いひ》けむむかしの人の杖《つゑ》にすがりて、貞享甲子《ぢやうきやうきのえね》秋八月、江上の破屋《はをく》（深川芭蕉庵）をいづる程《ほど》、風の声《こゑ》、そゞろ寒げ也《なり》」。世俗の諸縁を断ち切り、絶対自由の無何有《むかう》の世界に遊ぶ決意をした首途《かどで》である以上、もちろん野ざらし（野末の髑髏《されこうべ》）となり果てることも覚悟のうえであるが、折からその決意の中を秋風が吹きぬけ、その森厳さがあたかも天籟《てんらい》の響き（宇宙のささやき声）のように、わが心の底に沁《し》み徹《とお》ってゆくことだ。季語は「身にしむ」。

かれ朶《えだ》に烏《からす》のとまりけり秋の暮

延宝八年（一六八〇）〔曠野《あらの》〕

ふと見ると枯枝に烏がきてとまっているのであった。そういえばこれはいかにも秋の暮らしい景物だ。中世の歌学にはおよそ興趣なきものに興趣を認める逆説的発想（たとえば定家の「見わたせば花も紅葉《もみぢ》もなかりけり浦の苫屋《とまや》の秋の夕暮」〈新古今集〉）が伝統としてあった。それを背景として「秋の暮」の情趣を「浦の苫屋」ならぬ「花も紅葉も見尽した後の枯枝の烏」に発見したのが作者の手柄。季語は「秋の暮」。

髭《ひげ》風を吹《ふい》て暮《ぼ》秋《しう》歎《たん》ずるは誰《た》が子《こ》ぞ

天和二年（一六八二）〔虚栗《みなしぐり》〕

前書「憶二老－杜一《らうとをおもふ》」。蕭瑟《しょうしつ》たる秋色の中に立ち尽くし、疎髯《そぜん》を風の吹くにまかせながら、暮秋を嘆じているのはいったい誰《だれ》なのだろう。「老杜」は中国の詩人杜甫《とほ》。われとわが身に「藜《あかざ》を杖《つゑつ》いて世を嘆ずるは誰が子ぞ」（杜甫「白帝城最高楼」中の詩句）と問いかけねばならなかった杜甫の孤独な詩魂に、ふたたび「誰が子ぞ」と遠く呼びかけている気味合いがある。季語は「暮秋」。

こちらむけ我《われ》もさびしき秋の暮

元禄三年（一六九〇）〔笈《おい》日記〕

前書「賛　雲竹《うんちく》自画像」。京都東寺観智院の僧、北向《きたむき》雲竹の自画像の画賛句。（絵中の雲竹さんは向こうを向いているが）こちらを向いて話でもしないか、ただでさえ淋《さび》しい秋の夕暮に、私もひとりで淋しいのだから。季語は「秋の暮」。

此《この》道《みち》や行《ゆく》人《ひと》なしに秋の暮

元禄七年（一六九四）〔其便《そのたより》〕

——前書「所思《しょし》」。一筋の道がずっと続いている。秋の夕日が、まさに落ちようとして、鈍い光が辺りの木々の梢《こずえ》を赤く染めている。だがもう地上には宵闇《よいやみ》が漂い、道行く人は一人もなく、寂《せき》としている。季語は「秋の暮」。

冬の部

旅人と我名《わがな》よばれん初《はつ》しぐれ

貞享四年（一六八七）〔笈《おい》の小文《こぶみ》〕

——前書「神無月《かんなづき》の初《はじめ》、空定《そらさだ》めなきけしき、身は風葉《ふうえふ》の行末《ゆくすゑ》なき心地《ここち》して」。時雨《しぐれ》もよいの空となった。いよいよ初時雨も近い。行くえ定めぬ旅人の境涯を味わうには格好の季節だ。

初しぐれ猿《さる》も小《こ》蓑《みの》をほしげ也《なり》

元禄二年（一六八九）〔猿蓑《さるみの》〕

さあ旅に出よう。旅に出て道々旅人と呼ばれて行こう。「旅人と我名よばれん」には、気力充実して名乗座に立った能のワキ僧に、わが身を擬している口吻《こうふん》があり、そのわれと名のり出たところに、えもいわぬ風狂味があるとみられる。「よばれん」に、時雨の中で古人の風懐をしのぶ無名の旅人に身も心も変身したいという決意と、私をそのようなものと認めてほしいという呼びかけとを、同時に言いこめてある。季語は「初しぐれ」。

久しぶりに伊賀《いが》の故郷へ帰ろうと、伊勢《いせ》から山越えの道を歩いている時、はらはらと初《はつ》時雨《しぐれ》が降ってきた。折しも風雅なことよと思い、辺りの風景の変わるのを楽しみながら歩いていると、近くの木に猿がいて、時雨を眺めている。人間もだが、猿も、猿なりの小さい蓑を着て、この初時雨の中を歩いてみたそうな様子であることよ。「初しぐれ」をさびしい、わびしい雨と詠《よ》むのでは、俳諧《はいかい》としての新しさがない。猿に小蓑を着せる、といったところに俳諧の本質である飄逸滑稽《ひょういつこっけい》の要素があり、そのことによって、「初しぐれ」を和歌・連歌の素材としてきた文学伝統を守りながら一方で伝統を抜け出ている。その頃《ころ》芭蕉が考えていた不易流行《ふえきりゅうこう》の思想に基づく句である。この句は『猿蓑』冒頭の句。書名もこの句に基づいている。季語は「初しぐれ」。

世にふるもさらに宗祇《そうぎ》のやどり哉《かな》

天和二年（一六八二）〔虚栗《みなしぐり》〕

前書「手づから雨のわび笠《がさ》をはりて」。数日こうして渋笠《しぶがさ》張りに興じながら、ふと思ったことだが、こうして世の中に生きながらえているのも、たしかに宗祇（芭蕉の敬愛していた室町末期の連歌師）の言われるとおり、「時雨《しぐれ》のやどり」にほかならないというものだ。宗祇の代表作の一つ「世にふるもさらにしぐれの宿りかな」という発句の、ただ一語「時雨」を「宗祇」に差し換えただけの作であるが、単なる言い捨ての即興吟ではなく、蕉風世界の展開にとってかけがえのない貴重な記念碑的位置を占める作品となっている。俳文類によれば、つれづれの手すさびに二十日もかかって自分で渋笠を張ってみたのであるが、なかなかどうして素人細工の味も棄《す》てがたく、これをかぶって旅する楽しみなどを思っているうち、ふと旅の詩人宗祇の笠を背にした姿など想起し、そこで自分も西行・宗祇の風雅の伝統を継ぐ者であることを自覚し、一句をものしたという。うまくできるはずもない笠を、自分で作って独り興に入っているところに、風狂の気負いがあり、俳諧《はいかい》の苦い味が感じられる。季語は隠されているが、「時雨」。

しぐるゝや田の新株《あらかぶ》の黒むほど

元禄三年（一六九〇）〔記念題《かたみのだい》〕

前書「旧里《ふるさと》の道すがら」。時雨《しぐれ》が降っている。道の両側の田んぼでは、取り入れの終った新しい稲の切株《きりかぶ》が、みるみる黒ずんでゆくことだ。山里に降る冷たい初冬の時雨の白い色と、黒く変色していく稲の切株とを描いて、いわゆるさび色の表れている句である。季語は「しぐれ」。

狂句《きやうく》こがらしの身は竹斎《ちくさい》に似たる哉《かな》

貞享元年（一六八四）〔冬の日〕

前書「笠は長途の雨にほころび、帋衣《かみこ》はとまり〳〵のあらしにもめたり。侘《わび》つくしたるわび人、我さへあはれにおぼえける。むかし狂哥《きやうか》の才士《さいし》、此国《このくに》（尾張国）にたどりし事を、不図《ふと》おもひ出《いで》て申侍《まうしはべ》る」。狂句に憑《つ》かれて痩《や》せ、木枯《こがらし》に心身を削られ、旅の具の紙子《かみこ》（紙製の防寒着）も吹き破られながらわびしい旅を続ける私は、別に子細《しさい》はありません。まあ言ってみれば皆様おなじみの狂歌師竹斎（当時広く読まれた仮名草子『竹斎』『竹斎東下り』の主人公で狂歌の天才）の狂句版といったところでしょうか。季語は「こがらし」。

旅に病《やん》で夢は枯野《かれの》をかけ廻《めぐ》る

元禄七年（一六九四）〔笈《おい》日記〕

前書「病中吟」。旅中病にたおれ、うとうと眠る夜々の夢は、あちらの枯野、こちらの枯野と、寒々とした枯野をかけ回る夢である。十月八日の深更、病床に侍していた呑舟《どんしゅう》を召しよせて書き取らせた句。命旦夕《たんせき》に迫って、なお旅を慕い、風雅を思いつづけている芯《しん》の強さが表れている。「かけ廻る」と動詞で結んだためか、荒々しい感じさえある。この句を読む者は、深い寂しさの中に人間の哀れを思い、また我この人に及ばずの嘆息を久しくするのではあるまいか。この後、病床で「清滝や波に塵《ちり》なき夏の月」を「清滝や波に散込《ちりこむ》青松葉」と改案しているので、この句は辞世の句ではない。しかし、創作としては最後の一句である。季語は「枯野」。

振《ふり》売《うり》の鴈《がん》あはれ也《なり》えびす講《こう》

元禄六年（一六九三）〔炭俵《すみだわら》〕

前書「神無月廿日《かんなづきはつか》、ふか川にて即興」。今日は夷講《えびすこう》（十月二十日に恵比寿を祭る商売繁盛の祭礼）の日で、町通りの商家はもとより、深川のような郊外もお祭気分で、道を通る人びとも外出着の人が多い。そんな中を雁《がん》をかかえて声をあげて売り歩いている男がいる。その雁の、首をだらりと垂れた姿の、いかにもあわれであることよ。平生は悠々と空を飛ぶ、かなり大きな鳥である雁が、死んでだらりとしたさまが、見る人に痛ましい感じを与えるのである。その空飛ぶさまを句にも作っている鳥が売物にされていることにも、あわれを催したのであろう。さらに、寒空の下の振り売りの男のあわれさにも響いている。周囲のにぎやかさに浸りきれない芭蕉の目が「あはれ」をとらえたのである。ただし、深刻ぶったところはなく、それがこの頃《ころ》の芭蕉の軽みの作風である。季語は「えびす講」。

金屏《きんびやう》の松の古さよ冬籠《ふゆごもり》

元禄六年（一六九三）〔十月九日付許六宛書簡〕

前書「野馬《やば》と云《いふ》もの四吟に」。「野馬」は門弟の志田野坡《しだやば》。金屏風の金地は時を経てものさびた色になり、描かれている松はまた古色蒼然《そうぜん》として落ち着いた色合いを示している。この家の主はそんな金屏風をめぐらした座敷で、ゆったりと閑雅に冬ごもりをしていることだ。支考《しこう》の『続五論《ぞくごろん》』（元禄十二年刊）には「金屏のあたゝかなるは物の本情にして、松の古さよといふ所は二十年骨折《ほねをり》たる風雅のさびといふべし」とある。季語は「冬籠」。

寒菊《かんぎく》や粉糠《こぬか》のかゝる臼《うす》の端《はた》

元禄六年（一六九三）〔炭俵《すみだわら》〕

米搗《こめつ》きをしている臼のかたわらに、寒菊が咲いており、花にも葉にも、うっすらと粉糠が白くかかっている。米搗きは、当時としては、もっともありふれた日常卑近の素材であるが、米を搗く時、粉糠が飛んでかたわらの寒菊にふりかかる情景は、寒菊の句としては、かつて見ない新しい句である。これは、米搗きの句ではなく、寒菊の句である。ほかの草花はみな枯れて、寒菊だけが咲いている庭先の辺りに、粉糠がうっすらと白く散っていて、寒菊にも降りかかっているというのは、まさしく俳諧《はいかい》的な情趣であり、芭蕉のいわゆる軽みの句である。季語は「寒菊」。

塩《しほ》鯛《だひ》の歯ぐきも寒し魚《うを》の店《たな》

元禄五年（一六九二）（薦獅子《こもじし》集）

冬の魚屋の魚棚は、鮮魚も少なく、寒々としているが、少しばかり並べられている塩鯛の歯ぐきも、いかにも寒そうに見えることだ。支考《しこう》は、初心者なら「塩鯛のさび」に対して「木具《きぐ》の香《か》」「梅の花」などを置いて「甚深微妙の嫁入をたくむ」ところを、「魚の棚」と日常的で平明な語をもって結んだところに、かえって「幽深玄遠」の趣があると感嘆している。今日の感覚から言えば「歯ぐきも寒し魚の店」は、それほど斬新な表現ではないかもしれないが、当時としては、新鮮な、独創的な印象を与えたに相違ない。しかもそれが日常性の中に、生活的に、具象的に把握されているところに、その頃《ころ》、芭蕉の指向していた軽みへの工夫が見られよう。季語は「寒し」。

水仙《すいせん》や白き障子《しやうじ》のとも移り

元禄四年（一六九一）〔笈《おい》日記〕

前書「元禄三年（四年の誤り）の冬、神《かん》な月廿日《づきはつか》ばかりならん、あつ田梅人亭《ばいじんてい》に宿して、塵裏《ぢんり》の閑《かん》を思ひよせられけむ、九衢斎《くくさい》といへる名を残して」。部屋には水仙が生けてある。白い清楚《せいそ》な花である。張り立ての白い障子からの光と相映発して、冬ながら明るい、気持のよい部屋の様子である。十月二十日頃《ごろ》、熱田（名古屋市熱田区）の梅人（別号「九衢斎」）の亭での吟。季語は「水仙」。

星《ほし》崎《ざき》の闇《やみ》を見よとや啼《なく》千《ち》鳥《どり》

貞享四年（一六八七）〔笈《おい》の小文《こぶみ》〕

前書「鳴海《なるみ》にとまりて」。星崎（愛知県の鳴海潟の畔。千鳥の名所）は星に縁のある闇夜の景趣がよい、さあこの星崎の闇を見よとでも言いたげに、闇の底で千鳥がしきりに鳴いている。星崎の闇自体がとくに風趣に富んでいるわけではない。闇夜にしば鳴く千鳥が旅愁をかきたてて哀れ深いのである。闇夜の千鳥は和歌・連歌に詠《よ》みふるされているので、

―星の縁で闇を取り合せて俳諧《はいかい》らしい軽い興を添えた。季語は「千鳥」。

海くれて鴨《かも》のこゑほのかに白し

貞享元年（一六八四）〔野ざらし紀行〕

前書「海辺《うみべ》に日暮《くら》して」。異郷の海辺は暮れやすく、師走《しわす》の海はもう宵闇《よいやみ》の中に沈もうとしている。と、どこからか、かすかに消え残った鴨の声が、ほの白く聞えてくる。「鴨のこゑ」を「ほのかに白し」と言いなしたところが一句の自慢である。鴨の鳴声の印象が白いのではなく、鴨の声が統《す》べる海の暮色全体がほの白いのである。その鴨の声を聞くために、わざわざ舟を仕立てたところに風狂性がある。季語は「鴨」。

あら何ともなやきのふは過《すぎ》てふくと汁

延宝五年（一六七七）〔江戸三吟〕

―ああやれやれ、なんともなくてよかった。昨日、ふくと汁《じる》（河豚汁《ふぐじる》）を食って、あたりはしないかと一晩びくびくしたのであったが。河豚を食った折の人情の機微を「きのふは過て」と断ったような手爾波《てには》で言い立てたのが一つの自慢。また謡曲などによく見られる「あら何ともなや」（曲もない、ばからしい）の言葉を字義どおり「何事もない」意にひき直して冠に据え、謡曲仕立てにしたのが第二の自慢。季語は「ふくと汁」。

明《あけ》ぼのやしら魚しろきこと一寸《いっすん》

貞享元年（一六八四）〔野ざらし紀行〕

前書「草の枕《まくら》に寝あきて、まだほのぐらきうちに、浜のかたに出《いで》て」。浜の曙、その広い天地薄明の中に、白魚は一寸ばかりの白さそのものとなって、きらりと光って見える。刻々変化する微妙で不安定な曙光の底で、極小の白魚が透きとおるような美しさを見せるという句。「白魚」は本来、春のものであるが、ここは「しら魚一寸」で冬季の句とみる。

櫓《ろ》の声《こゑ》波をうって腸《はらわた》氷る夜やなみだ

延宝八年（一六八〇）〔武蔵曲《むさしぶり》〕

前書「深川冬夜の感」。夜の江上に冴《さ》えわたる櫓の音、ものを打つ寒々とした波の音、それらにじっと耳を傾けながら、草庵《そうあん》の孤愁を侘《わ》び尽していると、腹の底まで凍《い》てつく思いがして、不覚にも落涙に及んだことである。深川芭蕉庵で敢《あえ》て貧窮と孤独に耐える試練を己《おの》れに課した作者は、上五を思いきった破調にし、それによって世俗的欲望を捨てた自分の調子はずれな精神の律動をみごとに増幅させてみせた。季語は「氷る」。

氷《こほり》苦く偃《ゑん》鼠《そ》が咽《のど》をうるほせり

天和元年（一六八一）〔虚栗《みなしぐり》〕

前書「茅舎買レ水《ばうしやみづをかふ》」。草庵《そうあん》の買い置き水は凍りやすく、ほろ苦い味がするが、それでも偃鼠（ドブネズミやモグラ）のような私ののどを潤すにはこと足りる。当時深川は水質が悪く、飲料水は水船から買った。草庵生活の貧窮ぶりを侘《わ》びた句と見るより、『荘子《そうじ》』逍遥遊篇の「偃鼠は河に飲むも腹を満たすに過ぎず」（偃鼠は黄河で水を飲んでも、腹一杯飲むだけで満足する）に拠《よ》り、事々《ことごと》しく知足安分《ちそくあんぶん》の境涯を誇示してみせる心理的不安を味読すべきであろう。季語は「氷」。

はつゆきや幸庵《さいはひあん》にまかりある

貞享三年（一六八六）〔あつめ句〕

前書「我《わが》くさのとのはつゆき見むと、よ所《そ》に有《あり》ても空だにくもり侍《はべ》れば、いそぎかへることあまたゝびなりけるに、師走中《しはすなか》の八日（十二月十八日）、はじめて雪降《ふり》けるよろこび」。初雪がちらちらと舞いはじめた。いつか芭蕉庵の初雪の景趣を、心ゆくまで味わってみたいと願っていたのだが、幸い今日こうして草庵にゆっくり腰を落ち着けている折にこの初雪だ。初雪という無用の風趣に興じる狂者のさまを、「まかりある」という改まった口調により、句のふりにふり出したところが面白い。季語は「はつゆき」。

初雪や水仙《すいせん》のはのたわむまで

貞享三年（一六八六）〔あつめ句〕

今日は待っていた初雪が降った。初雪のこととて、水仙の葉をわずかにたわませて、うすく降り積っている。初雪の「初」の字の味を言い取ろうとして、水仙の葉のわずかなしなえに、その風情を見出したもの。水仙の持つ清楚《せいそ》な気品が、「初」の字の位によく似合う。

――庭前嘱目《しよくもく》の景ではあろうが、単なる写生句ではない。季語は「初雪」。

雪の朝独《ひと》り干《から》鮭《ざけ》を嚙《かみ》得たり

延宝八年（一六八〇）〔東日記《あずまのにき》〕

――前書「富家喰㆓肌肉㆒《ふうかはきにくをくらひ》、丈夫喫㆓菜根㆒《じやうふはさいこんをきつす》、予乏し《よはとぼし》」。孤独に耐え、貧に甘んずる草庵《そうあん》生活を選んだ私は、寒い雪の朝もひとり干鮭（鮭のしら干し）を嚙《か》んでいる。富家（金力）をうらやまず、丈夫《じょうふ》（権力）に倣《なら》わぬ世外の別天地に生きようとしながら、なおそのことに徹しきれぬ作者が、重ねて初志を嚙みしめている趣がどこかにある。季語は「雪」。

きみ火をたけよき物見せん雪まろげ

貞享三年（一六八六）〔ゆきまるげ〕

――前書「曾良《そら》何某《なにがし》、此《この》あたりちかくかりに居《きよ》をしめて、朝な夕なにとひつとはる。我《われ》くひ物いとなむ時は柴《しば》を折《をり》くぶるたすけとなり、茶を煮《にる》夜はきたりて軒をたゝく。性隠閑《せいいんかん》をこのむ人にて、交金《まじはり》をたつ。ある夜、雪にとはれて」。よく来てくれた。人待ち顔をしていたところだ。君は炉に火をどんどん焚《た》いてあたっていてくれ。私はひとつ君にいいものをこしらえて見せてあげよう。大きな雪まろげ（雪をまるめころがしたもの）をね。雪中の草庵《あん》で興ずる心を持てあましていた折、気心の知れた曾良の来訪であるから、精いっぱい興ずる心を、そのまま雪月花の友への馳走《ちそう》としたのである。対詠句の弾んだ吟調に、作者の心躍りがよくあらわれている。季語は「雪まろげ」。

いざさらば雪見にころぶ所迄《まで》

貞享四年（一六八七）〔花摘《はなつみ》〕

さあさあ、それでは雪見にと参りましょう。道で転べばころんだ時のこと、さあ転ぶ所まで参りましょう。「いざさらば」という、少しもったいぶった口調に、「ころぶ」という言葉のあしらいが俳諧《はいかい》の味をかもしだしている。季語は「雪見」。

長嘯《ちやうせう》の墓もめぐるかはち敲《たたき》

元禄二年（一六八九）〔いつを昔《むかし》〕

前書「鉢《はち》たゝき聞《きき》にとて、翁《おきな》のやどり申されしに、はちたゝきまゐらざりければ／箒《はうき》こせまねてもみせん鉢叩《はちたたき》　去来／　明けてまゐりたれば」。寒い夜、京中をめぐり歩く鉢叩き（空也《くうや》忌日の十一月十三日から四十八夜の間、鉦《かね》と瓢《ひさご》を叩き歩く念仏僧）の鉦の音が聞える。私の敬愛する木下長嘯子《ちようしようし》（江戸初期の歌人）も鉢叩きのことを「鉢たたき暁《あかつき》がたの一こゑは冬の夜さへも鳴くほととぎす」（鉢叩の辞）と詠《よ》んでいるが、この鉢叩きは東山の高台寺《こうだいじ》にある長嘯子の墓の辺りもめぐり歩くことだろうか。季語は「はち敲」。

干《から》鮭《さけ》も空《くう》也《や》の痩《やせ》も寒《かん》の中《うち》

元禄三年（一六九〇）〔元禄四年三物尽《みつものづくし》〕

「元禄四年三物尽」所載の元禄三年歳暮の作。干からびた乾鮭《からさけ》は、寒中の寒い季節らしい食べ物だが、夜ごとに寒気厳しい中を修行に歩きまわる空也僧（前掲句の鉢叩き）がだんだん痩《や》せて、乾鮭のようになるのも、この寒中のことである。空也僧の修行に痩せた刻苦のさまと、乾鮭のひからびた感覚とが、寒気凛烈《りんれつ》な「寒の中」で統一されている。「寒の中」は、今でも使う「寒中」で、小寒・大寒の三十日。季語は「寒の中」。

春やこし年や行《ゆき》けん小《こ》晦日《つごもり》

寛文・延宝年間（一六六一〜八一）〔千宜理記《ちぎりき》〕

前書「廿九日立春なれば」。今日はまだ俗にいう小晦日（十二月二十九日）なのに立春となった。こんな場合でも、春がきたとはっきりいってよいのだろうか、あるいは年がいってしまったといってよいのだろうか、なんともはや妙な具合である。年内立春は暦《こよみ》上よくあることで、素材としても珍しくないが、ここでは『古今集』『伊勢物語』の歌を踏まえながら、「小晦日」という俗語を用いた点が作者の自慢に思うところ。季語は「小晦日」。

蕪村名句集

春の部

朝日さす弓師《ゆみし》が店《たな》や福寿草

〔蕪村遺稿〕

弓師は刀鍛冶《かたなかじ》などとともに武具を作る職人としての誇りが高い。新春ともなれば店も清められ、古風な格式が感じられる。店内に差しこむ朝日をあびて、ひと鉢の福寿草があざやかな光彩を放っている。清らかで美しい情景。切字《きれじ》「や」が効果的で「福寿草」が生きている。季語は「福寿草」（新年）。

しら梅に明《あく》る夜《よ》ばかりとなりにけり

天明三年（一七八三）〔から檜葉《ひば》〕

天明三年（一七八三）十二月二十五日の未明に没した蕪村の臨終吟三句の一つである。白梅の花のあたりがまずうっすらと明るくなって、そこからしだいに夜が明けてきた。ここ二、三日、そういうふうに夜が明けるようになった。そういう夜明けがこれからずっと続いていくのだろう。死に近い病床での、浄土を予感する幻であろう。ラ行音を主として、調べもなだらかである。蕪村の臨終の穏やかな気配がわかる。死の床にあっても、「旅に病《やん》で夢は枯野《かれの》をかけ廻《めぐ》る」と詠《よ》み、妄執《もうしゅう》にさいなまれたという芭蕉とは、大きく異なっている。両者の資質と歴史的な立場の違いが明らかである。季語は「しら梅」。

襟《えり》巻《まき》の浅《あさ》黄《ぎ》にのこる寒さかな

〔夜半叟《やはんそう》句集〕

「浅黄」は、黄色がかった薄い藍色《あいいろ》。春になったとはいえ、なお寒い日が続き、道行く人はまだ襟巻をはなせない。その襟巻の浅黄色がことさらに早春の寒気を感じさせるというのである。この襟巻はおそらく薄い絹地のものであろう。冬から春への季節の推移を浅黄色にとらえたところ、さすがに蕪村の色彩感覚は鋭敏である。その浅黄色に寒さが残っているとするところにおもしろさがある。季語は「のこる寒さ」で、「余寒」。

うぐひすの啼《なく》やちひさき口明《あい》て

安永六年（一七七七）〔蕪村句集〕

庭の梅の木などにとまった鶯《うぐいす》が、小さい口を精いっぱいに開き、喉《のど》をふるわせながら鳴いている、の意。「や」の切字《きれじ》を受けた後半の声調は「ちひさきくちあいて」とイ列音を並べたため、甘美で鋭い声音を伝えるようにも感じられる。耽美《たんび》的《てき》な天明調の萌芽。季語は「うぐひす」。

二《ふた》もとの梅に遅《ち》速《そく》を愛す哉《かな》

安永三年（一七七四）〔蕪村句集〕

前書《まえがき》「草庵」。草庵の庭に梅の木が二本ある。一本は花を早く開き、ほかの一本はやや遅れて花をつける。わずかな日当りの相違で開花に遅速がある。そこにかえって春の足どりが目に見えるようで心楽しい、の意。「二もとの梅に」とやわらかい和語の調べを打ち出し、続けて「遅速を愛す」と硬い漢語調に転じた曲節の抑揚は巧みであり、前書の「草庵」と響き合わす用意もあろう。季語は「梅」。

白《はく》梅《ばい》や墨《すみ》芳《かんば》しき鴻《こう》臚《ろ》館《くわん》

〔蕪村句集〕

「鴻臚館」は、奈良・平安時代に外国の使臣を接待するため、京都・難波《なにわ》・大宰府《だざいふ》に設けられた客館。鴻臚館の庭前には折しも白梅が芳香を放っている。広間には外国の賓客を迎えて本朝の秀才たちが対座し、詩を賦《ふ》し文を作って交歓している、との情景。白梅と唐墨の香り、白梅と白紙の色などの対照交錯が、清爽高雅《せいそうこうが》な気品をもたらしている。異国趣味にふさわしく漢語を配し、「かんばしきこうろくわん」と韻を押した用意も注目したい。季語は「白梅」。

なには女《め》や京を寒がる御《ぎょ》忌《き》詣《まうで》

明和六年（一七六九）〔蕪村句集〕

「御忌詣」は京都の知恩院《ちおんいん》で旧暦の正月十九日から二十五日まで行われる法然《ほうねん》上人の年忌を修する法会。風姿やことばづかいで大坂者とわかる一団の女性たちが、御忌詣の群集に交じっている。暖かい大坂とは違って、盆地の京都は余寒もきびしい。ひとかたまりの大坂女たちは、しきりに袖《そで》を合わせたり、口に出して京都の寒さをかこったりして、まわりから少し浮き上がっているように見える。楽しげな御忌詣の気分がよく表れている。季語は「御忌詣」。

さしぬきを足でぬぐ夜《よ》や朧月《おぼろづき》

〔蕪村句集〕

「さしぬき」は、指貫。略装の直衣《のうし》・狩衣《かりぎぬ》などを着るときにはく袴《はかま》。春の夜を遊び歩き、ほろ酔い気分で帰ってきた公達《きんだち》が、閨《ねや》に入るなり、そのままごろりと横になって、無精にも足を動かしながら指貫を脱いでいる、夜もふけた空には朧月がかかっている、という場面である。春夜のものうく、けだるい感じと、朧月のぼんやりした感じがぴったりである。王朝趣味の句。季語は「朧月」。

指《し》南《なん》車《しや》を胡《こ》地《ち》に引《ひき》去る霞《かすみ》哉《かな》

安永三年（一七七四）〔蕪村句集〕

「指南車」は中国古代の車の一種で、車上の仙人の木像の手がつねに南を指すようにした道具。広漠たる大平原に胡地（異民族の国）への遠征軍がえんえんと長蛇の列を組んで進んでゆく。先頭の指南車はいつしか春霞の中にまぎれて消えていった、の意。蕪村は宛名《あてな》不明の書簡に「去るといふ字にて霞とくと居《すわ》り候か」と自賛している。しだいに指南車の影が霞の中に薄らぐ感じを「去る」によってとらえたということになる。季語は「霞」。

春の水すみれつばなをぬらしゆく

〔蕪村遺稿〕

句意は平明で説くまでもない。小川の岸辺の菫《すみれ》やつばな（チガヤ）が、身をのり出すように咲いていて、盛り上がる豊かな春の水が、可憐《かれん》な花に口づけするように、やさしくぬらして流れていく。柔軟で軽妙な声調の美しさは、すぐれた楽の音を聞くようにこころよい。季語は「春の水」「すみれ」「つばな」。

枕《まくら》する春の流れやみだれ髪

〔蕪村遺草〕

若い女性が肘《ひじ》を枕にうたた寝をしている。長い黒髪が白いうなじから肩のあたりまで波うつように乱れかかっていて、その豊かな黒髪の上に、あたかも春の流れを枕にして寝ているようである、の意。『世説新語』の「流レニ枕ス」の故事を詩的心象に活用し、暗喩《あんゆ》的表現にまで転化したところは巧みである。季語は「春の流れ（春の水）」。

春《はる》雨《さめ》や人住みて煙壁《かべ》を洩《も》る

〔蕪村句集〕

前書「西の京にばけもの栖《す》みて久しくあれ果てたる家有りけり。今は其《その》さたなくて」。「西の京」は京都の朱雀大路《すざくおおじ》の西のあたりをさす。春雨の日、長く人が住まず、荒れ果てていた家に、このごろは人が住むようになったらしい。壁のすきまから煙が漏れて、雨の中へただよっていく。やわらかい春雨の中の煙に、わびしい生活感がある。ただし、前書を合わせて読むと、一転して鬼気迫るものとなる。いったい今住んでいるのは人か、はたまたもののけか。日常の中にひそんでいる恐怖を描くものともいえよう。異様な前書と普通の俳句を合わせたおもしろさ。季語は「春雨」。

春《はる》雨《さめ》や小《こ》礒《いそ》の小貝ぬるゝほど

〔蕪村句集〕

しとしととやわらかに春雨は降る。小さな礒《いそ》の小さな貝が、やっとたしかに濡《ぬ》れるほどに、ひっそりと春雨が降る。「小礒の小貝」のコの頭韻にいかにもこまやかな感じがあり、「ぬる〻ほど」は、春雨のやわらかな感じをそのままに表している。このような「ほど」の先例には、凡兆《ぼんちょう》に「塵《ちり》ながすほどにもふらじ春の雨」（新花鳥）がある。この「ほどにもふらじ」は、理屈っぽい説明におちいっている感じである。季語は「春雨」。

陽炎《かげろふ》や名もしらぬ虫の白き飛《とぶ》

安永四年（一七七五）〔蕪村句集〕

前書「郊外」。春の野原にゆらゆらと陽炎がたち上っている。あたたかい日差しをあびて、とろけそうな大気の中を幾筋かの光の矢となって白い虫が飛んでゆく、の意。「虫の白き」は「白き虫の」を倒置したものだが、虫が白い光と化して飛ぶさまを印象的に表している。春愁の情緒を視覚化したもの。なお、「飛」は「とび」と読む説もある。季語は「陽炎」。

木瓜《ぼけ》の陰に貌《かほ》類《たぐ》ひ住むきゞす哉《かな》

安永四年（一七七五）〔蕪村句集〕

木瓜の木に点々と赤い花が咲いている。その花の一つが動いた。よく見るとそれは、きぎす（雉《きじ》）の朱色の顔だった。花にまぎれるように木瓜の陰に雉が一羽棲《す》んでいるのだ。木瓜と雉の、意外なような、それでいてしっくりするような取り合わせが新鮮である。季語は「木瓜」「きゞす」。

妹《いも》が垣根さみせん草《ぐさ》の花咲《さき》ぬ

安永九年（一七八〇）〔蕪村句集〕

前書「琴心挑二美人一」（琴心モテ美人ニ挑《いど》ム）。この前書は、司馬相如《しばそうじょ》が富家の娘に琴を弾じて恋心を示したという漢書の故事があり、『史記』に「琴心モテ之《これ》ニ挑ム」とあるのによって題したもの。会いたい一心で恋人の家のそばまでやってくると、その垣根には三味《しゃみ》線草《せんぐさ》（なずなの俗称）の花が咲いている。昔、琴を鳴らして恋心を訴えたという話もあるが、この三味線草は自分の思いを伝えてはくれないかしら、の意。安永九年（一七八〇）の『几董初懐紙《きとうはつかいし》』に出ており、蕪村はそのころ妓女《ぎじょ》小糸との老いらくの恋におぼれていた。そういう事情を考えると、三味線草は妓女と関連があろう。なお、琴心を三味線草に転化したところに俳諧《はいかい》がある。季語は「さみせん草」。

紅梅《こうばい》の落花燃《もゆ》らむ馬の糞《ふん》

天明三年（一七八三）〔蕪村句集〕

路上の馬糞の上に、紅梅の花びらが散りかかり、そのあざやかな紅の色が、今にも燃え上がりそうだ、の意。春ののどかな昼下がり、馬糞に紅梅が直接触れるような感じが、人の感覚を刺激する。生々しい馬糞に触れて、紅梅の花びらの美しさが増幅する。花びらは燃え上がろうとする。音読の語を生かして堂々と詠《よ》み、品位を感じさせる。季語は「紅梅」。

遅き日や雉子《きじ》の下《お》りゐる橋の上

天明二年（一七八二）〔蕪村句集〕

山間《やまあい》の渓流にかけられた橋の上に一羽の雉《きじ》が春の陽光をあびながら静かに動いている、という場面である。野鳥が人の通る橋の上に下りているという小さな意外性。整った色彩と構図によって春の日永《ひなが》の季感をみごとに具象化している。季語は「遅き日」（春の日あしがのびて、日暮れが遅くなること）「雉子」。

遅き日のつもりて遠きむかしかな

〔蕪村句集〕

前書「懐旧」。自作回顧の意だが、昔をしのぶ句意にもかかわっている。このところ、春の日暮れの遅さに心がとまる。暮れ遅い春の夕べは、人の心を遠い昔へいざなう。そういえば、去年も、こうして暮れ遅い日が続いた。その前の年も、さらにその前の年も。暮れ遅い日がだんだん積もって、昔は次第に遠ざかっていく、というのである。春の夕暮れのけだるいような気分がよくとらえられている。「遅き…」「遠き…」という同じ響きの繰り返しが、静かな時間の堆積《たいせき》を感じさせる。季語は「遅き日」。

春の海終日《ひねもす》のたり〳〵哉《かな》

宝暦年中（一七五一〜六四）〔蕪村句集〕

前書「須磨《すま》の浦にて」（俳諧金花伝）。冬のあいだの荒海がうそのように、暖かな日の春の海は、一日中のたりのたりとしている。いかにものどかな春らしい。「のたり〳〵」は、沖合の波のうねりとも、波打ち際のやわらかな波音とも、決めることはあるまい。海全体ののんびりした感じをいうものであろう。ものうい春の気分がそのままに表れている。季語は「春の海」。

およぐ時よるべなきさまの蛙《かはづ》かな
〔新五子稿《しんごしこう》〕

田の中でもみぞ川でもよい。蛙は細い四肢《しし》を思いきり伸ばして水中を前進するが、その直後はしばし停止して水中に浮かび、また水の流れに身をまかせる。そのさまがいかにもよるべない感じだ、というのである。蛙の姿態をとらえた細かな観察が、自然に表現されていて、しみじみとした哀感がある。季語は「蛙」。

凧《いかのぼり》きのふの空のありどころ
〔蕪村句集〕

春のある日、昨日の空のあのあたりに、たしかに凧《たこ》が上がっていた。しかしそこには、今日はただ空があるばかり。昨日のあの凧はいったいどこへ行ったのだろう。昨日という日がもう戻ってこないように、凧をそこに見ることはもうできない。昨日の空のありどころに、二度と同じものは現れないという喪失感がこの句の主たるモチーフである。ただし、今日も昨日と空の同じところに凧が上がっているとする解も多い。季語は「凧」。

春の夕《ゆふ》たえなむとする香《かう》をつぐ

〔蕪村句集〕

春の夕べ、ひとり香をたきながら、過ぎていく時間に身をまかせていると、ゆらゆらゆらめいていた香の煙がほとんど途切れようとしているので、そこに香を静かにつぎたす、時の流れを波立たせないように。春の夕べのゆったりとしていて、それでいてどこか張り詰めているような、心のありさまがよくとらえられている。季語は「春の夕」。

燭《しよく》の火を燭にうつすや春の夕《ゆふ》

〔新五子稿〕

ひとり部屋にこもっていると、いつしか縁側の障子にも春の夕闇《ゆうやみ》が忍び寄ってきた。立ち上がって燭台を提《さ》げ、隣の部屋のともっている燭台から火を移した、の意。あわただしい動作でも緊張した心でもなく、まるで春の日のたゆたい流れる時間のように、ゆるやかな自然な動きである。「燭の火を燭に」という同音の反復もこの自然な動きにふさわしい。季語は「春の夕」。

菜の花や月は東に日は西に

安永三年（一七七四）〔蕪村句集〕

前書「春景」。菜種畑に一面の菜の花が咲き、菜の花の上に明るい一日が過ぎて、ようやく太陽が西に傾いたころ、東の空には月がのぼってくる。夕景を描くことは、そこに至る一日の昼間を思わせることである。この大きな明るさは、これまでの発句にはあまり見られなかったものだ。このような景色が、実際に何日ごろに見られるかというような議論はあまり意味がない。詩想の上での実感である。画家としての構成力でもあろう。季語は「菜の花」。

ゆく春や逡巡《しゅんじゅん》として遅《おそ》ざくら

天明二年（一七八二）〔蕪村句集〕

前書「暮春」。春も過ぎ去ろうとするころ、遅咲きの桜が、まるでいつまでも未練がましくためらうように、濃艶《のうえん》な花を咲かせている。逡巡は人の気持や様子についていうことが多い。ここでは桜を擬人化していることになるが、それが春の終わりのころの八重桜の姿に、まことにふさわしい。召波《しょうは》に「ゆく春のとゞまる処《ところ》遅ざくら」（春泥句集）とある。この句はその改案とも考えられる。季語は「ゆく春」「遅ざくら」。

ゆく春やおもたき琵琶《びは》の抱《だき》ごゝろ

〔五車反古《ごしゃほうぐ》〕

春を惜しむ思いにたえがたく、せめては琵琶をかき鳴らして気持を晴らそうと、愛用の琵琶を膝《ひざ》の上に抱くと、琵琶はいつになくずっしりと重く、惜春の思いはいっそう深くなるようである。楽器の持つ情感を、その音色ではなく、重みによって表しているところが新しい。とくに琵琶は、平家の滅亡の哀切な史話を語るものだから、その重みには、平家の人々の運命の悲しい重みがかさなっているだろう。感傷におちいりがちな内容を「……や……名詞」という正統的な発句の格調によって、たしかにまとめている。季語は「ゆく春」。

夏の部

御《お》手《て》討《うち》の夫婦《めをと》なりしを更衣《ころもがへ》
〔蕪村句集〕

武家奉公をしていた若い男女が不義をはたらき、お家の法度《はつと》ということで主君の手討になるところを、ひそかに許され、世に隠れて暮らしている。江戸時代は、陰暦四月一日に綿入れから袷《あわせ》に、十月一日に秋袷から綿入れに着替える習わしがあった。夏の衣がえの季節になり、その当時の袷を取り出しながら、無事に生きながらえていることを感謝している、の意。小説的構想をもつ人事句であるが、「なりしを」に月日の経過と二人の感慨が巧みに詠《よ》みこまれている。季語は「更衣」。

ほとゝぎす平安城を筋違《すぢかひ》に

〔蕪村句集〕

「平安城」は京の町。ほととぎすが鋭い鳴き声を残して、碁盤の目のような京都の町を、はすかいに飛んでいった、の意。ほととぎすは夜間、もしくは夜明け方に鳴きわたるものとして古歌に詠まれる。比叡山《ひえいざん》から京都の町の上を、八幡《はちまん》（京都市の南西、京都府八幡市にある石清水八幡宮）の方へ鳴き下るという。単純に的確に描いて、京都の町並みを眼前に浮かび上がらせている。「筋違に」が効果的である。季語は「ほとゝぎす」。

牡《ぼ》丹《たん》散《ちり》て打《うち》かさなりぬ二《に》三《さん》片《ぺん》

〔蕪村句集〕

みごとに咲いていた牡丹が、はらはらと散った。散ってその花びらの二、三片がまるでもとからその位置が定められてでもいたかのように、しっとりとうち重なった。「牡丹散て」の迫らざる字余りが、厚ぼったい感じの豪華な花の散り方をよく表している。「打かさなりぬ」は、花びらが重なって静止している状態を示しながら、同時にその少し前に、散り落ちてうち重なるときの動きをも見せる。季語は「牡丹」。

金屏《きんびやう》のかくやくとしてぼたんかな

安永六年（一七七七）〔新花摘《しんはなつみ》〕

「かくやく」は赫奕で、光り輝くさま。広間には金屏風《きんびょうぶ》がまばゆいばかりに光り輝いている。その庭前には五月の花である牡丹《ぼたん》が今をさかりと咲き誇っている、の意。金屏風と牡丹との照応であるが、単に色彩の取り合わせというのではなく、二つの豪華なものが互いにその妍《けん》を競うことによって、牡丹の美をいっそう強調しようとしたのである。支考《しこう》は、「金屏のあたゝかなるは物の本情にして」（続五論《ぞくごろん》）と説いているが、この場合も「銀屏」ではふさわしくあるまい。季語は「ぼたん」。

山蟻《やまあり》のあからさまや也《なり》白牡丹《はくぼたん》

安永六年（一七七七）〔新花摘〕

大輪の白牡丹が真昼の陽光をあびており、よく見ると、一匹の山蟻が花弁を伝って蕊《しべ》の方へと歩み寄っている。その漆黒の蟻の姿は白い花弁の中に彫りつけられたようにくっきりと浮かんで見える、の意。山蟻の黒色と牡丹の白色との鮮明な対照。十七音中ほぼ三分の二を占めるア段の音が明るく軽快に響く。季語は「白牡丹」。

方《はう》百《ひやく》里《り》雨《あま》雲《ぐも》よせぬぼたむ哉《かな》

安永六年（一七七七）〔新花摘〕

大輪の牡丹の花が青空へ向かって、誇らしげに咲き、空一面に、牡丹の威勢が広がって、百里四方には雨雲など少しも寄せつけないようだ。牡丹の輝かしい美しさを大胆に大げさに表現したものだが、その大げさなところが、牡丹の美しさにいかにもふさわしい。牡丹の花は好きな色を想像すればよい。季語は「ぼたむ」。

鮎《あゆ》くれてよらで過《すぎ》行《ゆく》夜《よ》半《は》の門《もん》

明和五年（一七六八）〔蕪村句集〕

深夜、あわただしく門をたたく音がする。なんだろうと、開けてみると、暗がりから現れた友人が、数尾の鮎をさし出した。鮎釣りの帰りだという。まあちょっと寄っていかないかと言ったが、いや鮎を持ってきただけなのだからと、そそくさと立ち去ってしまった。そのそっけなさに、かえって理解しあった友人の友情が濃く感じられた。香魚といわれるほどに香《かんば》しい鮎は、その友情にいかにもふさわしい。季語は「鮎」。

短《みじか》夜《よ》や芦《あし》間《ま》流る、蟹《かに》の泡《あわ》

〔蕪村句集〕

夏の短夜がしらじらと明けかかるころ、河口近い川の岸辺に生い茂った芦の間を、とぎれとぎれに蟹の泡が流れていく、の意。蟹の姿は見えない。どこかで蟹が動き始めていて、これはきっとその蟹の泡だと思うのである。泡をよく観察しているようでもあるし、ただなんとなくそう思ったようでもある。それをそのように断定するところに発句の面白さがある。この泡を『方丈記』冒頭と結びつけ、無常の観念を表すと解する説もあるが、適当ではない。夏の夜明けの、芦の間を流れる白い泡の印象が主眼である。季語は「短夜」。

三井寺《みゐでら》や日は午《ご》にせまる若楓《わかかへで》

安永六年（一七七七）〔新花摘《しんはなつみ》〕

「三井寺」は、滋賀県大津市にある園城寺《おんじようじ》。眼下にひろびろとした琵琶湖《びわこ》を見渡す三井寺の境内には、若楓が明るく茂り重なり、正午近い初夏の太陽がその上に照りつけている。三井寺を取り巻く大きな風景、三井寺の豪放壮麗なたたずまいの中で、陽《ひ》に照らされる若楓がいかにも美しい。「日は午にせまる」の声調がとくに引き締まって力強い。季語は「若楓」。

窓の灯《ひ》の梢《こずゑ》にのぼる若葉哉《かな》

〔蕪村句集〕

窓前にかなり高い樹木があって、あおあおとした若葉をつけている。暗い夏の夜、窓をあけると、室内の灯の光がすうっと若葉を梢まで照らした、の意。「梢にのぼる」に、光をうけた夜の若葉の生き生きとよみがえる感じと、作者の一瞬の驚きがある。三つの「の」の重畳《ちょうじょう》も、迫った気息《きそく》として瞬間的な実況にふさわしい。季語は「若葉」。

絶《ぜっ》頂《ちやう》の城たのもしき若葉かな

〔蕪村句集〕

山の頂上に城があって、まことに頼もしくそびえ立っており、その下の全山を、輝かしい若葉が覆っている。若葉に覆われた山を宰領して、城は若葉の勢いに少しもひけをとらず、いかにも堂々としている。若葉が城をひときわたのもしく見せているというのだが、結局は若葉の輝かしい勢いを描いている。季語は「若葉」。

をちこちに滝の音聞く若ばかな

安永六年（一七七七）〔新花摘《しんはなつみ》〕

「をちこち」はあちらこちら。若葉がくれに遠くにも近くにも滝の音が聞えてくる。ごうごうと落下する滝の音と、生き生きと生い茂る若葉の生命感との照応。若葉の勢いを滝の音によって強調したものだが、山中の若葉を漏れる日光の縞《しま》模様があざやかに目に浮かぶ。前半のタ行音と後半のカ行音とが交錯する韻律がことに美しい。季語は「若ば」。

燃《もえ》立《たち》て貌《かほ》はづかしき蚊やり哉《かな》

安永九年（一七八〇）〔安永九年連句会草稿〕

夏の宵、暗くなった縁先で、親しげに語り合っていると、ふとした風のぐあいで、蚊遣火《かやりび》がぱっと燃え立ち、思いがけずに明るく顔を照らされて、恥ずかしくて、明りから顔をそむけるようにしている、というのである。おのずから純情な男女であることがわかる。「かほ・かやり」という頭韻もいい。季語は「蚊やり」。

目にうれし恋君《こひぎみ》の扇真《ま》白《しろ》なる

安永三年（一七七四）〔蕪村遺稿〕

大勢が一座する場所に、ひそかに思いを寄せる男性がいる。その人は真っ白な扇を手にしてゆったりと風を入れている。いかにも品格のある、清潔な人柄がしのばれる、の意。やや離れた場所から、相手の姿をほれぼれと頼もしく眺めている女性の心情を詠《よ》んだ句である。「目にうれし」という語法は、女の清純な慕情を示すものとして適切であろう。季語は「扇」。

若竹や橋本の遊女ありやなし

〔蕪村句集〕

淀川《よどがわ》の両岸に若竹の茂みが目につく季節、乗合の三十石船（大坂と京都の伏見を往来する舟）から眺めると、男山《おとこやま》の麓《ふもと》の橋本（京都府八幡市）の町も若竹に埋もれていて、西行の昔から知られているその地の遊女は、いまも無事であるのかどうだか、の意。眼前の若竹の清艶《せいえん》な景の奥に、遊女の艶麗《えんれい》な姿が見え隠れする趣が美しい。季語は「若竹」。

鮒《ふな》ずしや彦根《ひこね》の城《しろ》に雲かゝる

安永六年（一七七七）〔新花摘《しんはなつみ》〕

琵琶湖《びわこ》のほとりを過ぎ、茶店で名物の鮒ずしを味わっていて、ふと見上げると、遠い彦根城（滋賀県彦根市）に雲がかかっている。鮒ずしには強い発酵臭と酸味があり、味にもクセがあって湖国《ここく》独特の古い習俗の背景が感じられる。その魔性の味わいと、湖畔の城に時ならずおりる雲には、やや淫靡《いんび》な気分において通い合うものがある。季語は「鮒ずし」。

愁《うれ》ひつゝ岡《をか》にのぼれば花いばら

〔蕪村句集〕

やるせない愁いに心閉ざされ、さまよい歩いて丘に登れば、茂みに咲いた白い茨《いばら》の花が、閉ざされた心にしみ入るようである。茨の花によって愁いがいやされるとも、深まるともいうことはない。茨の花はこの場合の愁いの情緒そのものである。また、この愁いはなんの愁いというのではない。普遍的な詩の愁いなのである。季語は「花いばら」。

夕風や水青鷺《あをさぎ》の脛《はぎ》をうつ

安永三年（一七七四）〔蕪村句集〕

夏の日もようやく傾き、そよそよと夕風が吹くころ、川岸の水辺に一羽の青鷺がおり立っている。長い蓑毛《みのげ》を風になびかせ、さざ波は青鷺の暗緑色の脛をうつようにひたひたと寄せている、の意。涼しげな夏の夕風が実感できる。なお、「肢《あし》」とせずに「脛」と擬人化したところに官能的なにおいがある。季語は「青鷺」。

さみだれや大河《たいが》を前に家二軒

安永六年（一七七七）〔蕪村句集〕

降り続く五月雨《さみだれ》に、水量を増した大河には濁流がごうごうと渦巻き流れている。今にも決壊しそうな堤上には、ただ二軒の家が心細く寄り添うようにして並んでいる、の意。「大河の前に」や「大河の前の」ではなく、「大河を前に」とした語法には、いかにも大河と対峙《たいじ》するかのような緊張感があり、客観的描写でありながら意志的な姿勢とも印象づけられる。しかし、「家二軒」ととらえたところはやや作為的であり、画面としての均衡が意識されている。季語は「さみだれ」。

五月雨《さみだれ》や滄海《あをうみ》を衝《つ》く濁水《にごりみづ》

安永六年（一七七七）〔新花摘《しんはなつみ》〕

五月雨が降り続き、川は泥水ですっかり濁って、河口から濁水が青い海を衝くように流れ出ている、の意。雄大な情景を整った構図としてよくとらえている。まるで空から見下ろしたように描いているところが新鮮である。季語は「五月雨」。

いづこより礫《つぶて》うちけむ夏木立《なつこだち》

〔蕪村句集〕

鬱蒼《うつそう》と生い茂った夏木立の中を歩いていると、近くにばさっという音がした。木の葉のそよぎ、地上までの微妙な音の変化、そしてもとの静寂にかえる木下闇《このしたやみ》。どうも礫らしいが、はてどこから打ちこんだのであろうかと、しばらく足をとめていぶかる、の意。夏木立の

―深い静寂を一個の礫によって表そうとしたものである。季語は「夏木立」。

狩衣《かりぎぬ》の袖《そで》のうら這《は》ふほたる哉《かな》

明和五年（一七六八）〔蕪村句集〕

―「狩衣」は貴族の常服。袖口が広い。平安朝の貴族たちの蛍狩《ほたるがり》の場面などを想像したもので、手にとらえていたつもりの蛍がいつの間にか袖の裏を這っていた、の意。薄い紗《しゃ》の狩衣を透かして光る蛍の美しさを詠《よ》んだものである。蛍の幽艶《ゆうえん》な美を強調するために平安朝の舞台が設《しつら》えられたので、やはり画家の目が感じられる。季語は「ほたる」。

河童《かはたろ》の恋する宿や夏の月

〔蕪村句集〕

―「かはたろ」は河童《かっぱ》をいう京都地方の方言。芦《あし》などの生い茂った水辺の深い隈《くま》を、夏の月が明るく照らしている。いかにも河童でもすみそうな所で、今夜あたりは月光に誘われて恋をしに河童が通ってくるかもしれない、の意。俗信によって、川岸の茶店の娘にほれた河童が村の男に化けて通うところとする解もあるが、民話風な幻想とみたい。季語は「夏の月」。

涼しさや鐘をはなるゝかねの声

安永六年（一七七七）〔蕪村句集〕

『落日庵句集』には上五「短夜や」の句形があるように、夏の夜明けの涼しさを詠んだものである。鐘の音が波の輪をひろげるように遠くへ拡大されながら、その余韻をしだいに弱めていく、その動勢をとらえたものである。夏の夜明けの静かに澄んだ大気をふるわせて響く鐘声に朝の涼気を感じとったもので、作者の位置は鐘楼《しょうろう》にほど近い。季語は「涼しさ」。

夕だちや草葉をつかむむら雀《すずめ》

安永五年（一七七六）〔蕪村句集〕

にわかに夕立が襲ってきた。そこらにいた雀はあわてふためきながら草むらに避難し、われさきにと草の葉末にとりついている。雀の重みで草むらはひとしきり揺れざわめく、という情景。中七の「草葉をつかむ」は精妙かつ具象的な描写である。季語は「夕だち」。

秋の部

秋たつや何《なに》におどろく陰《おん》陽《みやう》師《じ》

〔蕪村句集〕

立秋の日に、陰陽師（陰陽寮に属し、占筮《せんぜい》・地相判定などを司《つかさど》った人）が、何事かに、ただならぬ驚きを見せたが、いったいどういう異変を感じたのであろう。占い師のことを大げさに陰陽師ということで、その驚きの身振りなども、大仰で芝居がかっていることが想像される。藤原敏行《ふじわらのとしゆき》の和歌「秋来ぬと目にはさやかに見えねども風の音にぞおどろかれぬる」（古今集）にある風の音の驚きを、陰陽師の驚きにすりかえたところに、俳諧《はいかい》としてのおもしろさがある。季語は「秋たつ」。

硝子《びいどろ》の魚《うを》おどろきぬ今朝《けさ》の秋

〔蕪村遺稿〕

ガラスの器の中の魚が、何かに驚いて急に動いた。折から立秋の日の朝である。思いなしか、ガラスの器もその中の水も冷たく澄んで、魚もいつもより敏感なようだ。これも前の敏行の立秋の歌とかかわりがある。歌の作者の驚きを魚の驚きに変えたところに、俳諧的なおもしろさがある。ビイドロの魚に感じた秋は新しい発見。季語は「今朝の秋」。

とうろうを三たびかゝげぬ露ながら

〔蕪村句集〕

前書「秋夜閑窓のもとに指を屈して世になき友を算《かぞ》ふ」。亡き友のために門先に高灯籠《たかとうろう》を立てた。夜もふけるにつれて灯籠の光も湿ってきたが、思えば亡友のために灯籠をかかげるのもすでに三たびになった、の意。「三たび」は厳密な意味の数ではなく、たびたびの気持を印象的に叙したまでであろう。親しい友をつぎつぎに失う老齢の感懐にはこまやかなものがある。季語は「とうろう」。

四五人に月落《おち》かゝるをどり哉《かな》

〔蕪村句集〕

前書「英一蝶《はなぶさいつてふ》が画に賛《さん》望まれて」。宵のうちはにぎやかだった盆踊りも、夜がふけて、月が西の山の端《は》に傾いたころには、わずか四、五人が、時も忘れて踊り続けている、の意。月が傾いて西に落ちかかるのを、四、五人の上に落ちかかるというふうにいったところが新鮮である。残っている四、五人は、よほどの踊り好きなのだろう。画賛の句だが、実感がある。季語は「をどり」。

いな妻《づま》や浪《なみ》もてゆへる秋津《あきつ》しま

明和五年（一七六八）〔蕪村遺稿〕

遠くで稲妻が光ると、思いがけないほどの大きさで、日本の国土が浮かび上がり、その海岸線に打ち寄せる白い波で、この秋津島（日本の異称）がまるで結いまとめられているようだ、の意。空から俯瞰《ふかん》したように見えるところが新鮮である。季語は「いな妻」。

飛《とび》入《いり》の力《りき》者《しや》あやしき角《すま》力《ひ》かな

〔蕪村句集〕

草相撲《くさずもう》でよく行われる五人抜きなどの場面であろう。何者とも素性の知れぬ男が飛入りに出て、力自慢の若者たちをかたっぱしからなぎ倒した。見物もだんだん薄気味悪くなり、あれは天狗《てんぐ》の化身などではないかと怪しんでいる、の意。「あやしき」は上下に掛かる語であり、「力者」という語もこの場合巧みである。季語は「角力」。

負《まく》まじき角《す》力《まひ》を寝ものがたり哉《かな》

〔蕪村句集〕

相撲自慢の大男が、あの相撲は負けるはずではなかったのに、と妻に向かって寝物語に愚痴っている。同じ話を妻は何度も聞かされているに違いない。しかし妻はまたやさしく相《あい》槌《づち》を打っている。自画賛に「懐旧」とあるのは、自作回顧の意味。しかし句の内容にも、昔のことを懐かしんでいる気持がある。季語は「角力」。

柳散《ちり》清《し》水《みづ》涸《かれ》石処《ところ》々《どころ》

〔蕪村句集〕

前書「遊行柳《ゆぎやうやなぎ》（下野《しもつけ》にあり、その精が遊行上人の前に現れたという柳）のもとにて」。柳は散り、川の清水は涸《か》れて、ところどころに石が姿を現している、との意だが、前書によれば、この「柳」は西行《さいぎよう》が「道のべに清水《しみづ》流るる柳陰《やなぎかげ》しばしとてこそ立ちどまりつれ」（新古今集）の歌を詠《よ》んだという遊行柳であり、とすれば「清水」も西行の詠んだ清水ということになる。西行の風流はもうすっかり尽き果てて、今はもう見る影もないというのであろう。季語は「柳散《ちる》」。

山は暮《くれ》て野は黄昏《たそがれ》の薄《すすき》哉《かな》

〔蕪村句集〕

遠くの山はすっかり暮色につつまれてしまったが、近くの野にはまだ黄昏の微光がただよっていて、すすきの穂が白くなびくのが見える、の意。遠景と近景における明暗の微妙な瞬時の移調を巧みにとらえたものである。季語は「薄」。

白《しら》露《つゆ》や茨《いばら》の刺《はり》にひとつづゝ

〔蕪村句集〕

庭は朝露にびっしょりとぬれている。秋になって花も葉もすっかりふるい落とした茨が一隅に残っているが、近寄ってみると、その茨のとげの一つ一つに露の玉がきらきらと光っている、の意。とげとげしい茨とやさしい露の配合とする説もあるが、細密描写に主たる興趣があり、配合美を強調する必要はない。季語は「白露」。

身にしむや亡妻《なきつま》の櫛《くし》を閨《ねや》に踏《ふむ》

安永六年（一七七七）〔蕪村句集〕

妻に死なれてまだ日も浅く、夜の寝室にも秋の冷気が満ちている。そのとき何か固いものに踏み当たった。おや、と思いながら、手に取ってみると、妻がいつも使っていた油じみた櫛だ。どうしてこれがここにと、考えるよりも、その櫛の匂いを嗅《か》いだり、頬《ほお》ずりをしたり、なんだか妻がすぐそこに戻ってきているようで、思わず涙がこみ上げるのだった。この時、蕪村の妻が死んでいるという事実はない。蕪村の虚構の作。季語は「身にしむ」。

朝霧や村千《せん》軒《げん》の市《いち》の音

〔蕪村句集〕

深い朝霧が地上に立ちこめている。村の家々も道も木立もすっかり霧につつまれて見通しはきかないが、すでに一日の活動は始まったらしく、市の方には活発なざわめきが聞える、の意。「村千軒」は、市の騒音の量によって千軒ぐらいはある集落のようだという直感を断定的にいった語である。季語は「朝霧」。

もの焚《たい》て花火に遠きかゝり舟

明和六年（一七六九）〔蕪村句集〕

遠くに花火があがっている。港のかかり舟のあたりはとっぷりと暮れて、舟では夕餉《ゆうげ》の支度であろうか、小さな火を焚《た》いており、暗い水面にぱっと赤い光がひろがる。舟の背景には、港町も静かな夜を迎えている。「もの焚て」と印象的な近景から始め、「花火に遠き」といったん情景を広げ、「かゝり舟」（沖に停泊している舟）と焦点を定めるところがみごと。季語は「花火」。

秋風《あきかぜ》や干《ひ》魚《うを》かけたる浜《はま》庇《びさし》

安永五年（一七七六）〔蕪村句集〕

「浜庇」は海浜にある家。浜辺にあるみすぼらしい漁師の家々には、その軒先に干魚が干し並べてある。吹きはじめた秋風に干魚がかさかさと音をたてて揺れている、というわびしい情景である。淡彩の叙景句であるが、豊かな余情が感じられるのは、その構成の的確さによるのであろう。季語は「秋風」。

甲《か》斐《ひ》がねや穂《ほ》蓼《たで》の上を塩《しほ》車《ぐるま》

天明二年（一七八二）〔蕪村句集〕

遠く日に輝く甲斐（山梨県）の連峰を望みながら、路傍《ろぼう》に穂蓼の咲く山路を塩を積んだ荷車が通ってゆく、という情景である。紺青《こんじょう》の山並みと塩車とに対照される色彩としては、この蓼の穂は淡紅色とみたい。晴れた秋空に浮かぶ連峰を遠い背景とする句の構図は、なかなかに雄大である。季語は「穂蓼」。

小鳥来る音嬉《うれ》しさよ板びさし

〔蕪村句集〕

晴れた秋の日、家の中にいると、板びさしにかさこそと音がする。耳をすますと、ちちちと小鳥の鳴き声も聞える。もう小鳥の来る季節になったのかと思うと、その板びさしの音もまことにうれしいものである。「小鳥」は、ここでは秋の渡り鳥。かすかな板びさしの音にいち早く小鳥が来たのを知るところに、繊細さと、それをうれしいとする優しさがある。季語は「小鳥来る」。

瀬田《せた》降《ふり》て志賀《しが》の夕日や江鮭《あめのうを》

安永六年（一七七七）〔蕪村句集〕

琵琶《びわ》湖畔の瀬田（志賀とともに滋賀県大津市の地）は秋雨《あきさめ》に濡《ぬ》れているが、西空は明るく晴れ、志賀あたりは夕日に赤く染められている。今しも瀬田川では江鮭（ビワマス）が漁師の網にすくい上げられ、ぴちぴちと銀鱗《ぎんりん》をひらめかしている、の意。暮れ近い湖面の鈍い光を中に挟んで、夕日に照らされた志賀の遠望と、黒い斑点《はんてん》のある江鮭の跳ねる近景を取り入れた壮大な景観である。季語は「江鮭」。

秋の灯《ひ》やゆかしき奈良の道具市《だうぐいち》

〔蕪村句集〕

秋の日もとっぷりと暮れきった古都奈良の、とある路傍に古道具の市が出ている。さすがに仏都にふさわしく、仏像やさまざまな仏具も交じっているが、これらの品々には年輪を経た古趣が感じられ、立ち去りがたい奥ゆかしさがある、の意。芭蕉の「菊の香《か》や奈良には古き仏たち」（笈《おい》日記）を意識していることは疑えない。季語は「秋の灯」。

うき我に砧《きぬた》打て今は又止《や》みね

〔蕪村句集〕

秋の夜のしじまの中に砧（布を木槌《きづち》で打って柔らかくしたり、つやを出したりするのに用いる木や石の台。砧を打つことは女性の夜なべ仕事）の音が聞こえる。心の晴れない私のために、どうか砧を打ち続けてそのやわらかな音で私を癒《いや》してくれ。……だがそれも、あまり長く続くと、私はまた憂《うれ》いの中に引きずりこまれる。癒しの砧の音が、今度は私をだんだん暗い世界に引きずりこんでいく。ああ、砧の音よ。今はもう止んでくれよ。季語は「砧」。

鳥羽殿《とばどの》へ五六騎いそぐ野分《のわき》哉《かな》

明和五年（一七六八）〔蕪村句集〕

「鳥羽殿」は、京都市伏見区鳥羽にあった白河・鳥羽上皇の離宮。野分の吹きすさぶ中を、異変でもあったのか五、六騎の武者が鳥羽殿の方向へ飛ぶように疾駆してゆく、の意。一《いっ》幅《ぷく》の大和絵《やまとえ》のような色彩豊かな画面構成である。「五六騎いそぐ」と現在形にした表現も一生き生きとした躍動感を与えている。季語は「野分」。

落穂《おちぼ》拾ひ日あたる方《かた》へあゆみ行《ゆく》

〔蕪村句集〕

山かげの刈田のあとに、一心に落穂を拾う人影がいくつか見える。だれもが背を丸め、疲れた足どりであるが、それでも言い合わせたように日のあたる暖かい方へと歩いてゆく。その影もだんだん小さくなってきた、の意。「ひろひひあたる方へあゆみゆく」と押韻《おういん》を順を追って重ねた声調は、静かに歩を運ぶ動作を写しており、一句の落ち着いた色調にもふさわしい。季語は「落穂」。

猿どの、夜《よ》寒《さむ》訪《とひ》ゆく兎《うさぎ》かな

宝暦元年（一七五一）〔蕪村句集〕

一前書「山家《やまが》」。日も暮れて、ものさびしい夜寒の道を、猿を訪ねて兎が急ぐ。ひたすらに友のもとへと山道を急ぐ幸せな兎よ。前書によって、山家に住む人をたずねる自分の姿を、猿をたずねる兎のようだと興じていることがわかる。「夜寒訪ゆく」といういかにも俳諧《はいかい》風の表現を童話風の世界に当てはめているところがおもしろい。季語は「夜寒」。

秋風《しゅうふう》や酒肆《しゅし》に詩《し》うたふ漁者《ぎょしゃ》樵者《せうしゃ》

〔蕪村句集〕

海辺に近い鄙《ひな》びた居酒屋《いざかや》で、仕事帰りの漁師と木こりが地酒を傾けながら鼻唄《はなうた》などをうたっている。戸口の暖簾《のれん》がときおり秋風にひるがえって、いかにもわびしい感じがする、の意。季語以外はすべて漢語で調べが整えられており、内容も一幅《いっぷく》の文人画として仕立てられている。場面はありふれた庶民生活のひとこまにすぎないが、それを高踏《こうとう》的な詩趣と化したところに興味があろう。季語は「秋風」。

冬の部

楠《くす》の根を静《しづか》にぬらす時雨《しぐれ》哉《かな》

明和五年（一七六八）〔蕪村句集〕

寺院の境内などであろう。急に時雨がはらはらと降ってきた。軒端《のきば》を打ち、庭石をたたく音とともにたちまち地面は湿ってくる。境内に楠の大樹があるが、はじめのうちは茂り合った枝葉にさえぎられて、その下陰は乾いた色を見せていたが、だんだん雨が降りつのるうちに幹から根もとへぬれてきた、の意。時雨は長く降り続く雨ではないだけに、短い時間の経過のうちに時雨の本情を的確にとらえた句である。季語は「時雨」。

しぐるゝや鼠《ねずみ》のわたる琴の上

明和八年（一七七一）〔蕪村句集〕

夜、座敷などに置いてある弾《ひ》きかけの琴の上を鼠が渡って、さらさらという音をたてた。それは今降っている時雨《しぐれ》の音にもかようようだ、の意。この句は「松風夜琴に入る」と題した斎宮女御《さいぐうのにょうご》の歌「琴の音《ね》に峰の松風かよふらしいづれの緒《を》よりしらべそめけん」（拾遺集）の俳諧《はいかい》化であろう。歌は松風と琴の音であり、句は時雨と琴の音であるが、鼠を配したところに俳諧があろう。季語は「時雨」。

初《はつ》冬《ふゆ》や日和《ひより》になりし京はづれ

明和五年（一七六八）〔蕪村句集〕

初冬のころの京都はどんよりと曇った日が多い。そういうある日、京都の郊外にさしかかったら、急にからっと晴れて青空が見えてきた、の意。山に囲まれた盆地の京都の空模様は変わりやすい。それを「日和になりし」と叙しきったのは、平凡なようでも大胆で周到な用意といえよう。季語は「初冬」。

磯《いそ》ちどり足をぬらして遊びけり

明和五年（一七六八）〔蕪村句集〕

白波の寄せては返す磯辺に数羽の千鳥が遊んでいる。波の寄せるたびに避けようとはするが、ともすると足は波にぬれてしまう。千鳥はそれを楽しみながら波と戯れているようだ、の意。磯千鳥を擬人化した手法であるが、発想の清純さが好ましい。一句の声調も内容にふさわしく軽快な抑揚をもっている。季語は「磯ちどり」。

狐火《きつねび》の燃えつくばかり枯尾花《かれをばな》

安永三年（一七七四）〔蕪村句集〕

ようやく暮れそめた野原は、見渡すかぎりぼうぼうと髪をふり乱したような枯尾花（枯れたすすき）におおわれている。いつしか一所《ひとところ》に青い狐火が現れたかと思うと、みるみるうちにその数が増え、その勢いは今にも枯尾花の原に燃えつきそうだ、の意。「狐火」は冬から春先にかけて山野に出るといわれる燐火《りんか》。蕪村好みの妖怪趣味による幻想句である。季語は「枯尾花」。

我も死して碑《ひ》に辺《ほとり》せむ枯尾花《かれをばな》

〔蕪村句集〕

前書「金福寺芭蕉翁墓《こんぷくじ》」。金福寺丘上の芭蕉の墓ともいうべき碑のほとりは、いま枯尾花に埋もれている。私もいずれは死ぬことであろうが、そのときはどうかこの碑のほとりに葬ってほしいものだ。そうなれば畏敬《いけい》してやまぬ芭蕉翁の霊魂のそば近く永久に侍座することができるのだから、の意。「我も死して」は、もし死んだらという未来の予測ではなく、むしろ強く翁の霊に仕えたいという念願を吐露したものであり、それだけに「枯尾花」が象徴的である。金福寺は京都市左京区一乗寺才形町にあり、「芭蕉翁墓」は清田儋叟《きよたたんそう》撰文になる「祖翁之碑」（安永六年九月建立）であろう。季語は「枯尾花」。

待人《まちびと》の足音遠き落葉《おちば》哉《かな》

安永六年（一七七七）〔蕪村句集〕

さきほどから待ちくたびれていらいらしている。ときおり落葉の降る音が聞こえてくる。やがてその人らしい足音が聞こえてきたが、落葉を踏んで近づいてくるその足音は、まことにかすかで遠い感じがする、の意。近代感覚としては昼の景としたほうが新鮮であるが、当時の恋の句としてみればやはり夜とすべきであろう。ともかく人を待つ身の焦燥を微妙な感覚で表したこの句は、叙情詩としても逸品であり、落葉の持つ季題趣味からは完全に脱している。季語は「落葉」。

こがらしや何に世わたる家五軒

安永二年（一七七三）〔蕪村句集〕

こがらしの吹きすさぶあら野に、いったいこんなところで、何をなりわいとして世をわたっているのか、五軒の家がよりそうようにかたまっている、の意。「何に世わたる」はもともと生活に思いを及ぼす言葉だが、そこから、家々のたたずまいやあたりの風景に連想がひろがり、現実的なその言葉にも、一種の詩情が生ずる。季語は「こがらし」。

雪の暮鴫《しぎ》はもどつて居《ゐ》るやうな

〔蕪村句集〕

沼沢《しょうたく》のほとりに雪が降りつもった夕暮れのころ、鳥の羽音が聞こえる。さては雪の降り出したころに、どこかへ飛び立っていった鴫が、また戻ってきているようだ。もうあたりもだいぶ暗くなってきた。しんしんと雪の降る静かな時間の流れがある。「居るやうな」という口語調の中に、鴫に対する優しい気持が感じられる。季語は「雪の暮」。

霜百里舟《しう》中《ちゆう》に我《われ》月を領《りやう》す

〔蕪村句集〕

前書「几董《きとう》と浪華《なには》より帰《かへ》さ」。「帰さ」は「帰るさ」に同じ。夜舟はしんしんと冷えこんで、見渡すかぎりの野山は、月光の下にいちめんに霜がおりており、舟を追って月も雲間を走り、まるで自分が月を統率支配しているような気がしてくる。舟にいるはずの作者が、月光を伝って天上遥《はる》かにかけ上り、月のそのまた上に位置しているようである。季語は「霜」。

みどり子の頭巾眉深《ごづきんまぶか》きいとほしみ

〔蕪村句集〕

母親に背負われている幼児が寒さを避けるために頭巾をかぶっている。少し大きめの頭巾を目深《まぶか》くかぶっているため額も見えないほどであるが、頭巾の奥にぱっちりと開いた瞳《ひとみ》のかわいいこと、の意。「いとほしみ」といって「いとほしさ」としなかったのは、首尾に「み」を配して中七の「ま」に照応させる整調のためであろうし、また「いとほしむ」という動作の余情をとどめる表現効果が考慮されているとの解がよかろう。季語は「頭巾」。

葱買《ねぶかかう》て枯木《かれき》の中を帰りけり

〔蕪村句集〕

枯木林の中を一束の葱《ねぎ》をさげて帰ってくる。黄昏《たそがれ》も迫った弱い日の光を受けた寒林は、葱の白と緑の新鮮な色によって、よみがえったように生き生きとし、葱の香りもぷうんと鼻をついてくる。夕餉《ゆうげ》の膳《ぜん》が楽しみだ、の意。カ行音を主とした声調は、寒林の乾いた空気と淡白な心情を写し出している。季語は「葱」。

易《えき》水《すい》にねぶか流る、寒さかな

〔蕪村句集〕

「易水」は、中国河北省を流れる川。戦国時代、燕《えん》の荊軻《けいか》が秦《しん》の始皇帝《しこうてい》暗殺に旅立つにあたりそのほとりで「風蕭蕭《かぜせうせう》として易水寒し　壮士一たび去りて復還《またかへ》らず」（史記）と悲壮な詩を吟じたというが、今も易水には冷たい風が吹きわたり、ふと見ると川面に白い葱《ねぎ》が流れていて、いっそう寒さがきびしく感じられる。壮大な空想の世界に、身近な葱が流れているという面白さ。季語は「ねぶか」「寒さ」。

斧《をの》入《いれ》て香《か》におどろくや冬こだち

〔蕪村句集〕

葉を落としつくして、枯れてしまったのではないかという感じの一本の木の、ごつごつとした堅い幹に、力いっぱい斧をふりおろすと、木屑《きくず》が飛び散り、樹皮の下に白く生きている木が見えて、思いがけずみずみずしい木の香が立ちのぼり、驚いてしまった、の意。人《ひと》気《け》のない冬の疎林であろう。季語は「冬こだち」。

御火焚《おほたき》や霜うつくしき京の町

〔蕪村句集〕

前書「御火焚といふ題にて」。冬の朝、京の諸社や方々の家では、御火焚（陰暦十一月、神社で柴《しば》を積んで焚《た》く神事）というので、柴を積んで焚《た》いている。子供たちのにぎやかなはやし声が町々に響き、焚火《たきび》に映《は》えて霜がきらきらと美しく輝いている、との情景である。赤い炎と白い霜との色彩の対照がさえざえと美しい。季語は「御火焚」。

宿かせと刀投出《なげだ》す吹雪《ふぶき》哉《かな》

明和五年（一七六八）〔蕪村句集〕

吹雪の夜、表の戸をしきりにたたく音がする。けげんに思いながら家人が戸をあけると、雪まみれの一人の武士がころがりこむようにして入るなり、両刀をあがりがまちに投げ出し、一夜の宿を頼むと手をついている、の意。まるで舞台の一場面のような緊迫した情景であり、この浪人風の武士の身辺には何か異変を思わせるような薄気味悪ささえ感じられる。季語は「吹雪」。

俳詩

北寿老仙《ほくじゆらうせん》をいたむ

君あしたに去《さり》ぬゆふべのこゝろ千々《ちぢ》に
何《なん》ぞはるかなる
君をおもうて岡《をか》のべに行きつ遊ぶ
をかのべ何《なん》ぞかくかなしき
蒲公《たんぽぽ》の黄に薺《なづな》のしろう咲きたる
見る人ぞなき
雉子《きぎす》のあるかひたなきに鳴くを聞けば

友ありき河をへだてゝ住みにき
へげのけぶりのはと打ちちれば西吹く風の
はげしくて小竹原真《をざさはらま》すげはら
のがるべきかたぞなき
友ありき河をへだてゝ住みにきけふは
ほろゝともなかぬ
君あしたに去ぬゆふべのこゝろ千々に
何ぞはるかなる
我庵《わがいほ》のあみだ仏《ぶつ》ともし火もものせず
花もまゐらせずすご〳〵と彳《たたず》める今宵《こよひ》は
ことにたふとき

釈《しやく》 蕪村百拝書

〔いそのはな〕

北寿老仙《ほくじゅろうせん》をいたむ

君は今朝《けさ》、にわかにこの世を去ってしまった。一日を悲しみに沈みこんで、暮れおそい春の夕べ、心は千々《ちぢ》に乱れ、どうして君は遠い所に行ってしまったのかと思う。君を思いながら、君とともにそぞろ歩いた思い出の丘のあたりをさまよい歩く。いつもと変わらぬ丘のかたわらで、どうしてこんなに悲しいのか。

春の夕暮れの光の中で、たんぽぽは黄色に、なずなは白く咲いている。これを見たら君はきっと喜んだことだろうが、この小さな花を見るはずの君は、もうこの世にはいない。

雉子《きじ》がいるのか、ひたすらに鳴き出したのを聞いていると、次のようにいっている。私にも友がいて、川の向こうに棲《す》んでいた。

あるとき、猟銃の音とともに煙がぱっと散り、西風が激しく吹いて、笹《ささ》や菅《すげ》の生い茂る原で、その友はもうどこにも逃げる所がない。

川の向こうに棲んでいた友は銃に撃たれて命を落とし、今日はもうほろろとも鳴かない。

折も折とて、雉子の言葉が私の心にしみる。君は今朝、この世を去ってしまった。一日を悲しみの中に過ごして、暮れおそい春の夕べ、心は千々に乱れ、どうして君は遠い所に行ってしまったのだろう。

君が去ってしまった悲しみのあまり、何も手につかずに、私の草庵の阿弥陀仏《あみだぶつ》にともしびもさしあげず、花もお供えしないで、薄暗い中にしょんぼりとたたずんでいると、阿弥陀仏の姿が、ことに貴く思われる。

蕪村には、俳諧《はいかい》の形式に当てはまらない長編の詩が三篇ある。のびやかな和文体、あるいは発句体・漢詩体・和文体などを交えて構成したもので、類例のない優れた詩作品となっている。和詩・俳詩などと呼ばれてきているが、ここでは俳詩の呼称を用いて収める。

蕪村にとって巴人《はじん》門の先輩であった早見晋我《はやみしんが》は延享《えんきょう》二年（一七四五）正月二十八日、七十五歳で没し、その追悼の作がこの詩である。蕪村は時に三十歳であった。「北寿」は晋我の隠居号、「老仙」は蕪村が呈した尊敬の意の呼び名。晋我五十回忌の追善集として二世晋我（桃彦）が編んだ『いそのはな』（寛政五年〈一七九三〉刊）には、この詩を掲げて、その後に「庫《くら》のうちより見出《い》づるま丶、右にしるし侍《はべ》る」とある。

一茶名句集

春の部

三《さん》文《もん》が霞《かすみ》見にけり遠《とほ》眼《め》鏡《がね》

寛政二年（一七九〇）〔霞の碑〕

『寛政句帖《かんせいくちよう》』によると前書《まえがき》「白日登二湯台一」とあり、湯島天神《ゆしまてんじん》に遊んだ折の吟である。見晴しのいい台上からは、上野《うえの》・浅草《あさくさ》（いずれも東京都台東区）あたりまでが一望のもとに見わたされる。境内の茶店には遊覧客のために遠眼鏡が備えつけてあり、「三文」はその借り賃である。一茶も三文を投じて、霞の立ちこめた花のお江戸の春景色を楽しんだのであろうが、ことさらに「三文が霞」と断わったところに、いかにも一茶らしい算用癖と、皮肉な目がのぞいている。季語は「霞」。

見かぎりし古郷《こきやう》の山の桜哉《かな》

享和三年（一八〇三）〔享和句帖〕

題「黄鳥《くわうてう》」。『詩経《しきよう》』を俳訳した作である。句題の「黄鳥」という詩は、序によれば、宣王の徳なきをそしったもので、宣王 政《まつりごと》を失い、民心離反して、みな本国に帰らんことを思う意であるという。原詩には、「黄鳥」（高麗うぐいす）が無慈悲な人々に追われるさまを叙しているが、自分もまた江戸の人々から「椋鳥《むくどり》」（信濃者《しなのもの》をあざけっていう語）とさげすまれ、白い目で見られながら、肩身の狭い毎日を送っている。いったんは見限って出た故郷ではあるが、今ごろは山桜が咲き満ちて、駘蕩《たいとう》たる春色につつまれていることだろう。その故郷の春景色を見に帰りたいものだ、というのである。句題の「黄鳥」に山桜を配して、郷国の春景を点出したところは、なかなか巧みな俳諧《はいかい》手腕である。季語は「桜」。

又《また》ことし娑《しや》婆《ば》塞《ふさぎ》ぞよ草の家

文化三年（一八〇六）〔文化句帖〕

前書「遊民〳〵とかしこき人に叱《しか》られても、今更《いまさら》せんすべなく」。文化三年、四十四歳の歳旦吟で、また今年も、みすぼらしい草の家に住んで、世間の邪魔者になって過ごすことだ、という意。俳諧《はいかい》などという世の役にも立たぬものにたずさわり、人の情にすがって、転々と寄食生活を続ける身の上である。そういう余計者《よけいもの》としての自分を恥じながら、今さらどうすることもできぬ心の負い目を、やや自嘲《じちよう》気味に吐き出した句で、一茶の複雑な泣き笑いの表情がのぞいている。季語は「ことし」（新年）。

夕《ゆふ》燕《つばめ》我には翌《あす》のあてはなき

文化四年（一八〇七）〔文化句帖〕

夕闇《ゆうやみ》迫る軒端《のきば》に、白い腹をひるがえして、忙《せわ》しげに出つ入りつしている親燕。それを茫然《ぼうぜん》と見上げている一茶の顔。燕たちは巣に待つ子のために、休む間もなく飛びまわっているのに、自分は助け合うべき肉親もなく、人の家を転々としながら、明日のあてもない一日一日を送っている。「我には翌のあてはなき」からは、一茶の深いため息が聞こえてくる。
季語は「夕燕」。

花さくや目を縫《ぬは》れたる鳥の鳴《なく》

文化五年（一八〇八）〔文化句帖〕

花咲く春をよそに、鳥屋の床下などに閉じこめられているあわれな鳥たちを詠《よ》んだ句である。「目を縫れたる」は、飼いふとらせるために目を縫いつぶし、暗がりに身動きもできぬようにじっとさせているのであろう。哀憐《あいれん》をこえて、むしろ凄惨《せいさん》な感じさえする。そして、このいたましい鳥たちの背後に、人間の業《ごう》の深さといったものまでも見すえている。
季語は「花」。

白魚《しらうを》のどつと生《うま》る丶おぼろ哉《かな》

文化五年（一八〇八）〔文化句帖〕

朧夜《おぼろよ》の川底から、白魚の稚魚《ちぎょ》がひとかたまりとなって生まれ出るさまである。青い水中を無数の稚魚がきらきら光りながら、一団となって出現する。神秘的な生命の誕生である。朧夜の青い水の世界での生命の乱舞を描き、幻想的な美しささえ感じさせる句だ。薄明《はくめい》の浜辺に打ち上げられた白魚のほのかな白さも、この朧夜の水中での神秘なきらめきも、ともに印象詩としての鮮潔《せんけつ》な美しさを発揮している。一茶の秀吟の一つにかぞえてよい。季語は「白魚」「おぼろ」。

元日や我のみならぬ巣なし鳥

文化六年（一八〇九）〔真蹟《しんせき》〕

前文「同六年正月元日、夜酉《とり》の刻の比《ころ》（午後六時頃《ごろ》）、火もとは左内町《さないちやう》とかや、折から風はげしく、烟《けぶり》四方にひろがりて、三ケ日のはれに改めたる蔀《しとみ》・畳のたぐひ、千代をこめて餝《かざ》りなせる松竹にいたる迄、皆一時の灰燼《くわいぢん》とはなれりけり。されば人に家取られしおのれも、火に栖《すみか》焼かれし人も、ともにこの世の有さまなるべし」。文化六年、四十七歳の歳旦《さいたん》吟《ぎん》である。前年の歳末に葛飾《かつしか》の旧巣（本所相生町《ほんじよあいおいちよう》五丁目の借家）を追われた一茶は、やむなく成美《せいび》（江戸中期の俳人夏目成美。浅草蔵前《あさくさくらまえ》の札差《ふださし》で、一茶の庇護《ひご》者）の家の食客《しよつかく》となった。ところが、元日の夕刻に日本橋左内町から出火し、おりからの烈風に燃えひろがり、新年早々に多数の市民が焼け出された。その惨事を目前にして詠《よ》んだ句である。元日だというのに、宿なしになったのは、この自分だけではないのだ、という意で、借家を追い出された記憶もなまなましい一茶は、今また災禍に家を奪われた人々のことを思い、人生の転変の激しさに胸をつかれて、この句を詠んだのである。季語は「元日」(新年)。

斯《か》う活《いき》て居るも不思議ぞ花の陰

文化七年(一八一〇)〔七番日記〕

辛酸に満ちた半生をふり返り、今日まで命をつないで生きてきた不思議さに、深い感慨をもよおした句である。ああ今年もどうやら生きていて、こうして花咲く春にも会えたというような、安易な感傷的気分ではない。この句はもっと深い、心の深処《しんしょ》に触れている。咲きさかる花の陰にたたずんで、自分の存在の不思議さ、数奇な運命にもまれながら、今日まで生きつづけてきた自分の命の不思議さに胸をうたれ、思わず自分自身を見まわしているような句である。季語は「花」。

ゆさゆさと春が行《ゆく》ぞよのべの草

文化八年（一八一一）〔七番日記〕

晩春の一日、大利根《おおとね》（茨城県北相馬郡利根町）の堤上を散策しての吟であろう。すでに夏に近い日が川面《かわも》に照りわたり、対岸の丘陵の上に立つ雲の白さも夏めいている。河原に生い茂った草むらに風が吹きわたると、緑濃い草々がゆったりと波打って、その風とともに静かに春が立ち去ってゆくように感じられる、の意。「ゆさゆさ」は、風にゆすられる草むらの動態を鮮明にとらえており、この一語によって、風に波打ちながら、白い葉裏をひるがえしている草の輝きや、立ちのぼる草いきれまで感じられる。季節の推移を敏感にとらえた句。季語は「春行く」。

雪とけて村一ぱいの子ども哉《かな》

文化十一年（一八一四）〔七番日記〕

雪国の春は遅い。遊びざかりの子供たちにとっては、春はとりわけ待ちどおしい季節である。長い冬ごもりの生活に、屋内で息をひそめて暮らしていた子供たちが、雪解けとともに、いっせいに戸外に飛び出してきた光景である。暖かい日ざしをあびて、どの子も楽しそうな笑顔で、駆けまわり、声をあげる。「村一ぱい」という表現に、空にはね返るような子供らの喚声が聞こえてくる。春の訪れを、おもしろい角度からとらえ、雪国らしい郷土色もよく出ている。季語は「雪どけ」。

痩《やせ》蛙《がへる》まけるな一茶是《これ》に有《あり》

文化十三年（一八一六）〔七番日記〕

前書「蛙たゝかひ見にまかる、四月廿日也《なり》けり」。江戸在住時代の追憶吟らしい。前書にある「蛙たゝかひ」は、蛙が群れをなして生殖行為を営むことだが、一匹の雌《めす》をめぐって、雄《おす》同士の激しい争いがくりひろげられる。負けて押しのけられたやせ蛙を見て、「まけるな一茶是に有」と、軍談めかした諧謔《かいぎやく》調で声援を送っているのである。この句は、単なる弱きものへの同情といったようなものではない。江戸在住当時の、四十を過ぎてもまだ妻帯できず、この性の争闘に目を光らせている一茶の相貌《そうぼう》を思い浮かべるとよい。ことさらに諧謔調を弄《ろう》したところにも、一茶の屈折した心理が感じられる。季語は「蛙」。

どんど焼《やき》どんど、雪の降りにけり

文政元年（一八一八）〔七番日記〕

雪国の飾り焼きである。各戸から集めた松飾りを、村の広場などに積み上げて火をつける。降りかかる雪の中で、竹が音高くはぜ、火の粉が天高く舞い上がると、子供たちは「どんどやどんど」などとはやしたてる。ばらばらと天をつく火炎に、どんどん雪の降りかかるさまは、なかなかに迫力がある。「どんど焼」から「どんど」と続けた頭韻がよくきき、はずみ立つような気分が声調にも生かされている。季語は「どんど焼」（新年）。

つくばねの下《おり》る際《きは》也《なり》三《み》ケ《か》の月《つき》

文政元年（一八一八）〔七番日記〕

ゆっくりと舞い上がった羽根《はね》が、空の一点で一瞬静止し、やがてまたゆっくりと下りはじめる。その羽根の静止したあたりの空に、夕三日月が淡くかかっていたというのである。羽根の動きを追っていった視線が、一瞬ちらっと、その三日月の影をとらえたのである。「下る際也」は、まことにきわどい表現だが、一茶の鋭く切れ味のいい感覚を思わせる。

季語は「つくばね」（新年）。

春雨《はるさめ》やしたゝか銭《ぜに》の出た窓へ

文政元年（一八一八）〔七番日記〕

この窓は、ごっそり税金を取られた窓なのだ。だから、窓に降る春雨も、あだやおろそかに見過ごすことはできない、というのである。負け惜しみと恨みごとの交じった、苦い笑いの句である。「したゝか銭の出た窓」という言いかたに、憤懣《ふんまん》が吐き出されている。春雨を詠《よ》みながら、窓銭《まどせん》に着目しているところが、いかにも一茶らしい。季語は「春雨」。

目出度《めでた》さもちう位也《くらゐなり》おらが春

文政二年（一八一九）〔おらが春〕

前文「……おのれらは俗塵《ぞくぢん》に埋《うも》れて世渡る境界《きやうがい》ながら、鶴亀《つるかめ》にたぐへての祝ひ尽しも、厄《やく》払ひの口上《こうじやう》めきてそら〴〵しく思ふからに、から風の吹けばとぶ屑家《くづや》はくづ屋のあるべきやうに、門松《かどまつ》立てず煤《すす》はかず、雪の山路《やまじ》の曲《まが》り形《な》りに、ことしの春もあなた任せになんむかへける」。『おらが春』の巻頭にすえられた句で、世間並みに門松も立てず煤掃《すすは》きもせず、なんの用意もなしに迎える正月だが、いずれ先の見えている老いの身に、今さら鶴の亀のと祝ってみたところでどうなるものでもなし、めでたさといってもいい加減なもの、だからおのれの境涯にふさわしく、あるがままの姿で新年を迎えよう、というのである。「ちう位」は、中程度の意ではなく、いいかげん、どっちつかずの意の方言。この頃《ころ》は一茶の生涯でもっとも恵まれた時期であり、働き者の妻は元気で、長女さとはかわいい盛りであった。この句も、親子三人そろって、ともかくも無事に新年を迎えたという安堵《あんど》感と、そこから生まれた平安な心境にすぎず、いわゆる悟りの境地とはほど遠いが、いかにも凡人一茶にふさわしい自然法爾《じねんほうに》の安心境といえよう。季語は「おらが春」（新年）。

畠《はた》打《うち》や子が這《は》ひ歩くつくし原

文政二年（一八一九）〔八番日記〕

土筆《つくし》の生えている原に、子供を勝手に這いまわらせて、親は畑打ちに専念している。空には雲雀《ひばり》がさえずっていそうな、一見のどかな田園風景であるが、一茶はそこに、野趣というにはあまりにいたいたしい農耕の実態を見ているのであろう。畑打ち・畝立《うねた》て・種まきなど、忙しい農作業に追われて、子供を顧みる暇もない。季語は「畠打」「つくし」。

我と来て遊べや親のない雀《すずめ》

文政二年（一八一九）〔おらが春〕

前文「親のない子はどこでも知れる、爪《つめ》を咥《くは》へて門《かど》に立つ、と子どもらに唄《うた》はるゝも心細く、大かたの人交りもせずして、うらの畠に木・萱《かや》など積みたる片陰に蹲《かがま》りて、長《なが》の日をくらしぬ。我身ながらも哀也《あはれなり》けり」。巣から落ちて、親に離れて鳴いている子雀に、「我と来て遊べや」と呼びかけた作である。一茶は三歳で母に死別し、祖母の手で育てられたが、八歳のときに継母を迎え、それより継子《ままこ》としての不幸な日々が始まった。この句は、後年になって、その幼時のみじめな境遇を思いおこして詠《よ》んだ句である。季語は「雀の子」。

春風や侍《さむらひ》二人犬《いぬ》の供《とも》

文政三年（一八二〇）〔八番日記〕

春風の吹く市中を、犬を先頭にして、お犬番の武士二人があとからお供をしていく情景である。武士が犬の供をするという皮肉な矛盾相に着目した句である。風刺性はそれほど露骨ではなく、人も犬も駘蕩《たいとう》たる春風につつんで、一幅の戯画として描いてみせたところがおもしろい。季語は「春風」。

最《も》う一度せめて目を明け雑煮膳《ざふにぜん》

文政四年（一八二一）〔真蹟〕

前書「かがみ開きの餅祝ひして居《す》ゑたるが、いまだけぶりの立ちけるを」。正月十一日の鏡開きの日に、生後百日にも満たぬ次男石太郎は、ちょっとした不注意から、母の背で窒《ちっ》息《そく》死を遂げてしまった。一茶は「石太郎を悼《いた》む」の文を草し、その中ではげしく妻をののしり、石太郎の不慮の死を嘆き悲しんだ。この句は、石太郎の亡骸《なきがら》の前に鏡開きの雑煮膳をすえて、「最う一度せめて目を明け」と亡き子に呼びかけた形である。俳諧の枠《わく》を突き破ってほとばしり出た、なまなましい人間の叫びを聞く思いがする。季語は「雑煮膳」（新年）。

春立《たつ》や愚《ぐ》の上に又《また》愚にかへる

文政六年（一八二三）〔文政句帖〕

前文「……からき命を拾ひつゝ、くるしき月日おくるうちに、ふと諧々たる夷《ひな》ぶりの俳諧を囀《さへづ》りおぼゆ。（中略）よきにあしきに心をつかふ物から、今迄《まで》にともかくも成るべき身を、ふしぎにことし六十一の春を迎へるとは、実《げ》に〳〵盲亀《まうき》の浮木《ふぼく》に逢《あ》へるよろこびにまさりなん。されば無能無才も、なか〳〵齢《よはひ》を延ぶる薬になんありける」。文政六年、六十一歳の還暦を迎えた歳旦吟《さいたんぎん》である。還暦は本卦《ほんけ》返りともいい、生まれた年の干支《えと》に還《かえ》る意だが、それはまた本来の自分に還ることの意味でもあろう。六十年の生涯を回顧すると、「無能無才」でただ「夷ぶりの俳諧」をさえずるよりほかには能のない自分であった。そういう愚かな人間が還暦を迎えて、愚の上にさらにその愚に徹してゆこうとする感懐を述べたものである。自分の本性を見きわめて、その凡愚の境涯に徹底しようとする晩年の心境を十分にうかがうことができる。季語は「春立つ」。

夏の部

通し給へ蚊《か》蠅《はへ》の如《ごと》き僧一人

寛政四年（一七九二）〔寛政句帖〕

西国行脚《あんぎゃ》の途次、箱根の関所（神奈川県足柄下郡箱根町）にさしかかったときの吟。「通し給へ」は関所の役人に呼びかけた形で、「蚊蠅の如き」という、ことさらに自己を卑小化した表現に、早くも一茶調の原型が示されている。この種の自虐や自嘲《じちょう》は、ゆがんだ笑いを伴いがちだが、この句には、じめじめした暗い感じではなく、どこかからっとした明るいユーモアが感じられるのは、やはり一人旅の屈託のない気分を反映しているためであろう。季語は「蚊」「蠅」。

君が世や茂りの下の耶蘇仏《やそぼとけ》

寛政五年（一七九三）〔寛政句帖〕

九州行脚《あんぎゃ》中、隠れ切支丹《きりしたん》などに縁のある地方を旅したときの所見であろう。禁制も以前ほどきびしくなくなっていた時代とはいえ、夏木立の茂みの下にかいま見た異教の「耶蘇仏」（仏像に似せたマリア観音像など）に好奇の目をみはっているところに、九州の旅らしい気分が出ている。ただ上五に「君が世や」と冠し、これも治まった御代《みよ》のおかげだと安易にかたづけてしまったところに、この句の弱みがある。季語は「茂り」。

夏山や一足《ひとあし》づゝに海見ゆる

享和三年（一八〇三）〔享和句帖〕

木更津《きさらづ》（千葉県木更津市）に滞留中の作で、海に近い小高い山に登ったときの所見であろう。汗まみれになって山路を登りつめ、ようやく頂上近くなると、ひと足ごとに明るい夏の海が姿を現してくる。その輝くような青さとひろがり。信濃《しなの》の山村に育った一茶には、まさしくあこがれの海なのである。「一足づゝに海見ゆる」には、ひと足ごとにせりあが

―ってくる海への新鮮な驚きがある。季語は「夏山」。

宵越《よひごし》のとうふ明《あか》りや蚊《か》のさわぐ

享和三年（一八〇三）〔享和句帖〕

―昨夜からとっておいた豆腐が、小桶《こおけ》の中にでも入れて台所の片隅においてあるのであろう。その豆腐の明るさを慕って、蚊が鳴き群れているという情景である。明け方の薄暗がりの中に、豆腐がほの白く浮かび上がり、しじまを破る蚊の低い鳴き声も感じられる。月明り・星明りなどとはいうが、「とうふ明り」は一茶らしい奇抜な造語である。季語は「蚊」。

はいかいの地獄はそこか閑古鳥《かんこどり》

享和三年（一八〇三）〔享和句帖〕

―前書「越《こし》の立山《たてやま》にて」。実景に即して考えれば、閑古鳥（カッコウ）の声が響く立山（富山県東南にそびえる立山連峰）の山頂から、地獄谷のあたりを俯瞰《ふかん》しての句ととれる。しかし、立山は古くから山岳信仰の霊場として知られ、浄土山や地獄谷の名の示すように、登拝者《とうはいしゃ》による地獄・極楽《ごくらく》巡りなどが行われた。この句は、その地獄を「俳諧《はいかい》の地獄」に見立てたのである。好きではいりこんだのに、今はその俳諧地獄の闇《やみ》の中でもがいている。西国の旅から帰り、先師竹阿《ちくあ》の二六庵《にろくあん》（葛飾《かつしか》派の俳人二六庵竹阿）を名のってみたが、江戸の俳壇では通用しない。近国を巡回して食いつなぐ放浪生活の心細さ、父の死、先行きの不安等々が重苦しく押しかぶさって、閑古鳥の寂しい声にも、ただ気が滅入るばかり。このころの一茶の暗澹《あんたん》たる心境を思わせる句だ。季語は「閑古鳥」。

空《そら》豆《まめ》の花に追《おは》れて更衣《ころもがへ》

文化七年（一八一〇）〔七番日記〕

下総《しもうさ》（千葉県と茨城県の一部）行脚《あんぎゃ》中の作である。田園の旅のあいだに衣がえの季節を迎えた。道ばたに空豆の花が咲いている。小さな白い花の瞳《ひとみ》のような黒点が、葉陰からこちらを見つめている。まるでこの空豆の花に衣がえをせきたてられているような感じだ、というのである。童心の世界にかえったような楽しい句であり、こういうときの一茶の無垢《むく》な詩心には、目をみはるものがある。季語は「更衣」。

古郷《ふるさと》やよるも障《さはる》も茨《ばら》の花

文化七年（一八一〇）〔七番日記〕

前文「雨、辰刻《たつのこく》、柏原《かしはばら》に入る。小丸山（父の墓所）墓参。村長・誰《たれ》かれに逢《あ》ひて、我家に入る。きのふ心の占《うら》のごとく、素湯《さゆ》一つとも云《い》はざれば、そこそこにして出る」。遺産問題の折衝《せっしょう》のために、六十里（約二三六キロ）の道をはるばるやってきた一茶は、雨の中を柏原にはいり、亡父の墓参りをすませ、名主嘉左衛門をたずねた。扇面真蹟《しんせき》の文によると、かねて預けておいた亡父の遺言状を取りもどすためだったらしいが、嘉左衛門は紛糾を恐れて渡さず、一茶はやむなく遺言状なしでわが家の門をくぐった。ところが、継母や異母弟仙六たちはそ知らぬ顔で「素湯一つ」とも言わぬありさまなので、草鞋《わらじ》も解かずに、そこそこに家を出た。そのときの憤懣《ふんまん》をぶちまけたのがこの句である。故郷は、家族ばかりか、だれもかれも自分に敵意をもち、どちらを向いても棘《とげ》だらけだというので、家人や郷党《きょうとう》に対する憎しみが露骨に示されている。季語は「茨の花」。

いざいなん江戸は涼みもむつかしき

文化九年（一八一二）〔七番日記〕

奥信濃《おくしなの》の農村育ちの一茶は、江戸の生活や気風になじめるはずもなく、一方また、田舎者《いなかもの》としての引け目がたえず彼につきまとっていた。縁台に腰かけて夕涼みひとつするにしても、まわりの者に遠慮気がねをして、肩身の狭い思いをしなければならない。こんな気苦労なところは引きあげて、さっさと生まれ故郷へ帰ろうというのである。江戸生活に対する反感というよりは、むしろ敗北の歌という感が深い。一茶もすでに五十歳、寄る年波に安住の地を求める思いはいよいよせつなるものがあったのであろう。季語は「涼み」。

大の字に寝て涼しさよ淋《さみ》しさよ

文化十年（一八一三）〔七番日記〕

父の遺《のこ》した家屋敷を継母や異母弟仙六たちと折半して、一茶もようやく一家のあるじとなることができた。しかし、相も変わらず不自由な独身生活が続き、妻を迎えたのは翌年五十二歳のときである。一人暮しの気楽さに、だれに遠慮もいらず、大の字なりに寝てはみたものの、やがてたまらない寂寥《せきりょう》が、投げ出した足の先からじりじりと背筋に這《は》い上がってくる、という意。中七以下は二語を併置しただけで、ずいぶん思い切った表現であるが、詠嘆の「よ」が巧まずして脚韻を踏み、しかも下五にすえた「淋しさ」が一句全体に響き返って惻々《そくそく》としたわびしさを伝えてくる。季語は「涼しさ」。

人来たら蛙《かへる》となれよ冷《ひや》し瓜《うり》

文化十年（一八一三）〔七番日記〕

青地に縞《しま》模様のある甜瓜《まくわうり》は、殿様蛙《とのさまがえる》の背の縞を連想させる。冷たい水にぽっかり浮いている瓜に、「人が来たら、取って食べられないように、蛙になってしまえよ」と語りかけた句で、童話風の楽しさがある。この童心の世界は一茶の特色の一つにはちがいないが、この句の場合は『伊勢物語』の鬼一口《おにひとくち》の話なども発想に響いているようだ。季語は「冷し瓜」。

五《ご》十《じふ》聟《むこ》天窓《あたま》をかくす扇《あふぎ》かな

文化十一年（一八一四）〔真蹟《しんせき》〕

前文「五十年一日の安き日もなく、ことし春漸《やうや》く妻を迎へ、我身《わがみ》につもる老いを忘れて、凡夫の浅ましさに、初花に胡蝶《こてふ》の戯る丶が如く（中略）千代の小松と祝ひはやされて、行くすゑの幸有らん迚《とて》、隣々へ酒ふるまひて」。一茶は五十二歳で、はじめて年若い妻を迎えた。この句は、そのつつみきれぬ喜びを記した文章の末尾に添えられた句で、前文によると、結婚の披露に隣近所に酒をふるまいながら、挨拶《あいさつ》まわりをしたときの自画像である。行く先々でひやかされ、いたたまれず、白髪頭《しらがあたま》を扇で隠しながら、早々に辞し去る自分の姿を、戯画化した句である。「五十聟」という語には、ほろ苦いユーモアがただよっている。季語は「扇」。

涼風《すずかぜ》の曲《まが》りくねって来たりけり

文化十二年（一八一五）〔七番日記〕

前書「裏店《うらだな》に住居して」。江戸流寓《りゅうぐう》時代の回想であろう。自分の住む裏長屋一帯は、家並みも不ぞろいなので、涼風も曲がりくねって、やっとのことで、いちばん奥のわが家まで吹きこんでくる、というのである。おかしみといえばおかしみであるが、素直な笑いではない。やはり一茶らしい自嘲《じちょう》がのぞいている。しかし、「曲りくねつて」という吹く風の形容だけで、あたりの陋巷《ろうこう》のさままでも髣髴《ほうふつ》させる手腕は、さすがであり、無造作な詠《よ》みぶりのように見えて、実は隙《すき》のない表現となっている。季語は「涼風」。

はつ袷《あはせ》にくまれ盛《ざかり》にはやくなれ

文化十三年（一八一六）〔七番日記〕

前書「千太郎に申す」。文化十三年四月に長男千太郎が生まれ、その成長を祝った句である。初袷は、陰暦四月一日に冬衣を袷に着かえることだが、ここは赤子の初着を、初袷といったのであろう。五十四歳で初子《はつご》をもうけた一茶の喜びはひとしおであった。無事に育ってほしいという祈りが、「にくまれ盛にはやくなれ」という願望の形で、強く打ち出されている。このとき一茶の脳裡《のうり》には、成長したわが子の初袷姿が生き生きと思い描かれていたのであろう。しかし、この子も一か月たらずで夭折《ようせつ》してしまう。季語は「はつ袷」。

蕗《ふき》の葉にいわしを配《くば》る田植哉《かな》

文化十三年（一八一六）〔七番日記〕

柏原《かしわばら》あたりの田植の実景を詠《よ》んだものであろう。平常は魚など口にしない農家でも、田植の当日は労苦をねぎらうために、とくに「田植肴《たうえざかな》」を用意する。海に遠いこのあたりでは、むろん塩鰯《しおいわし》であるが、それでもめったに口にはいらない貴重品である。田植の昼餉《ひるげ》どきに、田の畔《くろ》に運びこまれた田植飯《たうえめし》を囲んで、にぎやかな食事が始まる。そして田植肴に用意した鰯が、蕗の葉にのせられて一座の人々に配られる情景である。季語は「蕗の葉」「田植」。

りん〳〵と凧《たこ》上《あが》りけり青《あを》田《た》原《はら》

文化十三年（一八一六）〔七番日記〕

凧は、俳諧《はいかい》では新年もしくは春の季語であるが、この句は、珍しく青田の上の夏空にあがった凧である。田植もすんで、はや黒みをおびるほどの青一色の田の面《も》に、さわやかな風が吹きわたり、出来秋《できあき》への期待で農民の胸はふくらんでいる。空には風をいっぱいに受け、凧がりんりんとあがっている。「りん〳〵」という音調がこころよく、農村の充実した気分が、引きしまった声調のなかに詠《よ》みとられている。季語は「青田原」。

ざぶ〳〵と白壁洗ふわか葉《ば》哉《かな》

文政元年（一八一八）〔七番日記〕

「白壁」は、民家の土蔵などであろう。そのそばに、新緑におおわれた樹木がある。風が吹くたびに樹身《じゆしん》が重く揺れて、若葉が壁面をなでる。それがくりかえされるのである。「ざぶ〳〵」という重い音感の反復によって、若葉の量感を十分に感じさせる。白壁と新緑との色彩の対照も鮮明で、「洗ふ」という語もよくはたらいている。郷村風景を新鮮な感覚でとらえた句であり、佳吟にかぞえてよい。季語は「わか葉」。

笠《かさ》の蠅《はへ》我より先へかけ入《いり》ぬ

文政二年（一八一九）〔八番日記〕

前書「帰庵」（旅から帰る）。旅笠にとまっていた蠅が、わが家の前まで来ると、自分より先に門口《かどぐち》へ駆けこんだ、というのである。「かけ入ぬ」という急迫調が、そのときの心はやりをよく表している。家には妻と、かわいい盛りの長女さとが、一茶の帰りを待っていた。その妻子にひかれるいそいそとした気持を、蠅に託して詠《よ》んでいるところがおもしろい。季語は「蠅」。

寝並んで遠《とほ》夕《ゆふ》立《だち》の評議哉《かな》

文政二年（一八一九）〔おらが春〕

夕立模様になって、涼しい風が吹きだし、遠くの空には雨雲がたれ、電光がひらめいている。薄縁《うすべり》を敷いて寝そべっている男たちが、頬杖《ほおづえ》をつきながら、のんびりと、その遠夕立の品定めをしている情景である。たわいもない話し合いに、「評議」などという誇張的表現を用いたところにユーモアがただよい、また、言外に見わたしの広さを感じさせるところもおもしろい。季語は「遠夕立」。

麦《むぎ》秋《あき》や子を負《おひ》ながらいわし売《うり》

文政二年（一八一九）〔おらが春〕

前書「越後女《ゑちごをんな》、旅かけて商ひする哀れさを」。海に遠い柏原《かしわばら》あたりでは、魚類や海産物は、越後女が行商で売りに来た。見わたすかぎり黄に熟した麦畑の中のほこりっぽい道を、旅姿をした鰯売《いわしう》りの女がやってくる。重い荷をたずさえたうえに、背には赤子がくくりつけられている。生活苦に耐えて生きぬくその女の姿に、一茶のあたたかいまなざしが注がれている。季語は「麦秋」。

蟻《あり》の道《みち》雲の峰よりつゞきけん

文政二年（一八一九）〔おらが春〕

はるか地平の果てに、ぽつりと白い入道雲。えんえんと続く黒い蟻の列。しかもこの句では、入道雲は小さく遠景に押しやられ、その画面のいちばん奥から出てきた蟻の列が、しだいに拡大されて、前面に大きくせり上がってくる。シネマスコープの一画面でも見るような、奇妙な立体感がある。この特異な感覚的把握と大胆な表現とは、俳句技法の上に斬《ざん》新《しん》な視角を持ち込んだものとして、注目に値する。季語は「蟻」「雲の峰」。

蚊《か》屋《や》つりて喰《くひ》に出る也《なり》夕《ゆふ》茶《ちゃ》漬《づけ》

文政三年（一八二〇）〔八番日記〕

江戸流寓《りゅうぐう》時代を回想した作であろう。その当時は、ただつらくわびしく思われた独身生活も、時・所を隔ててふり返ってみれば、またのんきで気楽なところもあった。この句は、宵のうちに蚊帳《かや》をつって、散歩がてら、ぶらりと町に茶漬飯《めし》を食いに出るところで、市井《しせい》に暮らす一庶民の気安さが、明るい調子で詠《よ》み出されている。この頃《ころ》、子供が生れるの死ぬのと、つぶさに家庭苦を味わっていた一茶は、ときにはこんなふうに、独身時代の気楽さを回想することもあったのであろう。季語は「蚊屋」。

行々《ぎやうぎやう》し大河《たいが》はしんと流れけり

文政五年（一八二二）〔文政句帖〕

葦《あし》などが密生した大河のほとりである。あちこちで、けたたましく仰仰子《ぎょうぎょうし》（ヨシキリ）が鳴きたてているなかに、大河は音もなく流れている。夏の真昼どき、よしきりのかしましさが、逆に大河の沈黙を深く感じさせる。「大河はしんと」に、無気味なまでの静謐《せいひつ》感がある。自然への観入《かんにゅう》の深さを思わせる句である。季語は「行々し」。

涼風《すずかぜ》や何喰《く》はせても二人前

文政五年（一八二二）〔文政句帖〕

前書「菊女祝」。文政五年の三月十日、三男金三郎が生まれた。産後の菊女は、六月十七日に痛風《つうふう》を起こして病臥《びょうが》したが、七月にはいって回復、おおいに食欲も出てきた。それを祝った句である。涼風が立って、妻もすっかりよくなった。赤子に乳を飲ませているだけあって、何を食わせても二人前だ、と興じたのである。妻に対する愛情の表現が、いかにも一茶らしい。季語は「涼風」。

やけ土《つち》のほかりほかりや蚤《のみ》さわぐ

文政十年（一八二七）〔春耕《しゅんこう》宛書簡〕

前書「土蔵《どぞう》住居して」。文政十年閏《うるう》六月一日、柏原《かしわばら》に大火が起こり、一茶の家も類焼して、妊娠中の三度目の妻やをを女とともに、とりあえず焼け残りの土蔵に移り住み、雨露をしのいだ。茅葺《かやぶ》き荒壁造り、「一茶終焉《しゅうえん》の土蔵」とよばれるものである。焼け出されて、不潔な仮住居《かりずまい》を余儀なくされている土蔵の中、焼け跡のぬくもりもさめきらない土間《どま》で、蚤ど

――もが騒ぎはじめるさまを詠《よ》んだものである。「ほかり〳〵」に悽愴《せいそう》味があり、薄暗い土蔵暮らしのうっとうしさを感じさせる。季語は「蚤」。

秋の部

今《いま》迄《まで》は踏《ふま》れて居たに花野かな

寛政二年（一七九〇）〔秋顔子《しゅうがんし》〕

――初期の葛飾《かつしか》派時代の作である。今まではただの雑草として、人に踏まれるばかりだったのに、それがまるで嘘《うそ》のように、秋草の花の咲き乱れる美しい野となった、という意。「花野」から、秋の花咲く野のひろがりが目に浮かぶが、句の力点はむしろ「踏れて居たに」にあると見たい。そこから、今までは雑草のように踏みつけにされていたおれだが、やがて時が来ればみごとにひと花咲かせてやるぞ、といった寓意《ぐうい》も生まれ、青年俳人一茶の意気ごみを吐露《とろ》した句となる。季語は「花野」。

よりかゝる度《たび》に冷《ひや》つく柱哉《かな》

享和三年（一八〇三）〔享和句帖〕

前書「搔レ首踟躕」。『詩経』の「静女」の詩句「静女其れ姝《かほよ》し　我を城隅に俟《ま》つ　愛すれども見えず　首《かうべ》を搔《か》いて踟躕《ちちゆう》す」（愛する女と待ち合わせの約束をしたのに、女は姿を見せず、頭をかきながら、なおその場を立ち去りかねる）から題をとった作だが、一茶は原詩の詩境を自己の境涯に転じ、旅寓《りよぐう》のわびしさを詠《よ》んだのである。江戸の生活に窮すると、いつも常陸《ひたち》（茨城県）や下総《しもうさ》（千葉県と茨城県の一部）方面へ行脚《あんぎや》に出かけ、このときも下総布川《ふかわ》（茨城県北相馬郡利根町）の知人の家に寄寓中であった。多くは招かれざる客としてであり、たびかさなれば、その家の妻女などから冷たく扱われる。柱に身を寄せるとそのたびに柱までひやりとした感触でこたえるのである。寄食生活のうしろめたさを、かみしめているような句だ。季語は「冷つく」。

木つゝきの死ねとて敲《たた》く柱哉《かな》

文化二年（一八〇五）〔文化句帖〕

啄木鳥《きつつき》がこつこつと木をつつく音を聞くと、秋の寂寥《せきりょう》が深く身に迫る思いがする。この句は、古い朽ちかけた寺の柱などをつついている音に耳を傾けながら、ふと心の一隅をかすめる死の思いを詠《よ》み出したものである。この頃《ころ》の一茶は、父の死と肉親の離反、俳諧《はいかい》の道のけわしさ、そして胸をかむ孤独と貧困など、生活的にも内面的にも、もっとも苦悩に満ちた時期であった。そういう生きがたい現実のなかで、彼がふと死の声を心の奥で聞いたとしても、不思議ではない。季語は「木つゝき」。

秋風や家さへ持たぬ大男

文化二年（一八〇五）〔文化句帖〕

人の家を転々と泊まり歩きながら、他郷に流離している身には、秋風がことさら身にしみるのである。すでに四十を過ぎた大の男が、安んじて身を置く所もなく、秋風に吹きなぶられているわびしさが、切々と迫ってくる。この頃《ころ》、一茶は、江戸では本所相生町《ほんじょあいおいちょう》五丁目（東京都墨田区緑）あたりに仮寓《かぐう》していたが、それも自分の持ち家ではなく、しばらく留守にすると、ほかに転貸されてしまうような、頼りない借家であった。郷里にも帰るべき家はなく「家さへ持たぬ」は、いつわらぬ実感であったろう。季語は「秋風」。

秋風や仏に近き年の程《ほど》

文化五年（一八〇八）〔日記断篇〕

故郷で祖母の三十三回忌の取越《とりこし》法要を営んだときの作である。おりしも初秋であり、故郷の山河を吹きわたる風にも、ようやく秋の気配が感じられる。三歳のときから、母代りに自分を育ててくれた祖母であったが、思えば、亡き祖母の年齢に自分もいつしか近くなった、というのである。祖母の没年は六十六歳、このとき一茶は四十六歳で、実際には隔たりがあるが、吹きめぐる「秋風」の中で亡き祖母への深い慕情は、「仏に近き」と言わずにはいられないものがあったのであろう。季語は「秋風」。

田の雁《かり》や里《さと》の人数《にんず》はけふもへる

文化八年（一八一一）〔七番日記〕

信濃国《しなののくに》（長野県）は昔から出稼《でかせ》ぎの本場であった。めっきり寒くなり、刈田に雁がおりる頃《ころ》、そろそろ冷たい雪がちらつきはじめる。男たちは仕事を求めて、二人三人と村を去ってゆく。北の空から雁が続々と渡ってきて、田の面《も》がにぎやかになるのにひきかえ、里の人数は日に日に減ってゆくのである。あとに残されて、これから長い冬を過ごさねばならぬ家族たちの心細さも、言外に感じられる。季語は「雁」。

有明《ありあけ》や浅間《あさま》の霧が膳《ぜん》をはふ

文化九年（一八一二）〔七番日記〕

軽井沢の旅宿の一室である。有明の月が、まだ空に淡く消え残っている早暁、早立ちの膳につく。浅間の山すそからわく霧が、あけ放した窓から煙のように舞いこんできて、膳のあたりに低くまといつく。膳のわきには、すでに用意されてある振分け荷物や笠《かさ》。さわやかな朝立ちの気分である。「有明」といって時刻を表し、「浅間」で背景を、「膳」で場所を示し、「はふ」という一語で情景を躍如とさせているところは、寸分の隙《すき》もない叙法である。とくに「はふ」の一語は、霧の動態を的確にとらえている。季語は「有明」「霧」。

うつくしやせうじの穴の天《あま》の川《がは》

文化十年（一八一三）〔七番日記〕

かなの釘《くぎ》のやうな手足を秋の風

文化十年（一八一三）〔志多良《しだら》〕

善光寺町（長野市）の門人宅に病臥《びょうが》中、今宵七夕《こよいたなばた》を迎えた。幸い病苦もようやく峠をこし、病床のつれづれに障子の破れ穴をのぞくと、その穴から天の川が見える。寝たままでしみじみ眺めるその天の川の美しさ。障子の穴を額縁《がくぶち》にして、そこからのぞかれる小宇宙の深さ、美しさに驚きかつ興じた句である。なお、障子の歴史的仮名遣いは「しやうじ」。季語は「天の川」。

前文「桂好亭（善光寺門前の門人上原文路宅）にわづらふこと七十五日にして、九月五日といふに筇《つゑ》にすがりて、霜がれの虫の這《は》ふやうに、二足三脚歩きては一息つき、四足七脚運びては臑《すね》をさすりて、一里ばかりの道、吉田（長野市吉田）といふ所に到れば、白鳥山（長野市篠ノ井の康楽寺）の午《うま》の鐘つくころになんありける……」。病ようやく癒《い》えて、善光寺町から長沼《ながぬま》（長野市大字穂保・赤沼一帯）へおもむく途中吟である。やせ衰えた病軀《びょうく》を秋風に吹きなぶられながら、蹌踉《そうろう》と足を運ぶ一茶の姿が目に見えるようだ。「かな釘のやうな」という形容が、いかにも一茶らしく、鮮烈な印象を与える。画像などを見ると、

――横ぶとりのがっしりした体格で、手足なども大きく骨太《ほねぶと》であったらしい。それだけに、大患後のこの衰弱ぶりが、いっそういたましく感じられる。季語は「秋の風」。

青空に指で字をかく秋の暮

文化十一年（一八一四）〔七番日記〕

――晩秋の深く澄んだ空は、言いようのない空虚感を感じさせるものだ。その空に向かって書く指文字も、すぐに消えてゆく。すべてが虚空《こくう》に吸い取られてゆくようなむなしさ。近代に通じるようなこの句の新しさに、目をみはる思いがする。一茶の異色作である。季語は「秋の暮」。

木《き》曾《そ》山《やま》に流《ながれ》入《いり》けり天《あま》の川《がは》

文政元年（一八一八）〔七番日記〕

――北信濃《きたしなの》の小高いところに立つと、西天に北アルプスの峻峰《しゅんぽう》が連なり、左端にやや離れて、木曾山塊が望まれる。この句では、とくに木曾山だけがぐっと拡大され、天の川の一端がその山中に流れこんでいる情景である。檜《ひのき》でおおわれた木曾の山々は、みるからに沈鬱《ちんうつ》な山相を呈しているが、そのくろぐろとした木曾山中に流れこむ天の川の白さ。しんしんとふけてゆく夜空の寂寥《せきりよう》感が、重く胸にこたえてくる。一茶の秀吟の一つ。季語は「天の川」。

秋風やむしりたがりし赤い花

文政二年（一八一九）〔おらが春〕

前書「さと女卅五日墓」。最愛の長女さとを疱瘡《とうそう》で失い、その墓参の句である。路傍《ろぼう》の赤い花が、秋風の中に揺れている。死んだ子がよく目をつけて、むしりたがった花だ。その赤さが目に痛く、一茶の嗚咽《おえつ》を誘うのである。ただ、「赤い花」とだけいい、その名をあげなかったことにより、かえって印象を鮮明にしている。『文政版一茶句集』には、中七を「むしり残りの」と改めてあるが、やはり原案のほうが切実な響きを伝える。季語は「秋風」。

仰《あふ》のけに落《おち》て鳴《なき》けり秋のせみ

文政三年（一八二〇）〔八番日記〕

真夏の蟬《せみ》は礫《つぶて》のように飛び、鳴き声も力にあふれているが、秋の蟬は近づく冷気に声も弱り、動作も鈍くなる。これは、とまろうとして木から落ち、地上に仰のけになってもがいている秋の蟬である。「鳴けり」は、起き返ろうとしてもがきながら、じ、じ、じ、じ、と力なく鳴いていているさまであろう。季語は「秋のせみ」。

ちる芒《すすき》寒くなるのが目にみゆる

文政六年（一八二三）〔寂砂子集《さびすなご》〕

山国を秋は駆け足で通り過ぎる。野も山も一面に埋めた白銀《しろがね》のすすきが、秋風に激しくなびいていたかと思うと、やがてその穂が白くほおけて、風に散りはじめる。いよいよ寒い冬の前ぶれである。「寒くなるのが目に見ゆる」は、すすきの散るにつれて、寒さが一日一日と迫ってくるのが目に見えるようだ、というのである。この年、一茶は六十一歳。五月に妻に死なれ、中風病《ちゆうぶう》みの足もともあぶなかった。老年の心に忍びよる寒さも含めて、

―寂寥《せきりょう》の響きが迫るような句である。季語は「芒」。

小《こ》言《ごと》いふ相手もあらばけふの月

文政六年（一八二三）〔文政句帖〕

―中秋の名月を仰いで、妻を失った嘆きを詠《よ》み出した句である。文政六年五月、一年ほど体調がすぐれなかった妻菊女が逝《い》った。しっかり者で、自分が小言を言うと、負けずに言い返す口やかましい妻だったが、死なれてみると寂しさが身にこたえる、というのである。「相手もあらば」という嘆息に、夜空の月を眺めながら、独りの寂しさをじっとかみしめている一茶の心がにじみ出ている。季語は「けふの月」。

淋《さみ》しさに飯《めし》をくふ也《なり》秋の風

文政八年（一八二五）〔文政句帖〕

―文政八年は、妻も子もない孤独な生活が続き、この句にも、その境涯のわびしさが惻々《そくそく》と

――迫ってくるものがある。夏を送り秋を迎えたが、一人きりで、なんのあてもない日々を送っている。このやりきれない寂しさを、飯でも食ってまぎらわせようというのである。凡俗人一茶の、その寂しさの底をついたような句である。秋風に洗われながら、黙々と飯を食う、このいいようのない空虚感は、切実な響きを伝える。季語は「秋の風」。

冬の部

炉のはたやよべの笑ひがいとまごひ

寛政十一年（一七九九）〔真蹟《しんせき》〕

――三月の末、北陸の旅を志す一茶としばしの別れを惜しみ、その門出《かどで》を見送ってくれた立砂《りゅうさ》（栢日庵《はくじつあん》立砂。馬橋《まばし》〈千葉県松戸市〉の豪家で一茶の庇護《ひご》者）であったが、十一月、ふたたび馬橋を訪れてみると、立砂は重病の床にあって、一茶に見守られながら息を引き取った。これはその追悼文「挽歌《ばんか》」の末尾に記された句である。炉ばたに床をのべて寝たままの立砂が、昨夜は笑みを浮かべながら、自分との再会を喜んでくれたが、その笑顔が今生《こんじょう》の暇乞《いとまご》いになってしまったという意で、故人への親愛感がしみじみと吐露《とろ》されている。季語は「炉」。

三度《さんど》くふ旅もつたいな時雨雲《しぐれぐも》

享和三年（一八〇三）〔享和句帖〕

前書「けふ一かたけたらへざりしさへ、かなしく思ひ侍《はべ》るに、古《いにし》へ翁の漂泊《ひょうはく》、かゝる事日々なるべし」。旅中に芭蕉忌《ばしょうき》を迎え、祖翁の漂泊の昔をしのんで詠んだ句である。こうして旅先で人のやっかいになりながら、どうやら三度の食にこと欠かずにいられるのも、昔の芭蕉翁のきびしい旅を思うと、それさえもったいない気がする、というのである。真意は、旅にやせた芭蕉の姿を思い浮かべ、それを心のささえにして、放浪の生活に耐えようという気持なのであろう。芭蕉忌は時雨降る頃《ころ》で、時雨忌とも呼ばれる。季語は「時雨」。

ゆで汁《じる》のけぶる垣根《かきね》やみぞれふる

享和三年（一八〇三）〔享和句帖〕

みすぼらしい家並みのたてこんだ、市井《しせい》の一隅であろう。冷たい霙《みぞれ》の降る中を行くと、垣根ごしに、あたたかいゆで汁のにおいがただよってくる。台所口から流れ出た、大根か菜などの煮汁であろうか。夕餉《ゆうげ》の団欒《だんらん》を思わせる。その湯気やにおいが、一茶の心をとらえたのである。この頃《ころ》、一茶は、江戸も場末の本所《ほんじょ》五ツ目大島《おおじま》（江東区大島）に住んでいた。そのあたりの庶民生活のひとこまが、しみじみとした情感をたたえて詠《よ》まれている句である。季語は「みぞれ」。

初霜や茎《くき》の歯ぎれも去年迄《まで》

享和三年（一八〇三）〔文化句帖〕

「茎」は、茎漬《くきづけ》（かぶや大根の茎や葉を塩または麴《こうじ》で漬けたもの）。そのあざやかな緑と歯切れのよさが喜ばれる。初霜のおりる頃《ころ》に食べ頃となるのだが、今年はめっきり歯が悪くなって、その茎漬も、歯切れよくかみ切ることができなくなった、というのである。一茶はもともと頑健な体軀《たいく》の持ち主であったが、若い頃から歯の質が悪く、いよいよ茎漬も味わえなくなったという嘆息である。この句は四十四歳の作であるが、この頃から体の衰えを嘆く句がめっきり多くなる。季語は「初霜」。

心からしなの、雪に降られけり

文化四年（一八〇七）〔文化句帖〕

はるばるやってきた故郷で、家人や村人に冷遇され、柏原《かしわばら》を去るときの吟である。冷たい目に追われて、故郷を出ていこうとする一茶には、古郷人《ふるさとびと》の心をそのままに、降りかかる雪さえも非情に冷たく、自分を心の底から冷えきらせるように感じられたのであろう。「心から」と思い迫った表現に、降りかかる雪の中で、身も心も凍りついたような暗澹《あんたん》とした心境が詠《よ》まれている。この故郷の雪に心の底まで冷えきって、滞在わずか四日で、一茶は江戸へ舞いもどったのである。季語は「雪」。

是《これ》がまあつひの栖《すみか》か雪五尺

文化九年（一八一二）〔七番日記〕

長年執念を燃やしつづけてきた故郷を、わが終焉《しゅうえん》の地として、改めて深い雪の中に見直している沈痛な感慨である。『七番日記《しちばんにっき》』の冒頭には、「安永《あんえい》六年（一七七七）より旧里を出《い》でて漂泊《へうはく》卅六年也《なり》。……千辛万苦《せんしんばんく》して一日も心楽しむことなく、已《おのれ》を知らずしてつひに白《はく》頭《とう》の翁《おきな》となる（原漢文）」と記されている。その長い漂泊の果てにたどりついた「つひの栖」なのである。しかし今、眼前に見る五尺（約一五一チセン）の雪、この雪の中で自分のこれからの余生は過ごされるのかと思うと、深いため息が腹の底からわいてくる。柏原《かしわばら》は有数の豪雪地帯であり、半年は雪に埋もれるきびしい生活が待ち受けているのである。季語は「雪」。

雪ちるやきのふは見えぬ借家《しゃくや》札《ふだ》

文化十年（一八一三）〔七番日記〕

一今も昔も変わりなく、「借家札」は変動の激しい都市生活の表象である。雪がちらつく中を、歩きなれた町筋を通りながら、ふと気がつくと確かに昨日までは人が住んでいたはずの小家に、借家札が斜めに貼《は》られて、人気《ひとけ》のない空家になっている。生活に困って、一夜のうちにどこかへ移っていったのであろう。都市生活のきびしさに胸をつかれる思いで、軒先《のきさき》に散る雪を見上げているところである。「雪ちるや」が心に忍びよる寒さまでも巧みに表現している。季語は「雪」。

霜がれや米くれろ迚《とて》鳴《なく》雀《すずめ》

文化十三年（一八一六）〔七番日記〕

前書「随斎旧迹《ずいさいきうせき》」。亡き成美《せいび》（江戸中期の俳人夏目成美。浅草蔵前《あさくさくらまえ》の札差《ふださし》で、一茶の庇護《ひご》者。号、随斎）の旧居を訪れると、霜枯れの門前に、雀が鳴きながら餌《え》をあさっている。鳴いて米をねだっているようなその雀の姿は、困窮時代にたびたび米銭を恵んでもらった一茶自身の姿にほかならない。門前の雀に、かつての自分を思いおこし、そこから在りし日の成美の面影をなつかしんでいるところに、一茶らしい哀悼の情がよく表れている。季語は「霜がれ」。

雪車《そり》負《おう》て坂を上《のぼ》るや小さい子

文政元年（一八一八）〔七番日記〕

橇《そり》に乗って坂を滑って遊んでいる子供であろう。滑りおりると、またその橇を背に負って、息をはずませながらのぼってゆく。頬《ほお》を真っ赤にして、雪沓《ゆきぐつ》を踏みしめ、一歩一歩のぼってゆく姿が目に見えるようだ。その「小さい子」の元気な姿を、一茶の微笑がつつんでいる。季語は「雪車」。

椋《むく》鳥《どり》と人に呼《よば》る、寒《さむさ》哉《かな》

文政二年（一八一九）〔八番日記〕

前書「江戸道中」。「椋鳥」とは江戸へ出稼《でかせ》ぎに来る信濃《しなの》者の蔑称《べっしょう》で、川柳にも多く詠《よ》まれている。中仙道《なかせんどう》を通って江戸へ行こうとしているのだが、江戸入りすれば椋鳥がやってきたと江戸の人々に揶揄《やゆ》されることだろうと思うと、背筋のあたりがうそ寒く、足も進まない、という意。長い江戸生活のあいだ、江戸人の蔑視《べつし》に耐えぬいた苦い思いは、一茶の胸に深く刻まれていたのであろう。今その思いを改めて反芻《はんすう》しているのである。季語は「寒さ」。

雪ちるやおどけも言へぬ信濃空《しなのぞら》

文政二年（一八一九）〔八番日記〕

寒さも日ましにつのって、山から吹きおろす風にちらちらと雪が散りはじめる。いよいよ冬の到来である。これからのきびしい雪との戦いが、人々の心を重く圧してくる。半年を深い雪に閉ざされて過ごさねばならぬ人々にとって、雪は風流どころか恐るべき生活への重圧なのだ。冗談も言えぬくらいに、鉛色《なまりいろ》の空が重苦しくおおいかぶさってくるのである。季語は「雪」。

づぶ濡《ぬれ》の大名を見る炬燵《こたつ》哉《かな》

文政三年（一八二〇）〔八番日記〕

柏原《かしわばら》は、古く慶長十六年（一六一一）、北国《ほっこく》街道の大改修に際して、宿駅《しゅくえき》の指定を受け、旧幕時代には、加賀侯参勤交代の宿営本陣としてにぎわった。この句は、雨の日の大名行列をやや皮肉な目でとらえたもので、先箱《さきばこ》・先槍《さきやり》・弓・鉄砲を従え、先払いがいかめしく制止の声をかけても、雨にたたかれてさっぱり気勢もあがらない。その気の毒な行列を、街道筋の家で炬燵にあたりながら、障子のすきまなどからのぞき見しているところである。発想といい、手法といい、川柳に近い。ただし、新資料『一茶園月並《いっさえんつきなみ》』裏書（長野県上田市向源寺蔵）によると、この句の前書は金沢・程ケ谷《ほどがや》・戸塚《とつか》（いずれも神奈川県横浜市内）と三転し、むしろ東海道を行く大名行列を想定して詠《よ》んだものらしい。季語は「炬燵」。

人誹《そし》る会が立《たつ》なり冬《ふゆ》籠《ごもり》

文政六年（一八二三）〔文政句帖〕

いよいよ冬ごもりの生活が始まると、炉ばたや炬燵《こたつ》のまわりなど、火の気のある所に人の寄り集まることが多くなる。しかし、話題に乏しい山村では、結局他人の噂話《うわさばなし》でもするほかはなく、その場にいない者の悪口をあれこれと言い合うことに熱中する。雪に閉じこめられた人々は、そこに抑圧された気分のはけ口を求めようとするのである。雪国の陰鬱《いんうつ》な生活と、村民たちの底意地の悪い陰湿な性情を、皮肉な目でとらえた句である。季語は「冬籠」。

雑の部

月花や四十九年のむだ歩き

文化八年（一八一一）〔七番日記〕

月の花のと、なんの足しにもならぬ俳諧《はいかい》などを弄《もてあそ》んで、四十九年の人生をうかうかと過ごしてしまった、というふうに一応は解されよう。だが、この「むだ歩き」という自嘲《じちょう》めいた語には、痛切な自責や悔恨の情がこめられている。一茶はここで、俳諧そのものを否定しているわけではない。ありきたりの花月趣味に安住して、月よ花よと浮かれ騒ぐ似而非《えせ》風流にあきあきしたのである。そういう世間並みの風雅に、うかうかとのせられてきた無意味さを思い知ったのだ。俳諧一途《いちず》に歩んできて、ふとおのれに目ざめたときの、心の中を吹き抜けてゆく冷たい風のようなものが、この句からは感じられる。無季。

亡《なき》母や海見る度《たび》に見る度に

文化九年（一八一二）〔七番日記〕

三歳で母に死別してから、母の愛というものを知らずに育った一茶であるが、こうして海を眺めるたびに、その限りなくひろがる豊かさ、やわらかく、そして大きく自分をつつみこんでくれるような海の感触が、亡き母を憶《おも》わせるというのであろう。「海見る度に見る度に」というくりかえしに、おさえきれぬ慕情があふれている。無季。

解説

俳諧の歴史

俳諧《はいかい》は、遠く和歌からはじまって連歌《れんが》を経て、江戸時代に文芸として隆盛を極めると言える。そのことをもう少し詳しく見ていこう。

平安時代には、遊戯的に和歌の上・下句を二人で互いに詠《よ》み合って一首とする、短連歌《たんれんが》というものが盛んに行われていた。これが連歌の始まりであった。それに対して、五七五に七七を付け、さらに五七五を付けていくということを、三十六、五十、百、千と長く続けていくのを長連歌《ちょうれんが》と言い、こちらは室町時代に盛んになる。宗祇《そうぎ》や二条良基《にじょうよしもと》ら優れた連歌師が登場して、文学的な価値も高まった。さらに室町末期に至ると、俗語を使用して滑稽《こっけい》さを志向しようとする「俳諧の連歌」が行われる。その第一句目、すなわち発句《ほっく》に独立した価値が広く認められるようになるのは、江戸時代以降である。

江戸時代初頭には、松永貞徳《まつながていとく》（一五七一～一六五三）が主導した、縁語《えんご》・掛詞《かけことば》などを駆使した温和で上品な句風の貞門《ていもん》俳諧が流行する。続いて、それに飽き足りない人々によって、より自由に言語的な実験を試みようとする談林《だんりん》俳諧が台頭する。これは西山宗因《にしやまそういん》（一六〇五〜八二）を中心とする一派だった。

和歌的優美さを残存した貞門俳諧と、そこから距離を取って新奇さを求めようとした談林俳諧というように、俳風が両極に揺れ動いたのちに、両者のよさを統合し、高い次元に押し上げるような存在として登場してくるのが芭蕉《ばしょう》なのである（芭蕉についてはニ二頁「はじめに」、一二頁「おくのほそ道　作者紹介・あらすじ」参照）。

俳諧を詩的に高めた芭蕉の門下には、其角《きかく》・嵐雪《らんせつ》・許六《きょりく》・去来《きょらい》・凡兆《ぼんちょう》・野坡《やば》・支考《しこう》ら多くのすぐれた俳人が集まってきた。この一門を蕉門《しょうもん》と称する。彼らが活発に論戦し、さまざまな流派を形成したことが、後代になって芭蕉を俳聖として崇拝する素地となっているのである。

芭蕉没後に、その句風を慕って復興させたいと願う動きが起こってくる。その中心にいたのが蕪村《ぶそん》である（蕪村および次の一茶については二三四頁「芭蕉・蕪村・一茶名句集作者紹介」参照）。

そののち化政《かせい》期（一八〇四〜三〇）に至ると、俳諧人口はますます増加するものの、趣味化が進み、より大衆的になる。この時期の代表的俳人が一茶《いっさ》である。

明治になると、正岡子規《まさおかしき》が俳諧改革を唱え、近代俳句として新たなスタートを切ることになる。

今日の俳句も、和歌・連歌から派生した長い歴史を包摂する江戸時代の俳諧が時を経て変容した形として認識できる。そのような長い時間の流れを心のどこかで意識しつつ句作が行われることが、今後も俳句を文学作品として生き残らせる道なのではないかと考える。そして、実際に句を作らない人にとっても、江戸時代の俳諧を学ぶことには大きな意義がある。そのことについて以下述べていきたい。

季節の感覚

俳諧には季語があり、そこには自然をめぐる美意識が凝縮されている。詠作者はそれに基づきつつ一方で自己の感覚を研ぎ澄ますことで、人々に感動を与える句が生まれてくるのである。そして、詠作者以外の人々も季語の恩恵を蒙《こうむ》ることができる。

たとえば夏になると木々の間から蟬《せみ》の鳴き声が響いてくる。それだけでも季節の風物詩として好ましいのかもしれないが、次のような芭蕉の句を念頭に置いてみると、さらに蟬の鳴き声をめぐって微細な感覚を獲得することができるだろう。

閑《しづか》さや岩にしみ入《いる》蟬《せみ》の声《こゑ》

頓《やが》て死ぬけしきは見えず蟬《せみ》の声

前者では、かまびすしく感じられる蟬の鳴き声もあたりの静寂をいっそう引き立てること、後者では、秋になれば死んでしまうはかない命であるにもかかわらず今を精一杯鳴き立てていることが詠まれて、蟬という夏の季語が醸《かも》し出す感情がある美意識として提示されている。ただ感じるだけではなく、洗練されたことばを通してその情感を認知することで、季節の持つ彩りはいっそう美しいものとして私たちの前に立ち現れてくる。そのことは、私たちの人生をより豊かなものにしてくれるはずだ。

続いて蕪村の牡丹《ぼたん》を詠んだ句を挙げてみよう。

牡《ぼ》丹《たん》散《ちり》て打《うち》かさなりぬ二《に》三《さん》片《ぺん》

金屏《きんびやう》のかくやくとしてぼたんかな

前者からは、牡丹の花びらの重みが伝わってくるようだし、後者からは、牡丹と金屏風《きんびょうぶ》が輝きを競い合っている美しい光景が想像される。中国で「花の王」とされる牡丹の美を日本人として発見し直したのが蕪村だった。

信州出身の一茶が詠んだ雪の句は、バラエティーに富んでいる。

是《これ》がまあつひの栖《すみか》か雪五尺
雪ちるやきのふは見えぬ借家《しやくや》札《ふだ》
むまさうな雪がふうはりふはり哉《かな》
雪とけて村一ぱいの子ども哉《かな》
心からしなの、雪に降られけり

一句目は、故郷信濃《しなの》に戻っての感慨。この雪深い地で自分は晩年を過ごすのだという緊張感と同時に、故郷に戻ってきたという安堵《あんど》感も感じられる。二句目からは、昨日までは人が住んでいた家に、今日は貸家札がさがっている生活の厳しさが伝わってくる。これは江戸でのことを詠んだものだが、雪の寒さと心の寒さが響き合っている。三句目は、雪をうまそうだというところがユーモラスで楽しい。四句目も、冬の間、家の中に閉じこもっていた子どもたちが春になったので村中を駆け回って遊んでいるという、心が浮き立つような情景が描かれる。五句目は、故郷に戻っても、温かく迎えられることなく冷たい雪に降られてしまったということ。雪にかこつけて、故郷の人々への不満を表出する。

以上のような雪を詠んだ句から感じ取れる、雪というものが持つ恐ろしさや楽しさが、句のことばを通して私たちの脳裏にはっきりと刻み込まれる。

人間の思い

俳諧は、和歌に比べると人間の感情が強く描かれることは少ない。五七五七七の七七には情念がこもっている、俳諧はそれを削ぎ落としたところから始まる、とさえ言われる。とは言え、俳諧でも人の思いは表現されており、それを瞬間的に切り取る力は和歌に匹敵すると言えよう。そして、感情の表出は季語と結びついてなされる。そこが俳諧独特のところである。最近では無季の句がかなり流行しているが、やはり季語あっての俳諧ではないかと個人的には思う。季語の輝きに照らし出されるようにして仄見《ほのみ》える人間の思念こそが俳諧らしさなのである。そんなことを念頭に置いて、本書に収められた作品をながめてみてほしい。

芭蕉に次のような句がある。

蛸《たこ》壺《つぼ》やはかなき夢を夏の月

ここでは、夏の夜が明けやすくてはかない短夜であることと、蛸壺に入って夢を見る蛸の運命のはかなさが重ね合わされている。「はかなき夢を／夏の月」ということばのつながりの中に屈曲があって、それがむしろ詩的な感動を読み手にもたらしてくれる。ただし、そこには夏の月や蛸といった自然だけではなく、人間だってそれらと同様にはかないものなのであり、だからこそこの夏の夜がいっそういとおしいものに感じられるという気持ちがこめられている。自然への観照が翻って人間への洞察にも及ぶ、すぐれた句であると思う。

蕪村には、

御手《おて》討《うち》の夫婦《めをと》なりしを更衣《ころもがへ》

という句がある。お手討ちになるはずだった男女が、なんとか罪を減じられて、無事に更衣の季節を二人して迎えられたという安堵感である。「更衣」には再生のニュアンスがこめられている。現代では「御手討」になることはないが、これを比喩《ひゆ》的に捉《とら》えれば、いろいろな解釈が可能になる。ある夫婦が彼らなりの事情によって周りの人の顰蹙《ひんしゆく》を買ってしまった。しかし、なんとかそれも許されて「まあよかったじゃない」などと互いをなぐさめ合いながら、二人してほっと一息ついているといった情景である。そう思うと、今のわれわれにも共感できる心情ではないだろうか。

一茶の次の句はどうだろうか。

這《は》へ笑《わら》へ二つになるぞけさからは

今日からは数えで二歳になったのだから、這い這いしたり笑ったりしてほしいと子の成長を願う親心がよく表されていて、子を持つ多くの人たちの共感を呼ぶ。季語は「今朝の春」（新年）。自分もそうだったなあと感じることで、自らの親心に形を与えていくことにもなる。ただし、この句で詠まれた二歳の娘さとは、その半年後、疱瘡《とうそう》によって死んでしまう。この句はその子の追悼《ついとう》のために編まれた『おらが春』に収められており、句の鑑賞ではそういった悲哀も一方で感じ取ることになる。それもまた避けることのできない人生の一齣《ひとこま》なのである。

ユーモア精神

和歌から派生していった俳諧だが、ユーモア精神は俳諧の方がまさっている。そもそも「俳諧」とは、滑稽を意味することばでもあった。和歌は〈雅〉の代表例だが、そこに〈俗〉が加味されたところに俳諧が生まれるのである。

芭蕉の若い頃《ころ》の句として、

あら何ともなやきのふは過《すぎ》てふくと汁

がある。河豚汁《ふぐじる》を食べてはみたものの、その毒にあたって死んでしまったらどうしようと思いびくびくしていたが、昨日は過ぎ去ってしまい、ああなんともなかったことだなあというのである。誰《だれ》もが想像できるおかしみを上手に表現していると言えるだろう。

蕪村には、

猿どの丶夜《よ》寒《さむ》訪《とひ》ゆく兎《うさぎ》かな

という句がある。寒い夜に兎が猿のところを訪問するという、まるで昔話の一齣《ひとこま》のような情景をユーモラスに表現している。「猿どの」とした、とぼけたところにも味わいがある。

一茶には、

人来たら蛙《かへる》となれよ冷《ひや》し瓜《うり》

という句もある。冷やしておいた瓜を他の人に食べられてしまったら困る。もし人がやって来たら蛙に化けてしまえば食べられる心配はないとおどけているのである。

人生には真面目に必死になって立ち向かわなくてはならない局面もあるだろうが、そんなことばかりしていても疲れてしまって、結局充実した一生を送ることはできない。どこかで事態を相対化し、客観的に自らを捉《とら》えて肩の力を抜くことも必要だ。俳諧の持つユーモア精神はそのための推進力となりうる。言い換えれば、悲嘆にくれるばかりではなくどこかでユーモラスにふるまう、その二つをともに持っていることが、人生が豊かになる秘《ひ》訣《けつ》なのである。

以上、俳諧を学ぶ意義を三点にまとめてみた。季節の感覚や人間の思いに鋭敏になったり、ユーモア精神を身に付けることで、実人生の喜びを高めてくれるし、苦しみを癒《いや》してくれる。すぐれた文学には、われわれに生きていく勇気を与えてくれる力があると思う。

（鈴木健一）

一茶名句

蕪村名句

芭蕉名句

初句索引

数字は本書掲載頁を示す

おくのほそ道

本文に芭蕉以外の詠者名のある句はその名を付した

私たちの先人の計り知られぬ努力によって、今日まで読み継がれ、守り伝えられてきた貴重な文化的財産、日本の古典の中には、現在では当然配慮の必要がある語句や表現が、当時の社会的背景を反映して使用されている場合があります。そうした古典が生れ、育まれてきた時代の意識をそのまま読者に伝え、歴史的事実とその古典を取りまく社会的状況への認識を深めていただくのが、古典を正しく理解することにつながると考え、本シリーズでは原文のままを収録することといたしました。

（編集部）

校訂・訳者紹介

井本農一――いもと・のういち
一九一三年、山口県生れ。東京大学卒。近世文学専攻。お茶の水女子大学名誉教授。主著『芭蕉の文学の研究』『芭蕉と俳諧史の研究』ほか。一九九八年逝去。

久富哲雄――ひさとみ・てつお
一九二六年、山口県生れ。東京大学卒。近世文学専攻。鶴見大学名誉教授。主著『おくのほそ道全訳注』『奥の細道の旅ハンドブック』『芭蕉 曾良 等躬―資料と考察―』ほか。二〇〇七年逝去。

堀 信夫――ほり・のぶお
一九三三年、大分県生れ。東京大学卒。近世文学専攻。神戸大学名誉教授。主著『古典俳句を学ぶ』『蕉門諸家』『国文学入門――日本文学への招待』（以上、共著）ほか。

山下一海――やました・かずみ
一九三二年、福岡県生れ。早稲田大学卒。近世文学専攻。鶴見大学名誉教授。主著『中興期俳諧の研究』『俳句の歴史』『蕪村全集』（共編）ほか。二〇一〇年逝去。

丸山一彦――まるやま・かずひこ
一九二一年、栃木県生れ。東京文理科大学卒。俳文学専攻。宇都宮大学名誉教授。主著『一茶とその周辺』『一茶全集』（共編）『蕪村全集』（共編）ほか。二〇〇四年逝去。

日本の古典をよむ⑳

おくのほそ道 芭蕉・蕪村・一茶名句集

二〇〇八年六月三〇日　第一版第一刷発行
二〇二五年四月　一日　　　第四刷発行

校訂・訳者　井本農一・久富哲雄・堀 信夫
　　　　　　山下一海・丸山一彦
発 行 者　石川和男
発 行 所　株式会社 小学館
　　　　　〒一〇一-八〇〇一
　　　　　東京都千代田区一ツ橋二-三-一
　　　　　電話　編集　〇三-三二三〇-五一七〇
　　　　　　　　販売　〇三-五二八一-三五五五
印 刷 所　TOPPANクロレ株式会社
製 本 所　牧製本印刷株式会社

ISBN978-4-09-362190-8